결혼하지 않는 도시

결혼하지 않는 도시

신경진 장편소설

마음
서재

오, 결혼이여 결혼이여.
너희는 나를 낳았고, 심은 너희가 다시
나의 씨를 키웠구나, 그리고 보여주었구나.

같은 피의 일족인
아버지들을, 형제들을, 자식들을,
신부들을, 부인들과 어머니들을.

그리하여 인간들 가운데
그토록 수치스러운, 더할 수 없이
수치스러운 일을 이루었구나.

_ 소포클레스의 《오이디푸스 왕》 중에서

목차

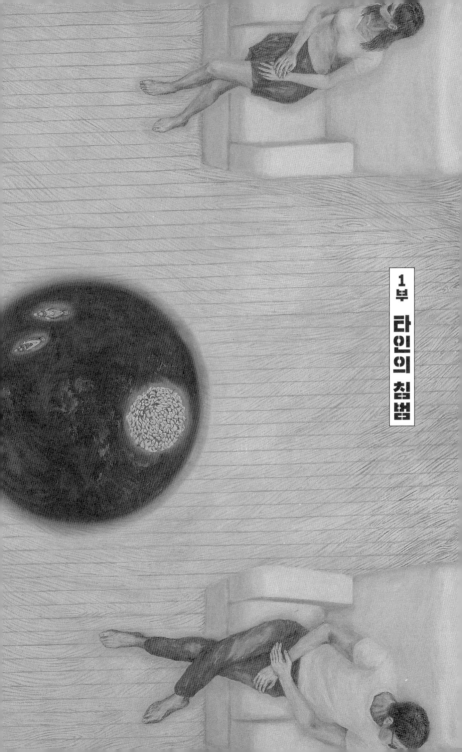

1부
타인의 침범

신혼여행 둘째 날. 해운대 바다는 불타는 태양 아래 진녹색 파도를 밀어내며 지친 사람들을 유혹했다. 해변에서는 한 떼의 젊은이들이 바다로 뛰어들고 있었다. 하욱은 신부 뒷발치에서 어촌 풍경을 어리둥절한 표정으로 바라보았다. 말없이 앞만 보며 걷던 영임이 걸음을 멈췄다.

"이제 와서 어쩌자고 이런 이야길 털어놓는 거예요?"

베트남전 참전 용사인 하욱은 어린 신부 앞에서 머뭇거렸다.

"당신은 진실을 알고 있어야 할 것 같아서."

"진실?"

질문을 되받은 하욱은 고통스러웠다.

"당신 형도 같은 생각이에요? 당신이 평생 빚진 거라고?"

하욱은 반사적으로 고개를 저었다. 형은 그런 남자가 아니다. 일란성쌍둥이로 태어나 같은 얼굴을 지녔지만 형제는 실제 닮은 데라곤 찾을 수 없는 완벽한 타인이었다. 아내도 양가 상견례 자리에서 그 사실을 알아차렸을 것이다. 어쩌면 그녀는 똑같은 외모의 형제 중 하필이면 동생을 소개받았을까 후회했을지도 모른다.

형 상욱은 지적이고 다정했다. 반면 하욱은 게으르고 욕심이 많았다. 그들은 아폴론과 헤파이스토스처럼, 혹은 안평과 수양처럼 형제이면서도 달랐다.

"지금 당신 눈앞에 뭐가 보여요?"

영임이 도로변 좌판에서 해산물을 파는 해녀 무리를 향해 돌아서며 말했다. 여자들은 목에 두른 수건으로 땀을 닦아내며 생선 위로 추락하는 파리를 쫓고 있었다. 하욱은 가난한 사람들이 싫었다. 당장이라도 신부의 손을 잡고 호텔로 돌아가 뙤약볕을 피하고 싶었다.

호텔 라운지에는 달맞이 언덕 골프장에서 스윙을 즐기는 특권층 신사들과 화려한 옷으로 치장한 부인들이 더위를 피하고 있었다. 하욱은 그들이 부러웠다. 현대 코티나와 피아트를 타고 내려온 피서객들은 올림포스 신전의 신과 같은 존재들이었다. 그는 아폴론의 황금 마차 같은 차들을 바라보다 버스로 신혼여행을 온 자신과의 신분격차에 쓰라린 패배감을 맛보았다. 그 순간에는 명문 대학을 졸업하고 유력 신문 기자가 된 이력도 빛이 바랬다.

"뭐가 보이냐고요?"

영임이 재차 물었다. 하욱은 어이가 없었다. 아무리 둘러봐도 검게 그을린 노점상인들과 다 쓰러져가는 판잣집뿐이었다. 어촌 뒤로는 논밭이 펼쳐졌고, 하늘 끝에는 무분별한 벌목으로 민둥산이 보였다.

"당신, 월남에서 받은 돈 아직 통장에 있다고 했죠?"

하욱은 무심코 고개를 끄덕였다. 결혼하면 살림집에 보태기 위해 남겨둔 돈이었다.

"내 혼수와 합쳐 여기다 땅을 사요."

"여기다 땅을 사라고?"

"그래요. 얼마 되지는 않겠지만 아무튼 해변에서 멀지 않은 밭을 알아봐요. 운이 좋으면 꽤 넓은 땅을 구할 수도 있어요."

"여기서 농사를 짓겠다는 거야?"

"미쳤어요? 땅을 산다는 게 무슨 말인지 몰라요? 지금은 다 논밭이지만 곧 모든 게 바뀔 거예요. 저 극동호텔보다 더 높은 건물들이 들어설 거란 말이에요."

신부는 환상을 보고 있었다. 이 외진 어촌에 무슨 호텔이 필요하단 말인가. 서울에서 여기까지 오는데 얼마나 고생을 했는데. 꼬박 하루가 걸린 대장정이었다는 사실을 벌써 잊은 건가? 월남 정글 속에 버려진 국군 전우들의 시체를 찾아 헤맨 대가를 겨우 이 어촌 밭뙈기에 묻어버리자는 말인가.

"이제 집안일은 내게 맡기고 당신은 당신 할 일이나 해요."

하욱은 영임이 더위를 먹어 헛소리를 한다고 생각했다. 아니면 자신의 고백에 충격받아 제정신을 잃은 것인지도 몰랐다. 대학도 직장도 모두 형의 도움으로 구했다는 고백을 듣고 의연하게 대처할 수 있는 여자는 없었다.

하욱은 수험장으로 걸어가는 상욱의 뒷모습을 떠올렸다. 15분 먼저 태어난 남자가 자신의 인생을 결정짓기 위해 대리 시험을 쳤다. 수험장을 나온 후 형은 재수생 동생의 어깨를 두드리며 격려했다.

"걱정하지 마. 모든 게 잘 될 거야."

영임은 사랑을 믿지 않았다. 오직 어리석은 여자들만이 사랑이라는 몹쓸 전염병에 걸려 순결을 잃는다고 생각했다. 그녀는 고향 청도에서 이름 높았던 언니의 아름다움이 무너지는 모습을 보며 탈출을 꿈꾸었다.

과수원집 순이 언니는 온양온천 신혼여행에서 돌아온 다음 날부터 열 살이나 많은 남편에게 매를 맞았다. 남편이 몽둥이를 들면 시어머니와 시누이가 며느리에게 저주를 퍼부었다. 매를 맞아 온몸이 퉁퉁 부어오른 여자는 어둠을 틈타 친정으로 피신했다. 하지만 출가외인이 돌아오는 것을 반기는 친정 식구는 없었다.

사과나무 그늘 아래 쪼그리고 앉아 원망 섞인 눈길로 하늘을 바라보던 순이 언니. 영임의 가슴속에는 분노가 끓어올랐다. 남편은 여자의 미모에 반해 넋을 잃고 마을을 배회하던 사내였다. 사춘기 소녀는 하룻밤 사이 순진한 공무원이 짐승으로 돌변했다는 사실에 충격받았다. 모든 게 사랑이라는 악성종양이 일으킨 비극이었다.

남자들은 성욕과 사랑을 혼동했다. 그들은 여자를 소유했다는 기쁨을 느끼는 순간, 아름다움이 소멸되었음을 알고 권태로 몸을 떨었다. 권태는 분노로, 분노는 폭력으로, 여자에게 재앙이 되어 돌아왔다.

영임은 고향 집을 떠나 대구의 야간 고등학교에 입학했다. 낮에는 방직공장의 백열등 아래서 미싱을 돌렸다. 밤에는 교실 책상에 엎드려 쪽잠을 잤다. 그녀는 남자를 믿지 않았고, 낭만적 사랑을 꿈꾸지도 않았다. 그러나 졸업을 코앞에 두고 무적의 바이러스백신이라도 맞은 듯 경계심을 잃었다.

회식 자리에서 만난 대학생이었다. 서울에서 내려온 남자는 여름방학 동안 삼촌 회사에서 용돈을 벌며 트럭을 몰았다. 훤칠하고 서글서글한 눈매에 저음의 목소리가 매력적인 청년이었다. 그의 매끈한 서울 말씨에 회식 자리에 나온 어린 여공들의 가슴이 뛰었다. 주말에 영화를 보자는 제의를 받았을 때 영임은 자신이 경쟁 관계에 놓인 여자들을 물리치고 신데렐라가 된 듯한 환상에 사로잡혔다.

여름이 가기 전까지 총 세 번의 데이트를 한 후, 그녀는 포항의 어느 산사 아래 민박집에서 순결을 잃었다. 땀으로 범벅이 된 남자는 묘한 미소를 흘리고는 혼자 계곡으로 내려가 얼음장 같은 물에 몸을 담갔다. 곤충이 기승을 부리는 날이어서 모기장 밖으로 나갈 엄두가 나지 않았다. 그녀는 대학생 오빠가 이 그늘진 민박집으로 동료 여공들을 데려왔다고 확신했다. 사랑이라는 질 나쁜 전염병에 걸린 자신이 미치도록 싫어 베개에 얼굴을 파묻고 울음을 터뜨렸다.

서울은 애벌레가 나비로 변신하듯 그녀에게 날개를 달아주었다. 그녀는 더 이상 청도 깡촌에 사는 소작농 딸도, 대구 방직 공장에서 미싱을 돌리는 공순이도 아니었다. 돈이 되는 일이면 무엇이든 했다. 미혼 여성이 버티기에는 고된 일을 도맡으며 쌈짓돈을 모았다. 신용이 쌓이자 포목점 상인들의 계 모임에서 계주를 맡았다. 달러이자를 받는 돈놀이는 체질에 맞는 돈벌이 수단이었다. 급전이 필요한 상인들은 누구나 경상도 똑순이를 찾았다.

그녀는 수년간 모은 돈을 투자해 여대 앞에 옷 가게와 화장품 가게를 열었다. 불과 20대에 자기 이름을 내건 점포 사장님이 된 것이다. 순진한 부잣집 여대생들은 처녀 사장에게 영혼을 빼앗긴 채 값비싼 화장품과 옷을 사들였다.

영임의 혈관에는 고객의 마음을 사로잡는 상인의 피가 흘렀다. 그러나 돈이 쌓이고 가게를 늘린다 해서 행복까지 함께 커지는 것은 아니었다. 그녀는 세상 물정 모르는 여대생들이 졸업 후 더욱 유복해지는 모습을 목격했다. 그녀들은 추억에 잠겨 남편의 자가용을 타고 가게를 방문했다. 양키 가수에게 빠져 비명을 지르던 여자아이가 하룻밤 사이 중소기업체 며느리가 되거나 의사, 변호사 부인으로 변신하는 과정은 육체노동으로 쳇바퀴를 도는 영임에게 일종의 마법과도 같았다. 그녀들이 호사스러운 웃음을 터뜨리고 떠난 자리에는 질투심이 타올랐다.

심사숙고 끝에 영임은 결정을 내렸다. 그해 겨울 대입 시험에 응시해 논밭으로 둘러싸인 한 여자 대학교에 입학했다. 당시에는 등록금만 내면 누구나 입학할 수 있는 대학이 즐비하던 시절이었다.

영임은 자신이 그토록 경멸하던 여대생이 돼서야 세상이 어떻게 돌아가는지를 볼 수 있었다. 시장 바닥에서 아무리 돈을 모아봐야 장돌뱅이라는 멍에를 벗을 수는 없었다. 결혼도 하지 않은 처녀가 산전수전 다 겪은 시장 상인들을 상대로 돈놀이를 하는 것은 리스크가 큰 사업이었다.

그녀는 졸업하기 전까지 자신의 과거를 지우려 노력했다. 신촌 가게를 정리하고 고향 청도에 과수원과 목장을 사들였다. 소작농이었던 아버지와 두 오빠는 몇 년 되지 않아 고향 마을에서 힘깨나 쓰는 유지로 변신했다. 시퍼렇게 멍이 든 얼굴을 숨겼던 순이 언니의 사과나무밭도 이제 그녀 소유였다.

영문학과에 입학한 영임은 제임스 조이스도 모르고 T. S 엘리엇도 몰랐다. 그녀가 머릿속에 입력할 수 있었던 유일한 문장은 셰익스피어의 명대사 두 줄이었다. 하나는 영문과 출신이라면 누구나 아는 햄릿의 대사 '죽느냐 사느냐, 그것이 문제로다'였고, 다른 하나는 남편에게 살인을 독려하는 맥베스 부인의 대사 '지나간 일은 지나간 일일 뿐이다'였다. 그런데도 졸업하는 데 걸림돌은 없었다.

졸업을 앞둔 시즌에는 중매쟁이가 가져온 이력서를 받아 들고 남자를 골랐다. 결혼은 무모한 도박에 가까운 자유연애와는 달리 달콤했다. 그녀는 남자들의 직업과 사회적 배경을 저울질

하며 미래의 청사진을 그렸다. 모험심이 강해서 공무원과 의사, 변호사 등 안정적인 직업에는 덜 끌렸다. 그녀에겐 자신의 욕망을 충족해줄 강한 남성적 매력의 소유자가 필요했다.

1960년대 후반, 한국은 여전히 세계 최빈국의 일원이었다. 북한 괴뢰정부보다는 가난한 자유 대한에서 그만큼 많은 기회가 주어지리라는 것이 그녀의 신념이었다. 사회적 계층과 신분이 끊임없이 바뀌는 모습을 보며 시장 바닥의 생리를 배울 수 있었다.

영임은 라이방 선글라스에 군용 지프 앞에서 포즈를 취하고 있는 육군 소장의 사진이 마음에 들었다. 하욱의 이력을 꼼꼼히 뜯어보며 월남 정글을 헤맨 초급장교의 활약상을 머릿속에 그렸다. 포탄이 떨어지는 전장에서 살아남아 훈장을 받은 남자였다. 이런 남자라면 어떤 위험에도 굴복하지 않으리라. 그는 명문대를 졸업한 수재이자 신문사의 기자였다. 문무를 동시에 갖춘 남자에게 그녀는 비로소 인생을 걸어볼 유혹을 느꼈다.

오랜 세월이 지난 후, 영임은 남편 하욱과의 인연을 떠올릴 때마다 해운대 모래사장 위를 떠돌던 열기를 기억했다. 그 순간이 그녀의 인생을 결정지었다. 그녀는 남자의 야심과 무분별한 욕망에 분노했다. 대리 시험으로 대학에 입학하고 직장마저 형의 도움으로 구한 남자의 위장술은 그동안 자신이 신분을 세탁한 과정과는 비교할 수 없을 정도로 야비한 속임수였다. 되로 주고 말로 받는다더니 딱 그 꼴이었다. 결혼식을 올리고 첫날밤도 치른 후였다. 도대체 뭘 어쩌자는 속셈인지 알 수 없었다.

영임은 상견례 자리에서 남편의 형을 보고 그로테스크한 충동에 사로잡혔다. 신랑과 똑같이 생긴 남자가 한쪽 구석에 외따로 술을 마시고 있었다. 자신감이라고는 찾아볼 수 없는 실패한 고시생이 시아주버니가 된다니 섬뜩했다. 쌍둥이 형제를 번갈아 바라보니 영혼이 둘로 분리된 인격체를 보는 듯한 착각마저 들었다. 눈치 빠른 자신이 왜 그때 모든 상황을 알아차리지 못한 것일까.

영임은 상욱의 처라는 배불뚝이 여자도 마음에 들지 않았다. 강원도 산골에서 상경해 이름 없는 중학교를 졸업하고 돈벌이에 매달린 초라한 이력은 시골집 뒷간에서 풍기는 악취처럼 메스꺼웠다. 가까이 있으면 자신의 수치스러운 과거가 여자의 능청스러운 웃음과 펑퍼짐한 몸에서 기어 나오는 것 같았다.

상견례를 했던 날, 영임은 시집과는 반드시 인연을 끊겠다고 다짐했다. 표독스러운 시어머니와 무능한 시아버지를 사이에 두고 얽힌 뿌리 깊은 혈연관계. 그녀는 살 속을 파고든 기생충의 역겨운 비린내를 감지했다. 그것은 결혼이 몰고 온 최초의 먹구름이었다.

시집 사람들은 모두 알고 있는 듯했다. 그렇지 않고서야 신랑이 성급하게 첫날밤부터 고백하는 일은 없었을 것이다. 그녀는 이 엄청난 사기극을 현실로 받아들이지 못했다. 타오르는 증오로 눈물이 멈추지 않았다. 포항의 산골 민박집에서 바람둥이 대학생에게 순결을 잃었을 때도 이처럼 많이 울지는 않았다.

결혼은 미치광이의 난동이었다. 뜬눈으로 밤을 보낸 영임은 잠든 하욱을 내버려두고 동이 트는 바다를 바라보았다. 장엄한 일출이 혼란스러운 마음을 진정시켰다. 영임은 눈부신 풍경에 넋을 잃을 정도로 충격받았다.

불현듯 그녀는 해일이 휩쓸고 지나간 후, 해변을 병풍처럼 펼치고 선 전설 속 거인 같은 고층 건물들의 환영을 보았다. 어촌의 아름다운 해변은 무한한 가능성을 품고 있었다. 황금처럼 빛나는 모래사장은 가치를 잴 수 없는 진기한 보고였다.

영임은 보석들을 캐기 위해 모래 위로 몸을 던졌다. 그 순간, 자신이 더는 패배자가 아니라는 사실을 깨달았다. 그녀는 전율했다. 읍장 아들에게 시집간 과수원댁 순이 언니는 매를 맞고 쫓겨났지만 자신의 결혼생활은 출발점부터 달랐다. 그녀는 명문대를 졸업한 일류 신문사 기자의 아내였다. 한편 이 멍청한 남자는 첫날밤 자진해서 자신의 목에 목줄을 걸며 노예가 되었음을 선언했다. 언제 끝날지 모를 결혼생활의 주도권은 이제 저승 문턱을 넘기 전까지 그녀 앞에 놓여 있었다.

영임은 호텔방 창가에 기대 모래사장 위로 펼쳐진 거대한 물거품을 내려다보았다. 그리고 몽유병에 걸린 맥베스 여왕처럼 자신도 모르게 혼잣말을 영어로 내뱉었다.

"What's done is done(지나간 일은 지나간 일일 뿐이다)."

1970년의 정부는 천만 평에 이르는 영동지구 땅에 대한 개발 사업을 발표했다. 영등포의 동쪽이라는 의미에서 영동이라고 불린 이 땅은 강남구, 서초구, 송파구로 쪼개져 수십 년은 이어질 부동산 불패 신화를 쓰게 된다.

강남은 기회의 대명사였다. 그러나 당시의 어리숙한 시민들은 정부의 발표를 곧이곧대로 믿지 않았다. 상습 침수지역으로 뽕나무나 키우던 무지렁이들이 사는 땅에 무슨 영광이 있겠냐며 색안경을 끼고 바라보았다.

영임은 달랐다. 그녀는 해운대 바다에서 본 고층 빌딩의 환영보다 더 거대한 군단이 진군해오고 있음을 느꼈다. 그녀는 시골집과 전답을 팔고 친정 식구들을 모두 서울로 불러들였다. 굶어 죽을지라도 땅을 사수하라는 서울 막내딸의 명령이 내려졌다. 친정 식구들은 각각 신사동과 양재, 잠실 일대에 흩어져 말뚝을 박았다. 그녀 자신은 반포와 강남 터미널 일대에 밭을 샀다. 은행에서 돈을 빌리는 일은 유력 신문사 기자의 아내에게 누워서 떡 먹기였다. 처녀 시절, 달러이자 놀이를 하며 돈을 불린 경험이 이 피비린내 나는 전투에서 그녀를 승자로 만들었다.

라이방 선글라스가 어울리던 장군이 죽자 새로운 젊은 군인들이 정권을 잡았다. 한강은 넓고 깊어졌으며 강을 건너는 다리의 수도 빠르게 늘어났다. 가까운 미래에 세계인의 축제 올림픽이 열릴 예정이었다. 그녀는 아파트 특혜분양을 받아 한강을 내려다보며 살았다. 신군부가 언론인들을 달래기 위해 내놓은 자구책이었다. 결혼생활이 행복했냐고? 이런 엉뚱한 질문을 받을 때마다 그녀는 피식 웃었다.

사속지망嗣續之望, 집안의 대를 이을 희망. 아이를 낳지 못한 영임은 실패자였다. 낭만주의의 거짓 신화인 사랑을 믿지 않은 탓에 결혼 전에는 아버지를, 결혼해서는 남편을, 남편 사후에는 아들을 따라야 한다는 옛 여인의 삼종지도를 무시했다. 재산을 불린 그녀가 새 시대의 여왕이었다. 가족은 충실한 병사가 되어 지휘를 받았다. 시집 식구조차 눈치를 보았다. 그러나 마음 한 구석에 자리 잡은 불안은 점점 커져만 갔다.

그녀는 신혼여행 첫날밤 치유 불가능한 목석이 되었다. 육체는 정체불명의 메시지를 품은 적군의 사신이었다. 오르가슴에 떨거나 무아지경에 빠졌다는 식의 과장 표현에는 반감을 품었다.

섹스는 무익한 일방통행이었다. 침실 전등이 꺼지면 몸은 얼음처럼 차가워졌다. 달콤한 사랑의 밀어 대신 거친 폭력만이 파도처럼 들이쳤다. 남자의 경직된 몸을 풀어주는 묘법을 영임은 알지 못했다. 이 모든 게 포항의 음침한 민박집에서 사라진 소중한 무엇 때문인지도 몰랐다. 대학생 오빠의 달콤한 서울 말씨는 그날 밤 귓속을 간지럽히지 않았다. 그 대신 발정 난 수컷 짐승의 그르렁거리는 소음만이 들렸다.

그녀는 남자의 생리적인 욕망을 혐오했다. 사랑은 섹스로 완성되지 않았다. 관계가 끝나면 서둘러 남편의 어리둥절한 눈빛을 뿌리쳤다. 그리고 욕실로 들어가 몸속으로 들어온 타인의 흔적을 지웠다.

그런데도 영임은 아이를 원했다. 사속지망도 삼종지도도 불신했지만 자식에 대한 원초적인 열망은 어쩔 도리가 없었다. 그녀는 행복한 가정이라는 신화의 노예였다. 안정적인 남편과 경제적인 토대를 확보한 그녀에게 있는 유일한 결핍은 아기의 힘찬 울음소리였다. 그녀는 품에 안고 찍은 아기 사진을 거실 벽에 내걸어 자랑하고 싶었다. 솜털 가득한 아기에게 젖을 물리고 자장가를 불러주는 엄마의 미소는 결혼이라는 위험한 거래가 최종단계에 이르렀음을 보장하는 증거였다.

그러나 신은 불공평했다. 시간이 흘러도, 노력을 해도, 소원을 들어주지 않았다. 마침내 산부인과 의사가 자신의 육체에 의학적 불임이라는 불명예스러운 딱지를 붙였을 때도 돌팔이라며 증오할 뿐 진실을 받아들이지 않았다. 영임은 남편을 책망하며 모든 책임을 그에게로 돌렸다. 전쟁통에 수상한 약물을 투여했거나 이국의 밀림에서 독버섯을 먹어 불구가 된 것은 아니냐며 따졌다.

통금 시간마다 술 취해 귀가하는 남편의 와이셔츠에는 값싼 여자들의 냄새가 묻어 있었다. 화장품 가게를 운영했던 그녀는 후각에 민감했다. 그래도 몰아붙이지는 않았다. 그것은 사내들의 세상이었다. 새벽에 몸을 더듬는 남편을 밀쳐냈다. 차라리 남편이 집 밖에서 생리 본능을 해결하고 귀가하기를 바란 적도 있었다.

사정이 어찌 됐든 그녀에겐 아이가 필요했다. 결혼은 종족 번식과 재산 유지를 위한 수단에 불과했으니까. 그녀는 고통을 감내하며 남편을 받아들였다. 행복한 가정에 아이의 부재는 치명적인 결핍이었다. 미칠 것만 같았다. 한낮의 게으른 강을 내려다보며 그녀는 괜한 헛구역질로 귀머거리 삼신할미를 저주했다.

일찍 결혼한 시아주버니는 네 명의 자식을 보았다. 영임은 그들 부부의 자식 복이 부러웠다. 기막힌 계획이라도 세운 듯 아들, 딸, 아들, 딸 순으로 세상 밖으로 나온 아이들은 시집 식구의 사랑을 독차지했다. 작은 회사에서 경리를 보던 중졸의 여자가 어떻게 최고 명문대를 졸업한 법대생을 만난 것인지 이해할 수 없었다. 게다가 세상살이는 까막눈에 가까운 이들 부부가 이렇다 할 불화 없이 화목하게 지낸다는 남편의 이야기는 얼토당토않은 소리처럼 들렸다.

그들은 가난을 두려워하지도 비난에 상처 입지도 않았다. 여자는 10여 년간 시험에 낙방한 남편을 하늘처럼 섬겼다. 쌀이 떨어지고 월사금이 밀려도 여자의 얼굴에서 미소는 사라지지 않았다. 그녀는 죄의식 없이 시집 식구에게 손을 벌렸다. 남편이 고시에만 합격하면 모든 빚쯤이야 한 번에 해결할 수 있다며 공수표를 날렸다. 남편 덕으로 기자가 된 시동생을 바라보는 동서의 눈빛에는 묘한 우월감이 드러났다. 영임은 순박한 맏며느리로 대접받는 여자에게 첫 만남부터 적의를 가졌다. 그렇다고 몰래 형님네 가족을 돌보고 있는 남편을 질책하지는 않았다. 그 정도 분별력이 없지는 않다고 자위하며 화를 삭일 뿐이었다.

셋째 아이의 입학이 다가오자 시아주버니는 마침내 공식적으로 고시 공부를 접었다. 충격받은 아내가 속절없이 눈물을 쏟아내며 만류해도 그는 쌍둥이 동생을 찾아가 취업 알선을 부탁

했다. 영임은 남편에게 일자리를 알아봐주라고 말했다. 어찌 됐든 형네 부부가 가난해지면 자신에게도 부담이라서 자선을 베푼 것이다. 결국 상욱은 한 중소기업에 과장 직함으로 일을 잡았다. 이 이야기는 동생이 승승장구하면 형도 더 좋은 일자리를 찾아 이동 가능해진다는 것을 의미했다.

동생은 그렇게 평생 형의 신세를 갚았다. 그러나 직장을 얻어도 쥐꼬리 같은 월급으로 여섯 식구가 배부르게 먹기는 불가능했다. 일확천금을 노리는 노름꾼처럼 고시 합격만 기다리던 동서의 인내가 결국 바닥을 드러냈다. 그녀는 매일같이 시집 어른들을 찾아가 분통을 터트렸다. 대책 없이 아이만 줄줄이 낳은 신세를 한탄하며 남편을 원망했다. 영임은 제 꾀에 넘어간 어리석은 여자를 고소해하며 포대기에 싸인 갓난아기와 눈을 맞추며 놀았다.

시집에서 돌아온 영임은 새카만 눈동자를 반짝이며 웃던 여자아이의 얼굴을 떠올렸다. 아이를 낳으면 그런 예쁜 딸을 낳고 싶었다. 그리고 그날 밤 꿈속에서 로코코 시대의 공주처럼 우아한 드레스를 입은 아기의 모습을 보았다. 그것은 야간학교에 다니며 미싱을 돌려야만 했던 자신의 유년 시절에 대한 보상 욕구였다.

잠이 깬 새벽, 영임은 한강을 내려다보며 위스키를 마셨다.

안방으로 들어온 그녀는 곤히 잠든 하욱의 어깨를 흔들며 말했다.

"그 계집애를 데려와야겠어. 걔는 내 딸이야."

며칠 후, 신랑 정하욱과 신부 강영임은 큰집 막내딸 정선미를 양녀로 입양했다. 그 대가로 영임은 큰댁 부부에게 지난해 분양받은 잠실 소형아파트를 넘긴다는 각서를 써주었다. 시집 식구에 대한 어느 정도의 손실은 늘 염두에 두고 있던 터라 만족스러운 계약이라고 생각했다.

그녀가 가장 먼저 한 것은 무의식에 깃든 아이의 과거를 지우는 일이었다. 한 살배기 여자아이는 짐승처럼 뒤엉킨 4남매의 소란에서 벗어난 탓인지 울음소리 한번 내지 않고 잠들어 있었다.

"태윤이라는 이름 어때? 근사하지 않아?"

하욱은 아무래도 상관없다는 듯 고개를 끄덕였다. 부부는 예쁜 딸을 가짐으로써 결혼이라는 제도를 완성했다. 마침내 아내는 안도했고 남편은 기뻐했다.

영임은 아이를 사랑했다. 아기를 안으면 맥박과 체온으로 전달되는 파동에 심장이 두근거렸다.

그녀는 아이가 공주처럼 자라기를 원했다. 백화점에서 옷과 장난감을 사고, 흔치 않은 최고급 아기용품을 구입했다. 유아침대와 유모차는 밀수입한 제품이었다. 탱크처럼 튼튼한 유모차에 태윤을 싣고 나서면 아기를 둘러업고 나온 이웃 여자들의 시샘 어린 시선이 쏟아졌다.

그녀는 특급 호텔에서 친지와 지인들을 초청해 아기의 생일을 축하했다. 베르사유궁전의 공주처럼 아장아장 걷는 태윤을 바라보는 가슴은 파티가 끝날 때까지 진정되지 않았다.

영임은 남녀 간의 사랑을 믿지 않았다. 그러나 아이는 달랐다. 아이에겐 지고지순한 사랑의 피가 흘렀다. 귀엽고 예쁜 외동딸은 똑똑하고 튼튼하게 자랐다. 태윤이 울음을 터뜨리면 온 세상이 무너진 듯 마음이 아팠다.

아이가 초등학교에 입학하자 영임은 담임선생은 물론 교감과 교장에게 돈 봉투를 돌렸다. 학교는 각종 표창과 상으로 보답했다. 태윤은 걸스카우트의 리더가 되어 엄마의 기대에 부응했다. 영임은 금지옥엽 외동딸이 자랑스러웠다. 가파른 집값 상승에도 태연하던 그녀는 태윤이 아름다운 소녀로 성장하는 모습에 행복한 비명을 질렀다. 가난한 농촌 마을에서 불우한 유년 시절을 보낸 당찬 계집아이의 꿈이 외동딸을 통해 실현되는 순간이었다.

그녀는 남자의 육체에 악담을 퍼부었다. 성인 남자의 우악한 근육에는 지배하려는 자의 광기가 한 몸처럼 따라다녔다. 그러나 아이의 말랑한 피부와 투명한 혈관에는 속임수가 발붙이지 못했다.

딸이 자라날수록 영임은 거칠게 남편을 밀어냈다. 주도권을 쥔 그녀는 손쉽게 남편의 충동적 성욕을 통제할 수 있었다. 어차피 불모의 땅임을 선고받은 몸이어서 실낱같은 기대마저 버렸다. 화목한 가정이라는 목표도 이룬 상태였다. 남편이 불시에 몸을 탐할 때면 지독한 두통이 찾아왔다. 그녀는 성관계가 아내의 의무라는 주장에 비웃음을 흘렸다. 도대체 무슨 이유로 자신의 몸을 다른 사람에게 내어주어야 한단 말인가. 그러나 때는 아직도 처첩 거느리는 일을 낭만으로 여기는 구식 남자들이 독점하던 시대였다.

그녀는 분하지만 적극적으로 반기를 들지는 못했다. 여성지에서 오르가슴이나 쾌락에 대한 다양한 기사를 발견할 때면 콧방귀를 뀌었다. 추상적 관념의 사랑을 신성시하는 이들도 한심했지만 육체에 대한 노골적인 선동을 일삼는 이들도 마음에 들지 않았다.

술에 취한 남편이 새벽에 몸을 더듬을 때면 소름이 돋았다. 그녀는 자리를 피해 안락의자에 반쯤 누워 남자의 어리석은 욕망을 저주했다. 거실 외벽에는 신문사에서 가져온 남편의 책들이 꽂혀 있었다. 대부분 출판사에서 보내온 책들로 하욱은 제목과 필자만 확인한 다음 그대로 책장에 올려놓았다. 그는 책을 읽지 않고도 서평을 쓰는 재주를 부렸다. 출판계에서 그의 영향력이 확대되는 것을 보며 영임은 쓴웃음을 지었다.

하욱은 자신의 실력으로 대학에 들어간 것이 아니었다. 그것은 타인의 재능을 도둑질해 얻은 부정한 노획물이었다. 그런데도 남편은 잘도 버텼다. 아니, 실제로는 그 이상이었다. 아내의 육체적인 반응에 무관심한 남자는 요령껏 사람들의 마음을 읽어내 그들이 원하는 것을 주었다. 그녀는 때때로 남편이 쓴 기사를 읽으며 자신이 속고 있는 건 아닌지 의심했다. 글 속에는 남편의 세속적인 욕망이 드러나지 않았다. 난해하고 전문적인 용어로 논점을 분산하는 글은 진실과 거짓의 경계를 무너뜨리며 세상을 혼탁하게 만들었다. 영임은 바벨탑처럼 높아가는 책들의 무덤을 보며 현기증을 느꼈다. 가슴이 답답하고 헛구역질이 나 식욕마저 달아났다.

그녀는 태윤이 학교에서 돌아오길 기다렸다. 열 살이 된 딸은 꽃봉오리가 터지듯 여자로의 변신을 준비하고 있었다. 영임은 태윤을 조수석에 태워 학원까지 데려다주는 시간을 사랑했다. 태윤은 어린 새처럼 학교에서 일어난 일들을 미주알고주알 보고했고, 운전대를 잡은 영임은 행복한 웃음을 터뜨렸다. 반면 딸이 시무룩해져 돌아오면 자신마저 우울증에 걸린 환자처럼 괴로워했다.

며칠간 소화 기능이 떨어져 병원을 찾았다. 일주일간 처방 약을 먹어도 어지럼과 소화불량은 가시지 않았다. 건강한 체질을 물려받아 잔병치레가 없는 그녀로서는 흔치 않은 일이었다. 온몸에 힘이 빠지고 작은 일에도 신경이 곤두섰다.

내과 전문의는 산부인과에 가보라고 조언했다. 영임은 자신의 쓸모없는 자궁에 악성종양이라도 생긴 것은 아닌지 불안해하며 진찰 의자에 앉았다. 질병은 행복을 시기하는 마귀의 장난이었다. 난치병에 걸려 모든 행복이 물거품처럼 사라질까 두려웠다. 처음에는 의사의 말이 제대로 들리지 않았다. 칼날이라도 박힌 듯 온몸이 부들부들 떨렸다.

임신이라니, 당치도 않은 일이었다. 영임은 당장 목이라도 조를 것처럼 달려들어 비명을 지르고 싶었다. 그러나 실제 그녀의 입에서 튀어나온 말은 전혀 다른 감탄사였다.

"아, 내가 정말 아이를 가졌다고요, 선생님!"

하욱은 아내를 사랑했다. 이 자존심 강한 여자가 지닌 매력을 언어로 묘사하기란 글쓰기가 직업인 자신에게도 힘든 일이었다. 외모가 화려하지도 내면의 개성이 특출하지도 않은 여자는 독특한 아우라로 사람들을 끌어당겼다. 대화를 나누다 보면 사람들은 그녀가 지닌 낙천적인 분위기에 동화돼 근거 없는 기대로 들떴다.

영임은 희망을 주었고, 긍정의 메시지를 던졌다. 하욱은 그런 아내에게 의지했다. 해운대 바다에서 결판난 주종 관계도 만족스러웠다. 남 보기에는 항복 선언일지 몰라도 그는 자신을 승자로 여겼다. 생활비를 아껴 저축하는 여자들은 많았다. 그러나 빚으로 부동산을 사들여 단기간에 자산을 두 배, 세 배 불리는 아내는 찾아보기 힘들었다. 게다가 세상살이의 험한 대결에서 물러서지 않는 여자는 의외로 순진했다. 그녀는 특히 성적인 면에 미숙했고, 속임수에 곧잘 속았다.

성관계를 기반으로 한 부부 생활에 하욱은 큰 의미를 두지 않았다. 그는 자유연애라는 반질서적인 행위를 거부했다. 그리고 중매결혼을 통해 사회가 용인하는 질서의 재생산에 몸을 바쳤다. 결혼이라는 제도의 가치는 사회적 안정이었다. 개인이 공동체 질서를 훼손하는 욕망에 빠지는 것을 차단하기 위한 방법이 결혼이었던 것이다.

결혼을 통해 감정적이고 폭력적인 성향을 제거한 청년은 기성세대가 구축한 질서에 편승할 수 있었다. 신앙심을 잃은 현대인에게 배우자와 자식은 무소불위의 권능을 부여받은 새로운

신이었다. 하욱은 신의 사랑과 가정의 평화를 저버린 독신자들이 기존 질서를 무시하고 혁명 사상에 감염되는 것을 혐오했다.

독재자의 등장은 불가피한 역사적 발전 과정이었다. 아내의 임신도 결혼생활에서 일어난 하나의 혁명이었다. 그것은 구체제가 무너진 것을 의미했다. 아내의 자궁에서 나온 아이는 아들이었다.

1980년대는 청년들에게 고통스러운 시기였다. 그러나 이들 부부에게는 번영과 평화를 보장받은 아름다운 시대였다. 하욱은 어느덧 신문에 독자적인 칼럼을 쓸 수 있는 유력 인사로 부상했다. 화염병이 난무하던 시대에 그는 묵시록과도 같은 사설을 실었다.

역사는 곧 지난했던 이데올로기의 종언을 알릴 것이다. 20세기에 득세했던 파시즘이 나치 히틀러의 몰락과 함께 사라지고, 들불처럼 번졌던 공산주의의 꿈도 머지않아 소비에트 철의장막이 해체됨과 동시에 역사 무대에서 쓸쓸히 퇴장할 것이다.

인류에게 남은 유일한 이념은 전 지구에 펄럭이는 자유주의의 깃발뿐이다. 민주주의와 자본주의는 공공의 적에 맞서 지켜야만 하는 인류 최후의 신전이다. 자비로운 신과 같은 자유주의는 앞으로 태어날 우리 아들딸들에게 무한한 영광을 선물할 것이다. 이를 예감하지 못한 채 역사의 수레를 과거로 돌리려는 무리는 국민의 이름으로 철퇴를 맞아 마땅하다.

자신의 순수한 유전자 덩어리인 아들을 품에 안았던 해, 하욱은 신군부 정권이 하사한 '올해의 기자상'을 받는 겹경사를 누렸다.

욕망이란 뱀과 같은 것일까. 아들에게 젖을 물린 이후로 영임은 얼쩡대는 태윤의 꼴이 보기 싫었다. 딸은 거추장스럽고 못 미더운 존재였다. 아들을 품에 안고서야 여자가 얼마나 열성인자인지 알았기 때문이다. 남자는 태어나면서부터 강했다. 아기의 넓적한 얼굴에 숨은 그림처럼 포진해 있는 자신의 얼굴을 발견할 때마다 탄성을 질렀다. 큰집에서 데려온 수양딸에게서는 일어나지 않던 기적이었다.

이제 영임은 태윤의 얼굴에서 능청스러운 여자의 얼굴을 보았다. 이목구비와 골격이 자리를 잡자 태윤은 점점 더 생물학적 모계의 특징을 드러냈다. 태윤은 자신의 딸이 아니었다. 유전자도 물려받지 않은 아이가 어떻게 딸이 되었는지 혼란스러웠다.

'왜 저 아이가 내 딸이 되었을까?'

영임은 자신이 저지른 어처구니없는 선택을 저주했다. 태윤은 그녀가 싫어하는 시집 식구의 일원이었다. 중학생이 된 얼굴에는 시어머니의 표독한 눈빛마저 어른거렸다.

"독한 년!"

젖을 물리다 잠든 영임이 비몽사몽간에 내뱉은 말이었다. 당시에는 산후우울증이라는 병명조차 없던 시대였다. 게다가 그녀는 노산이었다. 밭고랑에 아이를 낳고 호미를 들어 김을 맸다는 며느리의 이야기가 미담처럼 회자되던 시대였다. 영임은 그런 허무맹랑한 낭설을 퍼트리는 시집 식구들을 증오했다. 겨우 아이 하나 낳고 유세를 떤다며 손윗사람 행세를 하는 태윤의 친모도 싫었다. 셋방 신세를 면치 못할 여자가 아파트 거실에 누워 거드름을 피우는 꼴아 보기 싫었던 것이다.

이 모든 게 그 집에서 데려온 계집아이 때문에 일어난 일이었다. 영임의 우울증은 날이 갈수록 심해졌다.

"시골집에서 조카딸을 데려올까? 데려와서 밥도 시키고 빨래도 시키면서 휴식을 취하는 거야. 식모아이 데려올 형편은 되잖아?"

하욱이 머리를 싸매고 누운 영임을 위로하기 위해 그럴싸한 제안을 내놓았다. 영임은 시골 청도의 먼 친척 아이를 기억하고 희미하게 웃었다. 몸이 굼떠 답답한 느낌은 들어도 어른들에게 싹싹한 아이였다. 식모로 데려오면 요긴하게 쓰일 것이다. 지금

쯤이면 고등학교에 입학할 나이였다. 그러다 기막힌 생각이 떠올랐다.

"미쳤어. 돈을 허투루 쓰게. 태윤이 쟤도 이제 살림할 나이는 됐잖아. 지금까지 배부르게 먹여줬으니 저도 제 몫은 하겠지."

하욱은 아내가 무슨 이야기를 하는지 이해하지 못했다. 그러다 점점 그녀의 이야기가 농담이 아님을 알아차렸다. 그는 담뱃갑을 들고 베란다로 나갔다. 여름 늦저녁, 석양에 물든 강물이 흘러가고 있었다.

장성한 딸이 살림살이를 돕는 일로 아내를 구박할 수는 없다. 하욱은 그렇게 생각했다. 부모를 위해서, 아직 어린 남동생을 위해서 그 정도 희생은 치를 수 있어야 한다. 큰집으로 되돌려보내지 않은 것만으로도 아내는 자비를 베풀었다.

영임은 지혜로운 여자였다. 학교에 보낼 때면 꼼꼼히 아이의 옷차림을 챙겼다. 겉모습만 본다면 태윤의 생활에는 아무런 변화도 보이지 않았다. 교사는 물론 학급 친구들조차 낌새를 눈치채지 못했다. 그녀는 여전히 유복한 중산층 집안의 자식이었다. 적어진 말수와 눈 밑 그늘은 사춘기 여학생들이 겪는 성장통으로 받아들여졌다. 더구나 태윤에게 일어난 외적인 변화는 사람들의 눈을 현혹했다. 묘하게도 내면의 혼란이 그녀의 얼굴과 몸을 더욱 아름답게 만든 것이다.

하욱은 쾌락을 원했다. 그러나 사랑과 쾌락이 일치해야 한다고는 생각하지 않았다. 사랑은 불완전한 감정이 일으킨 일시적인 광풍에 불과했다. 남녀 간의 불같은 사랑은 냉각수에 빠진 강철처럼 빠르게 식었다. 지속적인 육체적 접촉도 권태를 물리치지는 못했다. 그런 의미에서 그는 아내에게 빚을 졌다. 영임은 섹스를 불쾌하고 비위생적인 것으로 여겼고, 아내의 고지식한 생각은 그에게 풍요로운 자유를 주었다.

결혼 이후에도 하욱은 다양한 여자들과 정기적으로 관계를 맺었다. 댄스홀이나 거리에서 만난 유쾌하고 안전한 여자들이었다. 하욱은 여자들이 원하는 것을 주었다. 장미 꽃다발을 선물하고, 침대에서 오래 안아주며, 그들의 이야기에 귀를 기울였다.

직업상의 일탈 역시 어쩔 수 없었다. 남자들이 모이는 자리에는 늘 여자들이 나왔다. 사실 중요한 결정은 대부분 그런 사적인 자리에서 이루어졌다. 직업이 무엇이든 남자들이 공통으로 원하는 것은 하나였다. 여자들이 없으면 대화가 난폭하고 신경질적으로 흘렀다. 그리고 술이 채워지기 시작하면 비로소 무장해제돼 진짜 대화를 나누었다.

그는 기자 생활을 하며 수많은 직업여성과 잠자리를 가졌다. 그중에서 정확히 얼굴이 기억나는 여자는 없었다. 짙은 화장을 한 여자들은 모두 똑같아 보였다. 하욱은 그녀들에게 친절했다.

그는 신사였고, 직업윤리를 존중했다.

때때로 권태와 허무가 찾아올 때도 있었다. 밤늦은 시간 여관방을 빠져나오며 자신의 무절제한 행동에 진저리를 쳤다. 섹스에 대한 혐오가 소용돌이치며 그를 괴롭혔다. 가족이 잠든 집으로 돌아와서야 정상적인 호흡과 생각을 할 수 있었다. 하욱은 그런 자신을 구식에다 지극히 보수적인 인물이라 여겼다. 그가 원하는 것은 흐트러지지 않은 질서로 사회에 공헌하는 화목한 가정이었다. 그는 이같이 생각하며 등지고 누운 아내를 바라보다 잠을 청했다.

중학생이 된 딸 태윤은 불행했다. 하욱은 그 점이 마음에 걸렸다. 아내는 아들 태호만을 사랑했다. 남아선호 사상이 뿌리 깊은 한국 사회에서 영임의 태도는 비난받을 정도는 아니었다. 그러나 태윤을 대하는 아내의 증오에 찬 눈빛은 견디기 힘들었다. 왜 이 예쁜 아이를 단칼에 부엌데기로 만든 것인지 이해할 수 없었다. 어두워지는 딸의 얼굴을 바라보며 불안했다. 이 작은 계집아이의 불운이 가정의 행복을 집어삼킬 것만 같았다. 그는 아내 몰래 태윤을 위로하기 위해 기회를 엿보았다.

청도에 작은 별장을 지은 해였다. 영임이 친정 식구들과 함께 무더위를 피해 여름휴가를 떠났다. 저녁상을 차리라는 핑계로

태윤은 데려가지 않았다. 하욱은 휴가를 낼 수 없다며 서울에
남았다. 일주일 동안 부녀 둘만이 저녁밥을 먹었다. 부엌일에
익숙해진 탓인지 태윤은 능숙하게 저녁상을 차렸다. 하욱은 자
신이 좋아하는 소고깃국과 부추전을 내놓은 딸을 바라보며 기
뻐했다.

　사흘 후, 그는 회사에 휴가를 냈다. 그날 오후는 집에 전화도
하지 않고 곧장 퇴근했다. 태윤을 옆자리에 태워 동해로 달려갈
생각이었다. 현관문을 열고 거실로 들어섰을 때 인기척은 없었
다. 그는 주위를 둘러보다 욕실 앞에 놓인 원피스와 속옷을 보
았다. 문 너머로 샤워기에서 흐르는 물소리가 희미하게 들렸다.

　그는 딸의 속옷을 집어 들었다. 별다른 장식이 없는 평범한
브래지어였다. 시장에서 샀는지 새것인데도 올이 풀려 있었다.
영임은 타인의 이목을 생각해 싸구려 옷은 사지 않았다. 아내는
백화점 VIP 고객이었다.

　순간 그는 분노를 느꼈다. 이렇듯 아이를 미워할 이유가 어디
에 있는가. 그는 벌컥 욕실 문을 열고 냉대로 떠는 몸을 안아주
고 싶었다. 바다로 데려가 찬란한 태양을 보여주며 미래를 약속
하고 싶었다.

　그런데 왜 그렇게 하지 못했을까? 그날 오후, 그는 딸아이의
속옷을 쥔 채 타일 바닥에 떨어지는 물소리를 들으며 두근대던

자신을 평생 잊지 못할 것이다. 그것은 운명처럼 맞닥뜨린 최초의 지옥문이었다. 그는 앞을 지키는 사나운 개의 존재를 잊은 채 여자아이가 울고 있는 곳으로 가기 위해 문을 열었다.

.***

1990년 늦가을, 숲에 낙엽이 쌓였다. 정우는 상경대 본관으로 향하는 소로를 걸으며 탈색이 끝난 나무들 사이에 맴도는 서늘한 공기를 마셨다.

마지막 수업은 경제학 전공과목이었다. 강의실에는 학생들이 삼삼오오 모여 과제물 정보를 교환하고 있었다. 5분 늦게 도착한 노교수는 사과를 한 후, '노동계급과 한국의 자본주의'에 관한 주제로 강의를 시작했다. 학생들이 집중하지 못하자 수업을 멈추고 창밖으로 펼쳐진 가을 하늘을 올려다보았다. 눈이 시리도록 푸른 하늘이다.

"내년에 나는 이 자리에 없을 거다. 은퇴가 두렵지는 않으나 지금껏 내가 의미 있는 삶을 살았는지는 확신할 수 없다. 그래서 미래가 지금보다 좀 더 혼란스러워질 거라 예상하고 있다. 자네들은 어떤가? 제군들에게 인생은 의미가 있나?"

질문이 아니었기에 학생들은 대답하지 않았다. 노교수가 싱

굿 웃자 학생들도 따라 웃었다. 정우는 질문에 대해 생각했다. 내 삶에는 의미 있는 무언가가 있었던가. 의미는 몰라도 그에게 는 지워지지 않는 유년의 두 기억이 있었다. 창밖의 하늘만큼이 나 맑고 투명한 기억이다.

여름 해가 작열하는 남해 바다. 70년대 어느 여름이었을 것이 다. 한 소년이 해변에서 홀로 모래성을 쌓고 있었다. 방학 동안 정리하지 않은 긴 머리가 목덜미까지 내려와 해초 더미를 뒤집 어쓴 것처럼 보였다. 해변에는 바닷게가 토해낸 물거품이 은방 울꽃처럼 흩뿌려져 있었다.

소년은 소란이 일자 손 가리개로 햇빛을 막고 바다를 보았 다. 노란색과 분홍색 비키니를 입은 여자 둘이 물방울을 튀기며 물속으로 뛰어들고 있었다. 흔들리는 긴 머리와 조약돌처럼 매 끄러운 등을 보았다. 허리까지 잠긴 그들의 즐거운 비명이 파도 를 타고 밀려왔다. 바닷물이 비키니 탑 속으로 쏟아질 때마다 하이톤은 높아졌다. 소년의 심장박동이 홍수처럼 속력을 냈다.

여자들의 웃음소리와 솔밭에 웅크린 그늘, 하늘 위로 부푼 솜 사탕 구름과 모래성 옆에 나뒹구는 소라 껍데기가 쇳물처럼 열 기를 토하며 녹아내렸다. 소년은 도리질을 치고는 자신의 다리 를 내려다보았다. 물기가 말라버린 삼각팬티 사이로 은구슬 같은 모래가 촘촘하게 달려 있었다. 그는 언뜻 미래를 본 듯한 환상에 사로잡혔다. 미래는 끝이 안 보이는 모래사장과 수평선 너머의 바다보다도 크고 압도적이었다. 소년은 정신을 잃고 쓰러졌다.

눈을 뜨자 눈부신 응급실 조명이 보였다. 반소매 셔츠를 입은 아버지가 손바닥으로 이마에 솟은 땀을 닦아주었다. 소년은 병원비를 걱정해야 하는 가난한 아버지를 올려다보며 눈물 흘렸다.

"괜찮아. 더위를 먹은 거야."

아버지의 목소리는 낮고 부드러웠다. 소년은 해변에서 천사들을 보았다고 고백했다. 간호사와 아버지가 동시에 소리 내 웃었다. 그들이 사라지자 소년은 다시 눈을 감았다.

초등학교에 입학한 해였다. 집에 도착하니 아버지가 구두를 신은 채 마루에 걸터앉아 있었다. 양손에 커다란 박달나무 십자가를 쥔 채 기도에 빠진 상태였다. 그는 자리를 털고 소년의 손을 잡아채 길을 나섰다.

아마도 버스를 탔을 것이다. 이대로 시간이 멈추면 어른들이 뿜어내는 담배 연기에 질식할지 모른다고 생각했다. 버스에서 내려 좁고 더러운 골목길을 지나 가파른 언덕길을 올랐다. 손바닥에 진땀이 고였지만 올가미처럼 죄어오는 어른의 손을 놓을 수는 없었다. 무너진 벽돌이 얼기설기 둘러싼 기와집 마당에 들어서자 아버지가 스스럼없이 후미진 곁채 미닫이문을 열었다. 볕이 들지 않는 방에는 속옷 차림의 여자가 이불 위에 누워 있었다. 숱 많은 머리는 흐트러지고 작은 얼굴은 부어 있었다.

어머니였다. 고개를 드니 머리를 말끔히 빗어 넘긴 사내가 구석에서 바지를 입고 있었다. 순간 아버지의 고함과 어머니의 비명이 봄볕에 달구어진 마당에 울려 퍼졌다. 빨랫줄에 걸린 때 묻은 옷가지들은 전장의 깃발처럼 펄럭였다.

"미친년! 넌 창녀야! 더러운 창녀!"

소년은 어렸다. 아이에게 세상은 발이 닿지 않는 검푸른 저수지였다. 그런데도 아버지가 왜 자신을 이 낯선 동네까지 데려온 것인지 이해할 수 있었다.

두 기억 중 하나만 진실이다. 하나는 사실이고, 다른 하나는 허구다. 정우는 무엇이 실제 일어난 일이고 무엇이 가상의 이야기인지 판단할 수 없었다. 몽상과 허구의 불순물이 개입하면서 기억은 잃어버린 조각들의 대규모 퍼즐이 되었다.

마지막 수업이 끝났다. 강의를 끝낸 노교수는 제자들이 강의실을 빠져나갈 때까지 기다렸다. 정우는 초로의 남자가 은퇴 이후의 삶을 행복하게 보내길 바라며 진심을 담아 인사했다.

상경대 본관 건물을 빠져나온 정우는 인접 숲길을 향해 걸어
갔다. 학생회관 앞에 있는 광장은 무질서한 소음과 파괴 행위를
분출하는 해방구였다. 건물 옆면에 내걸린 대형 걸개그림 위로
무장한 노동자들이 붉은 띠를 두른 채 아스팔트 광장을 내려다
보고 있었다.

집회가 없는 오늘, 민주광장은 농구공을 던지는 한 떼의 남학
생들과 그들을 지켜보는 여학생들이 차지하고 있었다. 시선을
들면 학생회관 뒤 숲 너머로 가톨릭 재단에서 운영하는 성당 첨
탑이 보였다. 미사를 알리는 종소리는 단결 투쟁을 외치는 학생
들의 집단 구호에 잠식당한 지 오래였다. 정우는 인적 없는 나
무 그늘에 앉아 머리를 비우고, 혓바늘이 돋은 입속을 차가운
공기로 씻어내고 싶었다.

농구장을 지나 숲으로 오르는 계단 입구에 진입했을 때였다.
사내아이 둘이 유령처럼 나타나 그를 막아섰다. 고가 브랜드로
차려입은 이들은 그가 속한 학과 신입생들이었다. 환영회에서
만나 밤을 지새우며 얼굴을 익힌 아이들이기도 했다. 그들은 의
미심장한 웃음을 지으며 뜻밖의 제안을 꺼냈다.

신입생들은 교문을 나서자 택시를 잡았다. 정우도 그 뒤를 따
랐다. 택시에 오른 그는 바깥 풍경에 집중하지 못했다. 성수대
교를 건너 사거리 교차로에서 좌회전할 때 목적지가 가까워졌

음을 알았다. 앞좌석의 용재가 지갑을 꺼내자 택시기사가 차를 세웠다. 택시에서 내린 정우는 눈앞의 직사각형 백화점 건물을 올려다보았다. 압구정동이었다.

"형, 여자아이들이 원하는 건 단순해요. 간지럼을 태우는 거죠."

후배들은 자신들이 사는 동네에 도착하자 변해 있었다. 그들은 자신만만한 웃음을 흘리며 선배를 낯선 장소로 데려갔다. 터무니없이 값비싼 카페였다. 정우는 자신의 때 묻은 야전상의와 찢어진 운동화가 신경 쓰였다.

"형은 이런 분위기 눈에 거슬리죠?"

용재가 그에게 윙크하며 말했다. 정우는 주위를 둘러보았다. 르네상스 화가들의 그림처럼 높은 천장을 지닌 실내는 현대화된 미니멀리즘 양식으로 꾸며져 있었다. 빛은 오페라무대의 하이라이트 조명처럼 드문드문 반짝였다. 어둠에 익숙해지자 사물들의 윤곽이 점차 뚜렷해졌다. 노출콘크리트에 반사된 간접조명이 곳곳에 포진한 외계 생명체와도 같은 여자들의 팔다리를 비추고 있었다.

용재는 비밀의 숲처럼 외부막이 쳐진 구석 자리로 정우를 데려갔다. 그곳엔 그들을 기다리는 세 명의 여자아이들이 있었다. 용재가 손을 들어 반갑게 인사했지만 아무도 웃지 않았다. 짙은 화장 밑으로 드러난 여자들의 눈빛에는 낯선 침입자를 향한 호기심과 적의가 드러났다.

맞은편 소파에 나란히 앉자 세 여자의 시선이 모두 정우에게로 향했다. 그는 예기치 못한 상황에 가벼운 열기를 느꼈다. 여자들의 얼굴은 반사된 색조 화장으로 물감을 던진 그림처럼 외설적이었다. 용재가 주문한 음료를 웨이트리스가 가져오는 동안 조금씩 분위기가 진정되었다. 찻잔을 드니 커피 냄새 대신 위스키 향이 스쳤다. 쓰고 시큼한 액체에 정우가 인상을 찌푸렸다. 소파에 몸을 파묻은 여자아이들은 그제야 이런 상황이 재미있다는 듯 웃음을 흘렸다.

정우는 맞은편에 앉은 청색 원피스의 여자아이를 보았다. 활동적인 성격인 듯 얼굴과 몸을 리드미컬하게 움직였다. 시원한 눈매와 큰 입술, 그와는 대조적인 서늘한 검은 눈동자가 돋보였다. 중앙에는 시종일관 미소를 흘리는 귀여운 보조개를 지닌 여자아이가 있었다. 그녀의 시선은 모임의 주재자인 용재에게 고정된 상태였다.

그 옆으로 자리를 채운 건 화장기 없는 무표정한 얼굴의 또 다른 여자아이. 티셔츠와 청바지의 평범한 옷차림새도 셋 중에 가장 무난했다. 친구들 모두 대학생인 반면, 혼자 재수생인 처지여서 그런지 외따로 떨어진 분위기를 풍겼다. 용재가 농담으로 웃길 때도 홀로 시선을 피하며 딴곳을 바라보았다. 정우는 얼핏 그녀의 아름다운 눈동자에서 설명할 수 없는 슬픈 그림자를 보았다. 그녀를 바라보면 기묘한 쓸쓸함이 전해져왔다.

대화는 용재와 중앙에 앉은 여자아이가 주도했다. 연예인의 사생활과 패션, 화장품, 자동차, 영화, 스포츠 등 정우에게는 이질적인 주제였다. 그러던 중 그에게 질문이 넘어왔다.

"오빠는 정말 여자친구 없이 대학 4년을 보냈어요?"

정우는 오빠라는 낯선 호칭에 신선한 충격을 받았다. 여자 후배들은 그를 형이나 선배로 불렀으니까. 정우는 연애 경험이 없다는 사실이 이곳에서 조롱거리일지도 모른다는 생각에 즉답을 피했다. 그의 침묵에 분위기가 다시 가라앉았다. 용재가 짧은 치마를 입은 여종업원에게 손짓하자 탁자는 곧 이국적인 술로 채워졌다. 자메이카 헤비 럼은 한낮의 구토 이후 아무것도 삼키지 못한 청년의 내장을 도포하듯 미끄러져 내렸다.

"정우 형은 우리와는 다른 사람이야."

용재의 말에 원피스를 입은 여자아이가 눈을 깜빡이며 호기심을 보였다.

"뭐가 달라?"

"보면 몰라? 우릴 비웃고 있잖아."

그녀는 어이없다는 표정으로 입술을 반쯤 벌린 채 쳐다보았다.

"형이 입학할 때 받은 성적은 아마 상상조차 못 할걸. 앞으로도 전설로 남아 우리 학교 행정처에 영원히 보관될 거야. 너흰 지금 평범한 인간들과는 차원이 다른 천재를 눈앞에서 보고 있는 거야. 책을 읽으면 카메라처럼 이미지를 찍어 모든 텍스트를 뇌에 저장할 수 있어. 그런데 불행히도 이 형은 하늘이 준 재능을 거부하고 있네. 형이 맡은 직책이 뭐죠? 반전반핵투쟁위원장 맞나?"

"어머, 무슨 전쟁에 반대한다는 거예요? 그리고 책을 카메라처럼 찍는다는 건 무슨 말이에요?"

정우는 답하지 않았다. 시간을 들여 설명해도 그들은 이해할 수 없는 주제라고 생각했다. 그는 평소 후배들에게 친절했다. 누구든 의문을 가지면 아는 범위 내에서 거짓 없이 털어놓았다. 그러나 오늘은 자신이 나설 자리가 아니었다. 그는 화장실을 핑계로 자리에서 일어났다. 세면대에서 얼굴을 씻고 입안을 헹군 다음 거울에 비친 자신의 얼굴을 보았다. 실핏줄이 터진 것인지 흰자위가 붉게 물들어 있었다.

초대에 응한 것은 실수였다. 부유하고 예민한 여자아이들을 간지럼 태우는 마법은 존재하지 않았다. 앞으로도 그런 기적은 일어나지 않을 것이었다.

그는 화장실 문을 열고 바로 옆 비상구 계단으로 나왔다. 남겨진 아이들의 웃음소리가 환청처럼 들려오자 창백해진 얼굴로 버스에 올랐다. 승객은 그 혼자였다. 정우는 자리에 앉아 차창에 이마를 대고 가로등 아래 흐르는 강물을 내려다보았다.

어머님, 나는 별 하나에 아름다운 말 한마디씩 불러봅니다. 소학교 때 책상을 같이 했던 아이들의 이름과, 패, 경, 옥 이런 이국 소녀들의 이름과 벌써 애기 어머니 된 계집애들의 이름과, 가난한 이웃 사람들의 이름과, 비둘기, 강아지, 토끼, 노새, 노루, 프랑시스 잠, 라이너 마리아 릴케 이런 시인의 이름을 불러봅니다.

어린 동주는 선배 시인 백석의 시를 변주해 아름다운 시를 완성했다. 정우는 카페에서 만났던 여자아이들의 이름을 시에 넣어보았다. 은희, 선영, 태윤이라고 했다.

어머님, 나는 별 하나에 아름다운 말 한마디씩 불러봅니다. ……희, 영, 윤 이런 부잣집 소녀들의 이름과 가난한 이웃 사람들의 이름과, 비둘기, 강아지, 토끼, 노새, 노루, 미하일 바쿠닌, 윌리엄 모리스 이런 혁명가의 이름을 불러봅니다.

부질없는 짓이다. 달도 뜨지 않은 밤, 마음에 일어난 동요는

다리 밑으로 흐르는 검은 강물 탓일 것이다. 정우는 이국적인 세계를 동경하는 소년처럼 쉽게 잠들지 못할 것을 예감하며 눈을 감았다.

* * *

통유리 창을 통과한 햇볕이 카펫의 해바라기를 비추었다. 그 위로는 진녹색 플랫슈즈가 엇갈려 놓여 있었다. 가죽 의자에 기대앉아 2022년 월간 《아티스트》 과월 호의 책장을 넘기던 한나는 돌연 얼굴이 달아오름을 느꼈다. 서양화가 서연주의 인터뷰 기사였다.

내가 많은 남자와 섹스했다는 걸 듣고 구토했다는 이야기를 들은 적이 있어요. 그런 사람들은 이해하지 못할 거예요. 내 그림을 보고 역겨워해도 어쩔 수 없어요. 나는 욕망에서 벗어나고 싶었어요. 욕망과 정면으로 싸우기로 결심한 거예요. 내 욕망을 이해하지 못하는 한, 내가 사랑했던 남자의 욕망도 이해하지 못할 테고, 내가 바라보는 세계도 정확히 그려내지 못할 거란 결론을 내렸어요.

무모하다 해도 좋고, 방종이라 해도 좋아요. 난 그런 식으로 사물의 본질을 조금씩 알아갈 수 있었어요. 내가 만난 대부분의 남자들은 무뚝뚝하고, 오만하고, 자존심 강하고, 병적인 수치심에 사로잡혀 있었어요. 멀리서 보면 모래톱에 흐르는 물거품처럼 의미 없어 보일 거예요.

하지만 조금만 거리를 좁혀보면 그들이 깊은 상처와 고통을 숨기고 있다는 사실을 알게 되죠. 그들은 격려와 칭찬을 원하는 어린아이들이었어요. 홀로 모래성을 쌓는 소년과 같은 존재들이죠. 옷을 벗고 침대에 오른 남자들 대부분이 두려움에 떤다는 사실을 얼마 지나지 않아 알 수 있었어요. 그들 중에는 여린 피부를 가진 남자아이도 있었고, 머리숱이 빠지고 등이 굽어 노인이 돼버린 사내도 있었어요. 나는 그들을 위로하고 응원해주고 싶었어요. 증오와 분노로 시작한 복수극이 어느새 동화처럼 변질됐다는 사실에 비로소 욕망에서 벗어날 수 있었죠. 더 이상 내가 남자들을 미워하지 않는다는 사실을 깨닫게 된 거예요.

작가는 물을 한 모금 마신 다음 시선을 들었다. 그녀의 아름다운 얼굴과 우아한 동작은 바라보는 이를 매료시켰다. 팔을 뻗으면 잡힐 근거리에 미술품 경매에서 수억 원의 낙찰가를 받는 아티스트가 앉아 있었다.

"평범한 남자의 육체는 아름답지 않아요. 하지만 그들 몸에는 우리가 알지 못하는 비밀이 숨겨져 있어요."

한나는 그녀가 말한 수많은 남자를 떠올리다 현기증을 느꼈다. 그녀의 회화작품들 앞에서 느낀 혼란과는 또 다른 차원의 어지럼증이었다. 사랑과 성, 결혼을 동일한 것으로 생각하는 사람들의 비극을 다룬 비구상 연작이 왜 그녀의 대표작이 됐는지 이해할 수 있었다.

사무실 문밖으로 발소리가 들렸다. 동료들의 손에 들린 커피 향이 몽상을 밀어냈다. 한나는 잡지를 덮고 자리에서 일어나 카펫 위에 벗어놓은 녹색 플랫슈즈를 신었다. 오후 일과가 시작되고 있었다.

*　*　*

학생회관 지하로 용재가 찾아왔을 때 정우는 낯선 사람처럼 그를 응시했다.

"기억나죠? 형 자리에서 대각선으로 앉은 여자애? 걔가 형한테 관심 있나 봐요."

정우는 기억을 되살렸다. 세 명의 여자아이 중 말이 없던 재수생 아이였다. 정우는 태연하게 고개를 끄덕였다. 그러고는 누군가 대화를 엿들은 것은 아닌지 주위를 살폈다.

다음 날 오후, 그는 압구정동 갤러리아백화점 앞에서 용재를 다시 만났다. 카페에는 이전처럼 여자아이들이 먼저 도착해 기다리고 있었다. 용재는 의도적으로 정우를 재수생 여자아이의 맞은편에 앉혔다. 예전처럼 화장기 없는 얼굴에 평범한 티셔츠와 청바지 차림이었다.

정우는 무심코 고개를 돌려 높은음으로 대화를 주도하는 여자아이를 바라보았다. 지난 만남에서 청색 원피스를 입고 자신의 맞은편에 앉아 있던 여자아이였다. 그녀와 시선이 부딪치자 정우는 사태의 본질을 정확히 꿰뚫을 수 있었다. 동병상련이라 해도 좋을 만큼 같은 생각을 하고 있었던 것이다. 그녀 역시 바로 곁에 있는 이 수수한 옷차림의 여자아이 때문에 불안해하고 있었다. 과장된 마스카라와 화려한 핑크빛 립스틱에도 불구하고 자신의 아름다움을 확신하지 못한 채 옆에 앉은 친구를 곁눈질했다. 정우는 판단 착오를 인정했다. 자신을 초대한 여자아이는 평범한 스무 살 여자아이가 아니었다.

그날 밤 자정, 학생들은 급조한 선전포고문을 낭독하고 적진으로 뛰어들었다. 끓어오르는 화염병 불꽃이 온몸을 뒤흔들었다. 기습 시위에 놀란 경찰들이 파출소 외벽에 붙은 불을 소화기로 끄는 동안 정우는 동료 학우들과 구호를 외쳤다. 잠이 덜

깬 늙은 하급 경찰들은 학생들의 쇠파이프에 놀라 상부에 전화를 돌렸다. 집시법으로 수배를 받던 중이어서 오늘 밤 그의 행동은 오기에 가까웠다.

신입생이었던 87년 6월 항쟁 이후, 그는 시위대의 선봉대장으로 교내외 폭력 시위를 이끌었다. 그의 과격한 행동은 관할 경찰서 전투경찰 중대원들의 표적이 되었다. 폭력은 파도처럼 강했다. 파도가 거셀수록 해변의 풍경은 바뀌었다. 외부로부터 밀려온 폭풍이 그의 내면과 의식을 잠식했다. 아무것도 할 수 없다는 절망감이 그를 염세적인 세계로 데려갔다.

자취방으로 돌아오자 피로가 몰려왔다. 그러나 오늘 밤 그를 사로잡은 악령은 다른 차원에서 날아온 불청객이었다. 정우는 눈을 감고 카페에서 본 여자아이의 얼굴을 떠올렸다. 그녀는 실재적인 존재가 아니었다. 어딘가 낯선 곳, 이를 수 없는 미지의 세계에서 솟아난 빛처럼 보였다.

헤어지면서 그녀는 악수를 청했다. 손바닥에는 아직 체온이 남아 있었다. 불현듯 카페에서의 일이 생각났다. 여자아이들이 화장실을 가며 잠시 자리를 비웠을 때였다. 용재가 라이터 불 뒤에 숨어 빠르게 속삭였다.

"태윤이 쟤, 아직 남자를 모르는 게 틀림없어요. 형이 자고 나면 나한테 말해줘요."

토요일을 맞은 정우의 발걸음은 가벼웠다. 때 묻은 야전상의 대신 말끔한 더플코트로 갈아입었다. 그는 교차로 건너편에서 신호를 기다리는 사람들을 훑어보았다. 거울에 반사된 태양빛처럼 강렬한 기운을 내뿜는 여자아이의 모습이 보였다. 태윤이었다. 기온이 오른 늦가을 오후, 철 이른 코트 차림의 정우를 보며 그녀가 미소 지었다.

"덥지 않아요, 오빠?"

가슴이 두근거렸다.

"이제 뭘 하죠?"

정우는 표백제로 세탁한 듯한 태윤의 하얀 운동화와 양말을 내려다보았다. 종아리와 발목은 날씬했고, 또래 아이들과 달리 힘이 느껴졌다. 고개를 드니 포니테일로 묶은 검고 풍성한 머리가 과학실의 진자처럼 흔들렸다.

"이런 건 남자들이 계획을 세워 오지 않나? 뭐 어쩔 수 없긴 하네. 내가 먼저 오빠를 불러낸 거니까."

적절한 농담을 찾으려 했지만 머릿속은 비어 있었다. 뱃속에서 꼬르륵 소리가 났다. 흥분한 탓에 점심을 거른 것이 원인이었다.

"좋아요. 그럼 우리 짜장면 먹어요."

두 사람은 로데오거리를 지나 식당과 잡화점이 밀집한 시장

골목으로 들어섰다. 시장통의 중국 음식섬은 적당히 비위생적이었고, 종업원은 도를 넘지 않을 만큼 불친절했다.

태윤이 짜장면과 군만두를 주문하고 물었다.

"우리 낮술 마실까? 빼갈 어때요?"

중국집 특유의 냄새와 나긋한 목소리가 묘하게 어울렸다. 정우는 처음으로 건조한 미소를 지으며 마주 앉은 여자아이를 바라보았다.

"무리하지 않아도 돼. 그래도 원한다면 한잔할까?"

목소리는 부드러우면서도 편안했다. 정우는 코트를 벗고 미소를 띤 채 태윤을 응시했다. 로맨틱한 수수께끼를 품은 눈동자가 밤바다의 등대처럼 빛을 냈다.

"이제 뭘 할 생각이에요? 생각해놓은 건 있어요?"

정우는 빈 그릇을 내려다보며 고개를 저었다.

"우리 집으로 가요."

정우가 고개를 들어 태윤을 바라보았다.

"왜? 무서워요?"

정우는 옆에서 걷는 여자아이를 관찰했다. 세상의 어둠과 풍파는 얼씬도 하지 않을 것 같은 순백의 피부가 안전하고 값비싼 외피에 싸여 숨겨져 있었다. 체형이 발육을 마치지 않은 소녀처럼 날씬해 언뜻 보면 치마 입은 고집 센 남자아이 느낌이었다.

플레어스커트 끝자락이 무릎을 스칠 때, 정우는 유럽으로 여행 길을 떠난 그녀의 부유한 부모를 떠올렸다. 유럽 여행이란 단어 에서 스위스 초콜릿 같은 달콤한 맛이 났다.

집에 도착해 현관문을 열자 털북숭이가 뛰쳐나와 종아리에 매달렸다. 태윤은 반갑게 개를 올려 품에 안았다. 실내는 좁고 어두웠다. 복도를 몇 걸음 내딛자 곧장 식탁이 놓인 주방이 나 왔다. 그 옆으로 벽을 댄 거실과 방들이 보였다. 화장실에서 손 을 씻고 나온 태윤이 그를 거실로 데려갔다. 빛이 들어오는 거 실은 상대적으로 환했다. 유리창 너머로 느린 강물이 늦가을을 싣고 흘러가는 풍경이 보였다. 정우는 벽면 가득한 책장을 신기 한 듯 바라보았다. 바닥에서 천장까지 책으로 빈틈없이 메워져 있었다.

태윤의 아버지는 유력 신문사 기자였다. 정우는 그녀의 설명 에 고개를 끄덕였다. 거실 중앙에는 크고 화려한 꽃무늬 소파와 두꺼운 통나무로 만든 테이블이 놓여 있었다. 태윤은 벽면 책장 으로 다가가 LP 플레이어에 바늘을 올리고 되돌아왔다.

정우가 소파에 앉자, 태윤이 바로 옆에 앉으며 말했다.

"바그너 좋아해?"

스피커에서 울리는 음이 안개구름처럼 거실 아래 내려앉았 다. 정우는 팔짱을 긴 채 '왜 하필 바그너인가' 하는 질문을 떠올리며 몸을 파묻었다.

"오빠만 좋다면 오늘 밤 여기서 자고 가도 돼."

태윤은 양말을 벗은 두 발을 테이블로 뻗으며 카드놀이라도 제안하듯 말했다. 그것은 불순한 의도를 담지 않은 투명한 친절이었다. 부유한 부모를 둔 어느 여자아이의 성적 충동이 아니었다.

여자친구의 빈집, 크고 푹신한 소파, 달콤한 과일케이크, 창밖으로 흐르는 강물, 귀여운 요크셔테리어, 건강한 맨다리, 호기심 어린 눈동자…… 모든 것이 완벽했다. 그런데도 그는 움직이지 않았다. 그저 팔짱을 낀 채 낮게 울리는 교향곡에 귀를 집중했다. 그는 신사이고 바보였다. 턴테이블 바늘이 툭 소리를 내며 제자리로 돌아갔다.

타인과 함께 걷는다는 것, 그것은 색다른 경험이었다. 강물 위를 떠돌던 찬바람이 머리카락을 쓸어 올리고, 맨다리를 관통해 나갔다. 저공비행하던 물새가 먹이를 찾아 물속으로 부리를 박았다. 그러자 태윤이 정우의 팔짱을 꼈다. 지극히 자연스러운 동작이었다. 물새를 가리키며 쏟아내는 그녀의 말은 단 한마디도 귓속으로 전달되지 않았다.

그 대신 팔에 매달린 여자아이의 육체가 전기충격처럼 강하게 몸을 뒤흔들었다. 가늘고 힘찬 손가락과 풍선같이 부드러운 가슴이 한겨울 폭설처럼 그를 짓눌렀다. 몸속의 피가 모두 한곳으로 휩쓸려 내리는 것 같았다. 태윤은 팔짱을 풀 기세가 없었다. 그때마다 몸은 오븐에 넣은 빵이 최대치로 부풀어 오르는 것처럼 커졌다.

"뭐야, 계속 진지한 표정으로…… 내 말이 들리기는 해?"

태윤은 그를 백화점 식료품 매장으로 데려갔다. 장바구니는 정체불명의 외국어가 적힌 식품들로 채워졌다. 백화점을 나오자 태윤이 다시 팔짱을 꼈다. 두 사람은 늦가을 오후를 등지고 아파트까지 걸어갔다. 정우는 자부심을 느끼며 석양을 바라보았다. 강변에서처럼 원초적인 흥분은 일어나지 않았다. 처음으로 그는 자신의 욕망에 의문을 가졌다.

'내가 원했던 것은 이처럼 감각적인 중산층의 삶은 아니었을까.'

싱크대 앞에서 태윤이 꽃무늬 프린트가 들어간 앞치마를 걸치며 말했다. 그녀가 "오빠 조금만 기다려. 스파게티 해줄게"라고 말했을 때 처음으로 그는 어른들의 세속적인 행복을 느꼈다. 해물파스타를 돌돌 말아 삼키는 태윤을 흉내 내며 정우는 이제껏 경험하지 못한 자아분열을 실감했다. 거실에서는 마리아 칼라스의 오페라가 흐르고, 요크셔테리어는 두 사람을 오가며 발가락을 핥았다. 그날 밤, 그는 한여름의 농상과도 같은 여자아이의 아파트에서 잠이 들었다.

"쉿!"

정우가 눈을 떴다.

"오빠!"

태윤이 손바닥으로 그의 차가워진 뺨을 어루만졌다. 얇은 실크 커튼 뒤로 강에 반사된 달빛이 어른거렸다. 정우는 양팔을 내밀어 여자아이를 안았다. 가슴으로 손을 뻗자 그녀가 몸을 밀착했다.

입술이 곧 그의 숨을 덮었다. 몸을 일으킨 태윤이 먼저 셔츠를 벗기고 자신의 스웨터를 벗었다. 그러고는 등 뒤로 손을 넣어 브래지어를 풀었다. 정우는 밤바다에서 건져 올린 듯한 여자의 그림자를 보았다. 유방은 작고 부드러웠다. 태윤이 벨트를 풀자 그가 엉덩이를 들어 청바지를 벗었다. 정우는 한낮에 거실 바닥을 울리던 바그너의 격렬한 선율을 기억했다.

스커트와 브래지어를 쥔 태윤이 화장실로 들어간 뒤에도 정우는 소파에 드러누워 천장을 바라보았다. 이마와 뺨에 손바닥을 올리고 체온을 느꼈다. 불처럼 뜨거웠던 몸이 바닷물에 빠진 강철처럼 급속히 식어 있었다. 자연스러운 생리현상인지도 모른다고 생각했지만 의문은 가시지 않았다. 깊은 새벽이었다. 아니, 곧 아침 해가 떠오를지도 몰랐다.

화장실에서 나온 태윤이 불을 끄고 방으로 들어가자 주위는 다시 어둠에 잠겼다. 정우는 자리에서 일어나 바지를 입고 양말을 신었다. 현관문을 나서자 요크셔테리어가 따라 나와 그를 낑낑대며 올려다보았다. 정우는 허리를 숙여 녀석의 머리를 쓰다듬었다. 문을 열자 차가운 새벽바람이 얼굴을 덮쳤다.

* * *

한나는 횡단보도 앞에 대기 중이던 택시에 올랐다. 뒷좌석에 앉자 불쾌한 이물질을 털어내듯 스커트를 손바닥으로 쓸어내렸다.

전시회 후원사와의 회의 직후, 뒤풀이 자리에서 일어난 일이었다. 젊은 여자가 VIP를 시중드는 일이 관례임은 한나 역시 잘 알고 있었다. 갑을관계에서 이루어지는 통상적인 절차라고 생각하면 술 따르는 정도야 못 할 바도 아니었다. 모두가 큰돈을 낸 물주의 당연한 권리라고 생각했다. 한나는 미소를 지으며 남자의 술잔이 비어가는 상황을 체크했다.

"한나 씨, 오늘 밤 시간 있어?"

술잔이 돌며 분위기가 무르익을 때였다. 테이블 밑에서 두툼

한 손바닥이 무릎 위로 올라왔다.

"괜찮으면 우리끼리 2차 할까?"

불과 몇 분 전만 해도 휴대폰에 저장된 딸 사진을 자랑삼아 보여주던 사내였다. 한나는 주변을 둘러보았다. 모두 약속이라도 한 듯 저희끼리 대화에 열중이었다.

무릎 근처에 머물던 사내의 손바닥이 허벅지를 향해 올라왔다. 50대 중반의 남자는 괴상한 영어 신조어를 회사명 삼아 고객들을 어리둥절케 하는 투자회사의 대표이사였다. 2008년 미국발 금융위기 이후, 그의 성공 스토리가 한동안 회자될 정도로 업계에서 유명세를 떨친 인물이었다.

자본투자로 성공한 남자가 미술계의 큰손이 되기까지 걸린 시간은 상상을 초월할 만큼 짧았다. 그는 속전속결의 명수였다. 엄청난 현금을 자랑하는 VIP 컬렉터로 알려지자 그에게 연을 대려는 업자들이 줄을 섰다.

한나는 직감으로 알았다. 지금 남자의 손을 뿌리치는 순간, 젊은 작가들의 작품이 족히 몇 년은 주인을 찾지 못한 채 창고에서 썩어갈 것이다. 관장과 팀장은 이번 전시회에 그가 적어도 수억 원은 베팅할 것이라고 믿었다.

"전시회에서 받은 스트레스를 풀자는 거야. 이번 전시 성공을 자축하는 의미에서 돔 페리뇽을 함께 마시면서 말이야. 어때?"

그는 자신을 끈질기고 충성스러운 진돗개로 묘사하길 좋아했다. 투자 대상이 정해지면 수익이 나기 전까지는 물러서지 않았다. 그 말은 곧 값비싼 샴페인을 마시면 그 이상의 대가를 지불해야 한다는 말과 동일했다.

남자는 오른손에 위스키를 탄 폭탄주를 들고 있었다. 그때 한나의 허벅지에 있던 왼손이 뒤쪽으로 향했다. 엉덩이였다. 그가 묘하게 몸을 기울이고 있어 아무도 눈치채지 못한 모양이었다. 아니면 그냥 모른 척하고 있는 것인지도 몰랐다.

"회장님, 이제 약주 그만하세요."

한나는 자신이 내뱉은 말에 충격을 받았다. 마치 구식 영화에 등장하는 작부의 진부한 대사와 다를 게 없었다.

대학을 졸업하고 학예사로 2년을 보냈다. 어느 날 갑자기 사라진다 해도 아무도 눈여겨보지 않을 미미한 경력이었다. 지금 당장 자리를 떠 수억 원이 사라진들, 돈에 굶주린 젊은 작가들이 악의에 차 비난한들, 신참 큐레이터가 판돈을 날렸다고 경영진이 저주한들, 자신이 알 바 아니었다. 할 수만 있다면 그의 손목을 분지르고 싶었다.

한나는 남자의 손이 마침내 팬티라인을 살짝 당기며 고무줄 놀이라도 하듯 장난을 치자 결심을 굳혔다. 물컵을 쥐고 자리에서 일어서려는 순간, 낯선 손이 그녀의 양어깨를 지그시 눌렀다. 마치 유압장치 프레스처럼 부드럽고 눈중한 힘이었다.

"오늘 회장님 기분이 무척 좋아 보이시네요."

한나와 남자가 동시에 올려다보았다. 미술관 전속 작가인 백미향 화백이었다.

"어이, 백 작가 오랜만이야. 전시회 때는 코빼기도 안 보이더니 뒤풀이는 나왔네."

남자가 슬그머니 팔을 뺐다. 그러고는 서 있는 백 작가와 악수하려고 손을 뻗었다. 예기치 못한 상황에 한나가 머뭇거리자 백 작가가 슬그머니 자리를 꿰차고 들어왔다. 한나는 얼떨결에 옆자리로 물러나 앉았다.

"사모님은 잘 계시죠? 지난번 사모님이 보내주신 홍삼 덕분에 고질적인 비염도 고쳤어요. 한나 씨는 어때? 잘 지내지?"

백 작가는 눈을 찡긋해 보이고는 다시 그와 대화를 이어갔다. 장 회장은 순한 양처럼 돌변해 허허로운 웃음을 흘렸다. 그는 탈코르셋운동을 행위예술로 표현한 대표 페미니스트의 악명에 겁을 먹었는지도 몰랐다. 수개월 전, 한나는 그녀의 퍼포먼스에 남성 혐오가 있다며 미묘한 갈등을 빚은 적이 있었다. 그 때문에 되도록 사석에서의 만남을 피해오고 있었다.

"한나 씨, 《월간 미술》 김 기자가 와 있던데 나가봐야 하지 않아?"

백 작가가 당연하다는 듯 말했기 때문에 한나는 떠밀려 일어났다. 화장실로 가는 동안 좌중은 술잔을 돌렸고, 누구도 그녀를 주시하지 않았다. 오직 투자회사 대표만이 그녀의 뒷모습을 훔쳐볼 뿐이었다. 화장실 거울 앞에 서자 눈물이 흘렀다. 한나는 페이퍼타월로 눈물을 닦고 화장도 고치지 않은 채 술집을 나왔다.

"남자들의 성기를 노골적으로 작게 묘사하는 건, 남성 혐오일 뿐이지 예술 행위가 아니에요."

백 작가에게 대들 듯 토론을 벌인 지난날이 후회스러웠다.

택시에서 내리자 골목길을 떠돌던 서슬 퍼런 찬바람이 얼굴을 때렸다. 그녀는 뜨거운 욕조 물과 침대 온기를 떠올렸다. 오피스텔 승강기 버튼을 누를 때는 두근거림으로 온몸이 떨렸다. 그 이유가 자신의 경제력에 기생하는 남자라고 생각하자 그로테스크한 공포심이 밀려왔다. 군살 없는 넓은 어깨와 단단한 근육, 늘씬한 체형에 크고 묵직한 페니스를 지닌 젊은 동거인이 그녀를 기다리고 있었다.

'나는 이 남자를 사랑하는 걸까……?'

한나는 초조함으로 몸을 떨었다.

*　*　*

자취방은 냉동고처럼 얼어붙어 있었다. 허술한 미닫이문 사이로 갈색 모직 코트를 입는 여자아이가 등장했다. 정우는 늦은 잠에 빠져 있었다. 침입자의 등장에 고개를 들어 문밖을 바라보았다. 태윤이었다.

"대학에 가지 않을 거야."

오전부터 대학가 2층 찻집에는 철 이른 캐럴이 흘러나왔다. 태윤은 김이 나는 녹차를 양 손바닥으로 감싼 채, 거리의 차들과 보행자들을 내려다보았다.

"먼저 연락 못 해 미안하다. 그동안 좀 아팠어."

"왜? 어디가?"

태윤이 고개를 돌려 쳐다보며 말했다. 곤봉에 맞아 꿰맨 이마 위에는 거즈 패드가 아직 그대로 남아 있었다.

"넌 내가 무섭지 않니?"

"왜?"

그녀의 눈동자가 미세하게 흔들렸다.

"내가 오빠랑 자버려서 그렇게 생각하는 거야? 아니면 내가 처음이 아니라서 오빠에게 용서를 구해야 한다고 생각해?"

정우는 고개를 저었다.

"너에게 상처 준 건 아닐까 걱정했을 뿐이야. 그동안 아팠던 건 너와 무관한 일 때문이었어. 전력을 다한 싸움에서 내가 패배했다는 생각이 들었거든."

태윤의 얼굴이 변했다. 봄날 지표면에 감지된 온기처럼 미세한 변화였다. 그는 곧 여린 줄기에서 꽃망울이 터지리라는 희망을 품었다. 그러나 태윤은 그를 앞질러 갔다. 뺨으로 무언가 흘러내리자 그녀가 아랫입술을 깨물며 눈물을 훔쳤다.

"오빠가 도망친 거라 생각했어. 내가 저질렀던 잘못 때문에 나를 버린 거라고."

"나는 널 사랑해."

태윤은 눈물을 그치고 결심한 듯 입을 열었다.

"죽이고 싶은 사람이 있어. 오빠가…… 해줄 수 있어?"

태윤은 비스듬히 누워 양손으로 팔베개를 하고 잠이 들었다. 호흡은 규칙적이고 얼굴은 비현실적으로 아름다웠다. 가까운 거리에 타인의 얼굴이 있다는 사실이 초현실적인 미시 세계의 기적처럼 느껴졌다. 그리고 자신이 이 아이에 대해 아는 것이 전무하다는 사실에 놀랐다. 강남에 사는 미대 재수생이며, 요크셔테리어를 키우는 스무 살 여자아이라는 단편적인 정보만으로는 그녀를 온전히 이해할 수 없었다.

정우는 고개를 돌려 주위를 돌아보았다. 사글세 자취방에는 비루한 삶의 흔적만이 보였다. 그의 부모는 중산층에서 탈락한 실패자들이었다. 머지않아 자신 역시 그들의 궤적을 뒤따를 것이다.

정우는 손바닥을 태윤의 뺨에 올렸다. 순간 불에 덴 것처럼 신열이 느껴졌다. 눈을 뜨지 못한 상태에서 여자아이의 눈두덩이 파르르 경련을 일으켰다. 손을 떼자 호흡이 느려지고 떨림이 잦아들었다. 의식을 잃은 깊은 잠이었다. 정우는 그것이 발작의 초기 증상임을 알았다. 아이는 본능적으로 타인의 손길을 두려워하고 있었다. 내면에서 회오리치는 걷잡을 수 없는 혼돈이 느껴졌다.

"죽이고 싶은 사람이 있어. 오빠가…… 해줄 수 있어?"

그것은 단순한 비유가 아니었다. 무엇이 그녀를 극도의 불안으로 몰아가고 있는 것일까? 정우는 물수건으로 여자아이를 닦으며 열을 식혔다. 불현듯 그녀에게서 거부할 수 없는 사랑이 느껴졌다.

오후가 되며 바깥 온도가 오르기 시작했다. 그는 태윤을 안았다. 악몽에서 깨어난 여자아이는 흐릿한 의식을 회복한 채 품속으로 파고들었다. 봇물 터지듯 쏟아진 눈물과 울음이 그의 마음을 아프게 했다. 그는 아이를 달래듯이 낮은 목소리로 말했다.

"죽이고 싶은 사람이 누군지 말해줘. 내가 해줄게."

크리스마스 시즌이 찾아왔다. 일방적인 이별 통보를 받은 며칠 후였다. 태윤이 정우를 버렸다. 그는 대로변에서 최후의 일격을 받았다.

"끝났다고 했잖아! 더 이상 질척대지 마!"

태윤이 비명을 질렀다. 그녀는 곧장 등을 돌려 아파트를 향해 뛰어갔다. 정우는 그 뒷모습을 바라보기만 했다. 사랑을 고백하고 미래를 약속한 것이 잘못이었나?

그날 이후, 연락이 끊겼다. 일주일이 지나고 자취방으로 편지가 도착했다. 여기서 끝내는 것이 서로를 위해 좋겠다는 짧은 메시지가 담긴 편지였다.

정우는 아파트 주변을 서성이며 그녀를 만나기 위해 노력했다. 심장이 뛰고 호흡이 엉켰다. 한 여자아이와의 결별이 이토록 깊은 상처를 남길 줄은 미처 예상하지 못했다. 정우는 출정 준비를 마친 상황에서 갑작스러운 후퇴 명령에 전진도 후진도 못 하는 병사처럼 서 있었다.

그해 마지막 겨울 열린 연말 파티는 기회였다. 용재의 목소리는 쾌활했다.

"은희가 형 얘기를 해서 생각났어요. 이런 분위기를 좋아할 것 같진 않지만 어울리다 보면 또 재미있을 거예요."

진눈깨비가 내린 거리는 축축하고 을씨년스러웠다. 가시 품은 찬바람이 사람들의 들뜬 마음을 할퀴며 건물들 사이를 떠돌았다. 갤러리아백화점 사거리를 건너 인적 드문 청담동 주택가를 향해 걸어 올라갔다. 카페와 부티크들이 드문드문해지자 사위는 쥐 죽은 듯 고요해졌다. 높은 담장과 두꺼운 대문을 두른 집들이 성벽처럼 어깨를 맞대고 나타났다. 정우는 냉담한 표정으로 언덕을 올랐다.

10여 분 뒤, 목적지인 빌라 건물의 붉은 지붕이 보였다. 높은 담벼락만큼이나 비현실적인 대칭을 이룬 괴상한 건축물이었다. 주위를 따라 빙글빙글 돌아봤지만 입구는 나오지 않았다. 외부인의 출입을 허락하지 않겠다는 의지가 엿보이는 수상한 구조였다.

마침내 지하 차고를 통해 빌라로 향하는 길을 발견했다. 그는 피로를 느꼈다. 주차장에는 독일 수입차들이 거대한 목조 관처럼 늘어서 있었다. 경비는 방문객의 신원을 확인하고 나서야 문을 열어주었다. 지상으로 오르는 계단 옆에는 헐벗은 장미 덩굴이 철조망처럼 엉켜 있었다. 초인종을 누르자 인터폰으로 귀에 익은 목소리가 들려왔다.

"정우 형? 진짜 왔어?"

파티 참가자들은 그가 미루어 짐작했던 것과는 달랐다. 남녀 합해 스무 명가량이 집 안에 흩어져 있었다. 개중에는 회사원으로 보이는 남자들과 아직 미성년자인 여자아이들도 눈에 띄었다. 그들은 정우를 힐끗 보고는 관심 없다는 듯 자신들의 대화에 열중했다. 넓은 거실과 주방, 테라스가 있는 1층과 여러 방으로 이루어진 2층, 서재와 비밀스러운 지하공간까지, 사람들이 흩어져 술을 마시고 있었다.

크리스마스이브와는 어울리지 않는 쇼스타코비치의 현악 4중주가 호텔 복도에 BGM으로 흘러나왔다. 화장하지 않은 여자는 찾아볼 수 없고, 남자들도 옷차림에 신경 쓴 모습이 역력했다. 여자들 대부분은 몸매가 드러나는 짧은 원피스 차림이었다. 화장품이며 향수 냄새가 독한 술과 담배 연기에 뒤섞여 코를 자극했다. 재채기를 터뜨리자 용재가 깔깔거리며 웃었다. 정우는 들고 있던 술잔을 건네고는 갑자기 자리를 떴다.

위스키 잔을 들고 주위를 둘러보았다. 그는 이질감의 정체를 곧 깨달았다. 이곳에 가난한 집안 출신은 자신 혼자였다. 두꺼운 커튼 밖으로 함박눈이 내리기 시작했지만 화이트 크리스마스를 기다리며 가슴 졸이는 소년 소녀들은 없었다. 그들은 모두 취해 있었고, 밤이 깊어지기까지 욕망을 억누르고 있었다. 정우는 지하에서 2층까지 이 방 저 방 돌아다니며 그들을 관찰했다.

그리고 태윤이 이 혼돈 속에 없다는 사실에 안도하며 시선이 미치지 않는 구석 자리로 몸을 숨겼다.

"오빠는 좀 특이한 사람인 것 같아요."

거실 안락의자에 몸을 파묻고 위스키를 마실 때였다. 여자아이는 어깨를 으쓱이고는 붉은 페르시안 카펫에 털썩 주저앉았다. 스커트가 올라가 허벅지가 드러나도 신경 쓰지 않는다는 표정이었다.

"아니면 태윤이가 특이한 건가?"

은희라고 했다. 화려한 얼굴과 몸매에는 어울리지 않는 평범한 이름이었다. 그녀는 자신의 이름을 재미있어했다. 이번으로 벌써 세 번째 만남이다.

"태윤이는 오지 않는 거야?"

"그걸 왜 제게 물어요? 오빠가 알고 있어야 하는 거 아니에요?"

이 아이는 나를 태윤의 남자친구라고 인정하는 걸까. 아니면 슬쩍 떠보는 걸까.

"갑자기 연락이 끊겨 궁금했어요. 그럼 오빠도 태윤이 소식은 모르는 거죠?"

정우는 고개를 끄덕였다.

"이번에 시험 안 봤다는 것도 몰라요?"

시험? 정우는 그제야 태윤이 재수생 신분임을 떠올렸다.

과거 자취방으로 찾아온 태윤은 말했다.

"대학에 가지 않을 거야."

결국 소원대로 시험을 치지 않았다는 말인가.

"좀 이상한 아이라고 생각했지만 상상 이상이네요."

"친구 사이에 할 말은 아닌 것 같은데."

그의 대꾸에 은희가 웃음을 터뜨렸다. 조건반사적인 꾸밈없
는 웃음이었다.

"친구 사이라고요? 태윤이와 내가?"

그녀의 반응은 그동안의 오해와 무지를 일시에 걷는 효과를
일으켰다.

"그 애를 잘 아는 사람은 여기 아무도 없어요. 심지어 용재도
태윤이를 잘 몰라요. 물론 두 사람이 같은 학교에 다니고 같은
동네에 산 건 맞아요. 하지만 우리가 태윤이를 만난 건 오빠가
카페에 온 그날이 처음이었어요. 오빠도 태윤이를 처음 봤겠지
만 우리도 마찬가지였어요. 걔는 늘 혼자고 외톨이였어요. 물론
걔처럼 예쁜 애가 사람들의 관심에서 벗어나기란 어려운 일이
죠. 그래서 용재가 불렀을 거예요. 호시탐탐 기회를 엿보고 있
었으니까요. 그때 마침 오빠가 나타난 건데…… 묘하게 일이 꼬
여버린 거예요. 태윤이가 엉뚱하게 오빠에게 관심을 보인 거잖
아요?"

정우는 그녀의 말을 해석할 수 없었다. 용재가 호시탐탐 기회를 엿봤다는 말과 자신이 나타나 일이 꼬였다는 말은 비논리적으로 들렸다.

"혹시, 태윤이와…… 깊은 관계까지 갔어요?"

정우는 감정적인 혼란과는 무관한 눈빛으로 은희를 바라보았다.

"만약 그렇다면 누군가는 무척 실망하겠네요."

은희는 어깨를 으쓱인 다음 자리에서 일어났다. 정우는 멀어져가는 그녀의 뒷모습을 바라보다 불현듯 자신이 불청객으로 왔다는 사실을 깨달았다. 술은 마취제이자 흥분제였다. 집에 돌아가야 한다는 생각으로 현관을 향해 걸어갔다. 그러다 현관 입구에 놓인 코냑을 보았다. 그는 술병을 들고 다시 거실로 돌아와 술을 마셨다.

이곳에서는 값비싼 물건들이 모두 공짜였다. 위스키와 브랜디는 물론 와인과 담배, 과일, 치즈, 케이크 등 혀와 미각을 자극하는 음식들로 가득했다. 자취방으로 돌아가봐야 기다리는 것은 얼어붙은 공기와 싸구려 전기장판이 전부였다. 그는 술을 마시며 느긋하게 취했다.

밤이 깊어지자 분위기가 달아올랐다. 실내에는 머라이어 캐리의 크리스마스캐럴이 흘렀다. 그도 술에 취해 자리에서 일어나 사람들과 어울렸다. 모든 것이 우스꽝스럽고 즐거웠다. 미성년자인 여자아이들과 샴페인을 마시며 폭소를 터뜨렸다. 2층 복도에서는 용재와 은희의 키스 장면을 목격했다. 미안한 마음에 진심으로 사과했다. 두 사람의 쾌활한 웃음소리가 들리자 흐뭇한 미소가 피어올랐다.

그때 한 여고생이 그에게 기적과도 같은 관심을 보였다. 짧은 커트 머리에 블랙 미니원피스 차림이었다. 그녀는 술에 취해 휘청대는 정우에게 다가왔다.

"부탁 하나 해도 돼?"

정우는 당돌한 그녀의 제안에 이마에 흘러내린 머리칼을 쓸어 올렸다. 술기운으로 심장이 뛰고, 호흡이 일정치 않았다.

"부탁? 좋아, 공주님이 원하는 거라면 뭐든 해야지."

그녀는 미간을 찌푸린 채 말했다.

"오빠 사진을 찍고 싶어."

"사진?"

"응. 농담으로 하는 말 아니야."

"찍어서 뭐 하게? 영양실조 걸린 아프리카 아이들과 비교할 생각이야?"

그녀는 정우를 차갑게 쏘아보았다.

"나는 오랫동안 굶주린 사람을 모델로 찾고 있어."

"진짜 굶주린 모델을 찾고 있다면 여긴 적당한 장소가 아닌데. 네가 원한다면 얼마든지 소개해줄게. 여기서 버스 타고 몇 정거장만 지나도 쉽게 찾을 수 있어."

"난 가난한 사람들 얼굴을 클로즈업한 사진은 싫어. 유명해지고 부자는 되겠지만 가난한 사람들의 삶은 달라지지 않아. 그건 사기야."

"그럼 넌 어떤 사진을 찍을 생각이야?"

그녀는 아랫입술을 살짝 깨물고는 큰 결심이라도 한 듯 대답했다.

"난 사람들의 욕망을 찍고 싶어. 사람들이 마음속에 숨기고 있는 광기와 분노를 드러내 보이는 게 내 목표야. 겉으로 보이는 세계보다는 이면에 숨겨진 진실을 보고 싶은 거지."

정우는 짐짓 감탄한 표정으로 말했다.

"멋진 말이긴 한데 지나치게 관념적으로 들려. 인간의 광기와 분노를 어떻게 카메라에 담겠다는 거야? 너도 말했듯이 사람들은 그걸 숨기고 살아."

그녀는 피식 웃으며 말했다.

"그래서 오빠에게 부탁하는 거야. 내 눈에는 오빠 생각이 보여. 여기 오기 전에 거울 안 봤지? 오빠 굶주렸고, 욕망에 눈먼 사람처럼 보여. 한마디로 미친 사람 같아."

그는 속으로 '미친 사람'이라는 말을 되뇌었다.

"맞아. 난 지금 미쳤어. 안 그럼 이 자리에 오지도 않았겠지."

"내가 찍고 싶은 사진은 누드야. 할 수 있겠어?"

얼굴을 붉히긴 했지만 그녀의 옹골찬 이마에는 의지가 엿보였다. 정우는 어지럼증을 느꼈다. 동시에 이 무의미한 대화가 지겨워졌다.

"네 말대로 난 미친 인간이야. 나와 가까이해서 즐거운 일이라곤 없어. 뭘 하려는 건지 몰라도, 아무튼 난 어린애 앞에서 벗고 싶진 않아."

"알아. 오빠가 날 깔보고 있다는 것쯤은. 하지만 오빠도 대단한 사람은 아니야. 내가 보기에 오빠는 자신을 과대평가하고 있어. 이곳 분위기를 역겨워하지만 한편으론 두려워하고 있잖아. 두려워하고 있기 때문에 여길 벗어나지 못하고 있는 거야."

처음으로 정우는 여고생에게 호기심을 느꼈다.

"오빠는 지금 미래를 불안해하고 있어. 부유한 사람들과 어울리며 어떻게 살아야 할지 갈피를 못 잡는 거야. 가벼운 물질에 대한 욕망을 경멸하고 있지만 막상 자신이 그걸 놓친다고 생각하면 두려운 거야. 스스로 진지한 삶을 택했다고 자부해도 그건 겉으로 드러난 일면적인 세계일 뿐이야. 진짜 내부에서는 다른 일들이 벌어지고 있어."

미술대학에 미치광이들이 많다는 소문은 익히 알고 있었다. 정우는 어쩌면 미친 사람은 자신이 아니라 이 조그만 여자아이가 아닐까 생각했다.

"벽돌담이 있는 이층집, 예쁜 아내와 귀여운 아이들. 부정하고 싶겠지만 오빠가 진짜 원하는 건 이런 것들이야. 내 말 틀렸어?"

이번에는 정우가 얼굴을 붉혔다. 그는 해괴한 논리에 빨려 들어가고 있다고 생각했다.

"내가 뭘 해야 하는 거야?"

"간단해. 스튜디오에 와서 카메라 앞에 서기만 하면 되는 거야."

"너 이름이 뭐야?"

"연주, 서연주. 원한다면 화실 전화번호를 알려줄게."

그녀는 장식장에서 필기구를 꺼내 끼적이더니 메모를 건넸다.

"고3이라고 했어?"

연주가 고개를 끄덕였다.

"이번에 대학 입학하는 거야?"

태윤과 불과 한 살 차이밖에 나지 않는 아이였다. 뭔가 큰 착각을 한 것이다.

"네 말대로 지금 난 미쳤어. 그것도 아주 어리석은 이유로. 며칠 전 너보다 한 살 많은 여자아이가 날 찼거든. 이 동네 아이야."

연주는 짐작했다는 듯 어깨를 으쓱였다. 미스터리영화의 결론을 미리 알고 있었다는 식의 거만함이 느껴지는 행동이었다.

정우는 목표치를 훌쩍 넘겨 취했다. 그는 빈방으로 들어가 침대에 얼굴을 파묻었다.

"형, 일어나요!"

정우는 무거운 눈꺼풀을 치켜뜨고 침대 모서리에 앉은 어두운 형체를 응시했다. 반사된 달빛이 순진무구한 침입자처럼 벽면에 기대 서 있었다. 어둠에 눈이 익자 후배의 얼굴이 보였다. 거리를 점령한 폭설처럼 하얀 얼굴 위로 서늘한 미소가 어렸다.

"오늘 재밌었어요?"

"아까 보니까 구석에 연주랑 있던데 무슨 이야길 했어요?"

연주? 그걸 지켜봤다는 말인가.

"좀 엉뚱하긴 하지만 몸은 쓸 만해요. 엉덩이를 한 손에 쥘 수 있을 정도죠. 형은 어느 쪽? 엉덩이가 큰 쪽? 그 반대쪽?"

정우는 눈살을 찌푸렸다. 녀석이 지금 반말을 한 건지 아닌지 분간되지 않았다. 그리고 그가 지목한 여자아이가 태윤인지 연주인지도 알아차리기 힘들었다. 용재가 자리한 어둠에서 비릿한 술 냄새가 넘어왔다.

"형 그거 알아요? 태윤이가 그러던데 사실 그날 형을 불러낸 이유는 순전히 나 때문이래요."

그날? 기억이 제멋대로 엉켰다.

"기분 나쁘지 않죠? 뭐, 형도 손해 본 건 아니잖아요. 어쨌든 태윤이와 재미는 봤으니까. 생각할수록 여자들이란 이상한 족속 같아요. 좋으면 좋다고 처음부터 말하면 그만이지, 괜히 빙빙 돌아서 일만 꼬이게 지랄들이지 뭐야."

달빛이 포위한 방에 스무 살 남자아이의 병적인 웃음이 흘렀다.

"형이 알고 있어야 할 것 같아서 알려주는 거예요."

그가 자리에서 일어나 문을 향해 걸어갔다. 그러고는 다시 몸을 돌려 말했다.

"여자들은 자기 좋다고 따라다니는 남자들은 벌레 보듯 하는 존재들이에요. 다음에 연주와 만날 때는 이 사실을 잊지 말고 항상 머릿속에 저장해놓으세요. 지난번에 어떤 년은 옷을 찢고 뺨을 때렸는데도 좋아 죽겠다는 얼굴로 다리를 벌리더라고요."

달빛에 반사된 것은 순수한 미소였다. 아니, 순백의 미소인가. 쾅 하고 문이 닫혔다. 정우는 그 자리에 얼음처럼 굳어 있다. 마음의 동요가 인 것은 그로부터 한참이 지난 뒤였다.

정우는 경제학과 졸업생 중 중하위권 성적을 받았다. 시험 과목에서 모두 A를 받았으나 재학 기간 그는 수차례나 시험을 거부했다. 제때 졸업한 것이 오히려 기적이었다. 교수들은 전국

수석으로 입학한 이 비상한 두뇌의 학생에게 죄책감과 연민으로 낙제를 면할 학점을 주었다.

졸업식 날, 시골에서 그의 부모가 왔다. 낡은 버버리 코트를 입은 어머니는 모피 코트를 입은 다른 여자들 앞에 수치심을 느꼈다. 미처 갈아 신지 못한 식당용 털실 슬리퍼의 앞코만 내려다볼 뿐이었다. 유행이 지난 모직 재킷 차림의 아버지는 양지바른 곳에 쭈그리고 앉아 담배만 피워댔다.

행사가 끝난 후에는 세 식구가 함께 중국집에서 탕수육과 짜장면을 먹었다. 고속버스터미널에서 그들을 배웅하고 자취방으로 돌아오자 피로가 몰려왔다. 정우는 도서관과 자취방을 오가며 며칠을 보내다 이제야 생각이 났다는 듯 자리를 털고 일어났다. 찬물로 세수한 다음, 익숙한 골목길을 지나 파출소 앞에 이르렀다. 자신이 던진 화염병으로 그을린 자국이 희미하게 남아 있는 시멘트 건물이었다. 자수하려고 왔다는 말에 놀란 순경들이 윗선으로 전화를 돌렸다. 그동안 정우는 나무 의자에 앉아 눈을 감은 채 심판을 기다렸다.

마침내 파출소장이 다가와 사람 좋은 웃음을 지으며 말했다.

"이제 학생은 자유야."

1991년 2월 25일 대통령 취임 3주년, 전국에서 914명이 특별사면을 받고, 565명이 감형을 받았다. 더불어 불법시위를 주도한 학생들과 시국사범에게 떨어진 수배령도 대부분 해제되었다. 집시법 위반으로 수배를 받은 정우는 사면의 수혜자였다.

며칠 후 시골에서 아버지가 보낸 편지가 도착했다. 편지 봉투에는 10만 원짜리 자기앞수표 한 장과 입영통지서가 동봉돼 있었다.

* * *

한나는 GM 자동차 대리점에 들어서자 망설임 없이 다크 스칼렛 레드를 선택했다. 남자친구의 BMW 조수석에 앉는 것보다 장기할부로 산 자신의 말리부를 운전할 때 더 마음이 편했다. 준희의 자동차를 혐오하면서 시작된 불협화음은 두 사람의 동거에 예기치 않은 먹구름을 드리웠다. 그는 무심한 태도로 일관했다. 부모가 선의로 제공한 자동차에 무슨 문제가 있냐며 반문했다. 경제적으로 무능한 학생 신분이기 때문에 항변에는 그 나름대로 이유가 있었다.

"우리 엄마 아니었으면 넌 그 자리에 앉지도 못했을 거야."

과욕을 부려 차를 사기로 마음먹은 것은 그날의 대화 탓이었다. 더는 BMW 조수석에 앉아 부모 경제력에 기생하는 남자친구의 헛소리를 듣고 싶지 않았다. 딜러에게서 말리부를 받은 날, 한나는 그들의 사랑에 첫 균열이 일어났음을 알아차렸다.

"난 내 힘으로 살고 싶어. 누구처럼 마마보이로 살고 싶진 않단 말이야."

얼떨결에 속마음을 털어놓은 한나는 준희의 얼굴을 바라보았다. 그는 넋 나간 사람처럼 증오의 눈빛으로 말했다.

"네가 꼴페미에 감염된 걸 알았으면 여기까지 오지도 않았을 거야."

주변 동년배 남자들 중에는 마마보이가 많았다. 부유한 집안에서 좋은 교육을 받고 자란 남자들일수록 이런 경향이 두드러졌다. 그들의 어머니는 부유하고 건강했다. 준희의 엄마가 그러했다. 규칙적인 운동과 건강식으로 40대 초반 같은 날씬한 몸매를 유지해 남편의 사랑을 받았다. 홍조가 사라지지 않은 발그레한 뺨과 애교 번지는 눈동자에는 삶의 애착이 끈적이는 아교풀처럼 묻어났다.

그녀의 재산 목록 1호는 아들 준희였다. 한나와의 첫 만남에서 이 교양미 넘치는 중년 여성은 아들의 여자친구를 증오했다. 어쩌면 여성은 눈앞의 젊은 아가씨를 자신의 연적으로 보았을지도 모른다. 그녀의 사라지지 않는 젊음이, 남들이 부러워하는 아름다움이 여성의 눈을 가렸다. 대구와 서울이라는 지리적 거리조차 두 모자의 원초적 사랑을 갈라놓지 못했다.

아들은 매일 엄마와 전화 통화로 시간을 보냈다. 박사과정 중인 대학원생은 시시콜콜한 일까지 엄마에게 모두 보고했다. 한 번은 술에 취해 한나의 생리가 시작되었다고 투덜거린 적도 있었다. 그녀는 그 보상으로 씀씀이가 헤픈 아들의 카드 대금을 지불했다. 남편 몰래 거액의 현금도 송금해주었다.

여자의 적은 여자라는 진절머리 나는 통념이 한나를 괴롭혔다. 남자친구가 타는 자동차도, 그가 선물하는 명품 가방과 액세서리도 마음에 들지 않았다.

"더 이상 못 참겠어. 날 선택하든지 엄마를 선택하든지 둘 중 하나만 해."

사태의 위중함을 알아차린 준희는 그날 싸움을 걸지 않았다. 그 대신 짐을 싸 대구의 집으로 내려갔다. 그리고 아무런 연락도 하지 않다가 일주일이 지나 서울로 돌아왔다. 자신의 BMW 차량은 차고에 둔 채 KTX에 몸만 실은 상태였다. 한나는 역까지 마중을 나가 그를 말리부에 태웠다.

"학비는 엄마가 계속 내준다고 했어. 입학 때부터 약속한 조건이니까 그건 시비 걸지 마. 문제는 당장 우리 두 사람 생활비야. 나도 이전처럼 마음대로 쓰진 않을 거니까 걱정하지 않아도 돼. 할 수 있겠어?"

운전대를 잡은 한나는 고개를 끄덕였다. 이미 각오한 바였다.

빠듯하지만 생활비 정도라면 어떻게든 해나갈 수 있을 것이다. 그녀는 남자친구의 새 출발을 응원해주고 싶었다. 여자친구를 위해 불확실한 미래로 방향을 튼 그가 진심으로 고마웠다. 그러나 샴페인을 터뜨리기에는 아직 일렀다.

"엄마가 그렇게 지독하게 우는 모습은 처음 봤어. 죽을 때까지 널 저주할 거라고 했어."

남자와 여자가 조화를 이뤄 사는 것이 어떤 의미인지 준희와의 동거에서 해답을 얻기란 불가능했다. 한나는 행복의 원천이 가족에 있다는 사회적 합의에 무의식적으로 동의하며 주류에서 이탈하지 않기 위해 노력했다.

짝이 없는 개인이란 불완전한 존재였다. 그렇기 때문에 흔쾌히 준희와의 동거를 결정했다. 그러나 정말 남녀의 결합이 만족과 행복을 주는 것인지는 확신하지 못했다. 준희와 함께 살면서 얻은 교훈이 있다면, 남자는 생각을 하지 않는다는 것이었다.

재생에너지를 연구하는 과학도의 머릿속에는 실용적인 목표만이 있었다. 자신이 훌륭한 논문을 쓸 수 있느냐 또는 이 분야에서 성공할 수 있느냐는 안중에 없었다. 그것은 심하게 말해 불법적인 일을 해도 수익만 내면 된다는 자본가의 비틀린 욕망과 다를 바 없는 태도였다. 그런데도 그는 자신이 여자친구보다 우월하다는 자신감을 드러냈다. 정치, 사회, 경제는 물론이고 역사, 철학, 과학, 문학, 심지어 예술 분야에서도 자신의 견해가 옳다는 태도를 취했다. 그의 판단 기준은 단순했다. 자신이 나이가 많고, 교육을 더 받았으며, 남자이기 때문이었다.

"넌 아직 세상을 몰라."

그는 일방적으로 곧잘 대화를 끊었다. 한나는 나이가 많건 적건 자신들이 세상을 더 많이 경험했다고 생각하는 남자들의 태도를 이해할 수 없었다. 도대체 그들은 어떻게 그 많은 지식과 정보를 얻어 아내와 여자친구의 의견을 묵살할 수 있단 말인가. 대중매체에서 얻은 얕은 지식으로 다른 여성의 견해를 누를 수 있다는 자신감은 어디서 나오는지 궁금했다. 그들은 여자들이 조직문화를 절대 이해하지 못할 거라는 믿음을 고수했다. 건설노동자에서 대학교수까지 거의 모든 직업에서 이런 경향이 표출되었다.

"여자인 네가 뭘 알아? 나이도 어린 주제에."

정도의 차이는 있을지언정 이 지점에서 남자들은 순수한 공범자였다. 적어도 내 남자친구는 다르길 한나는 기대했다. 그러나 기적은 일어나지 않았다.

"세상은 삭막한 곳이야. 네가 아무리 투정 부려도 변하지 않아."

이게 자연과학을 연구 중인 대학원생의 유일하고도 확고부동한 이론이었다. 일요일 카페 철학으로 설명되지 않는 것은 없었다. 그러니까 회식 자리에서 남성 고객에게 성희롱을 당해도 참아야 하는 것이다.

엉덩이를 만지는 중년 남자를 피해 달아나던 날 밤, 한나는 남자친구의 위로를 받고 싶었다. 그러나 준희는 침대에 등을 돌리고 누워 잠들어 있었다. 그와의 동거도 벌써 1년을 넘겼다. 한나는 뭔가 일이 잘못돼가고 있음을 느꼈다. 그녀는 조용히 욕실로 들어가 화장을 지우고 거울을 들여다보았다.

"넌 우리 엄마보다 욕심이 많아."

어쩌면 그의 지적이 옳을지도 모른다는 생각이 들었다.

《월간 미술》의 김은우 기자는 미술계 여론을 이끄는 사람 중 한 명이었다.

"서 작가가 런던에서 돌아왔다는 소식은 알고 있지?"

"네? 누구요?"

"왜 이래? 다 알고 왔어. 이번에 다리 좀 놓아줄 수 없어?"

카페로 불러낼 때부터 숨은 의도가 있다는 것쯤은 짐작했다. 하지만 그의 요구는 황당했다. 뉴욕에서 작품 활동을 하는 서연주 화백이 한국에 들어왔다는 소식은 전해 들은 바 있었다. 전시 활동과 관련된 공식 방문은 아니어서 그녀가 무엇을 하는지, 무슨 목적으로 서울에 온 것인지 아는 사람은 없었다. 대중 앞에 나서지 않기로 유명한 서 작가 성격으로 봐선 이번 깜짝 귀국도 수수께끼로 남을 가능성이 높았다.

지난해 서 화백의 사생활이 알려진 이후, 기자들은 누가 먼저랄 것 없이 광기에 가까운 인터뷰 경쟁을 벌였다. 한 여자가 셀 수 없을 만큼 많은 남자와 성관계를 맺었다는 폭로를 두고 의견이 분분했다. 더구나 이 외설적인 사건의 주인공은 한국 미술계를 대표하는 서연주였다. 인터뷰 기사를 통해 소문이 사실로 드러나자 충격은 일파만파 커졌다. 남성 비평계는 작정하고 쓴소리를 늘어놓았다.

서연주는 숭고한 예술 정신에 반하는 선정적인 사생활을 폭로했다. 문란한 남성 편력을 공개하며 정신적 마스터베이션을 한 여류 화가의 돌출적인 행동은 예술을 사랑하는 사람들에게 '과연 현대미술이란 무엇인가' 하는 근본적인 질문을 던진다. 왜 예술가들이 도덕과 윤리적 평가에서 자유로운 권리가 주어진 듯 행동하는지, 왜 루소의 사회계약론에서 벗어나 이기적 욕망을 마음껏 누릴 수 있다고 착각하는지 되묻지 않을 수 없다. 아티스트가 돈이면 무엇이든 한다는 식으로 노이즈마케팅의 선두에 선다면 예술은 대중의 멸시를 받으며 퇴락하고 말 것이다.

그것은 비평이 아닌 비난이었다. 아니, 여자는 다수의 남자와 성관계를 맺어서는 안 된다는 사나운 경고장이었다. 그 서연주를 소개해달라고?

"나도 여기저기 알아볼 만큼 알아보고 한나 씨를 찾아왔지, 그냥 왔겠어?"

"네?"

"자기가 서 작가 입김으로 화랑에 들어왔다는 소식은 나도 어쩌다 들었어. 그렇다고 우리 사이에 뭐 이런 걸 숨길 이유도 없잖아."

숨이 막혔다. 내가 서연주 화백 연줄로 미술관에 들어왔다고? 그녀는 되묻고 싶은 욕망을 꾹꾹 눌렀다.

"시간을 좀 주세요. 제가 할 수 있는 일이 뭔지 먼저 알아보고 연락드릴게요."

그는 처음으로 환한 웃음을 지었다.

"고마워, 한나 씨. 커피값은 내가 낼게."

왜 처음부터 의심이란 걸 하지 않았을까. 모두가 취업에 실패하고 있던 시절, 자신만 행운을 움켜쥘 수 있었다고 믿어버린 이유는 뭘까. 출발은 엄마의 이메일이었다.

'아마도 좋은 일이 있을 거야.'

한나는 그 말을 무시했다. 이력서를 내고 면접을 보면서도 엄마의 영향력은 절대적으로 미미할 것이고, 오직 자신의 재능과 능력만이 운명을 결정지을 수 있다고 믿었다. 국내 최고 화랑에 경력이 전무한 신참 큐레이터가 필요하다고 믿어버린 근거는 단순했다. 세상이 나를 필요로 할 것이라는 확신 때문이었다.

카페 문을 나서며 한나는 발을 헛디뎠다. 새로 산 하이힐 굽이 지나치게 높았다. 할부로 산 구두 명세서를 떠올리자 어린 시절 엄마 품속에서 느꼈던 아찔한 미열과도 같은 어지럼증이 일었다.

신사동 가로수길, 신진 작가의 전시기획을 위한 미팅이 있던 날이었다. 어쩌면 이 일이 큐레이터로서 마지막 업무일 수도 있다는 생각에 좀처럼 마음이 진정되지 않았다. 점심을 먹은 후 테라스가 있는 카페에서 티타임을 가졌다. 한나는 가장자리에 앉아 햇볕을 쬐었다.

그때 눈에 익은 차 한 대가 좁은 골목길을 천천히 내려왔다. 운전자는 선글라스를 낀 젊은 남자였다. 그 옆에 웃음을 터트리는 여자의 얼굴이 또렷이 보였다. 미세먼지가 걷힌 청명한 날씨 탓에 앞좌석 창은 모두 내려져 있었다. 준희 특유의 웃음소리가 선명하게 들렸다. 학교에 있어야 할 시간에 그가 번잡한 가로수길에서, 그것도 낯선 여자를 옆자리에 태우고 떠도는 장면은 그로테스크했다. 무엇보다 대구의 차고에 있어야 할 BMW 차량이 버젓이 서울 시내를 돌아다니는 장면은 미스터리영화의 한 장면 같았다.

한나는 동료들에게 양해를 구하고 화장실로 들어가 두근거림이 잠잠해지길 기다렸다. 화장을 고치고 나왔을 때는 조금 전 상황이 스스로 지어낸 환영처럼 터무니없이 여겨졌다. 준희가 다른 여자를 만나지 않을 거라는 확신은 어디에서 왔을까. 키 크고 잘생긴 부잣집 외동아들이 어떻게 자신에게만 헌신하리라 믿은 것인지 이해되지 않았다. 쉴 새 없이 울리는 그의 휴대폰 알림 메시지에 익숙해져 경계심을 잃은 것인지도 몰랐다. 죽을 때까지 널 저주할 거라는 준희 엄마의 주문은 강력했다.

그는 타인에게 친절하고 상냥했다. SNS로 친구 요청이 오면 거의 예외 없이 수락해 수많은 팔로우를 거느렸다. 그중 대부분이 여자들이었다. 사이버공간에서 친구들을 사귀고 교류하는 것은 그의 유일한 취미. 그는 손에서 휴대폰을 놓지 않았고, 소소한 일화라도 생기면 곧장 기록으로 남겼다.

뒤를 밟기란 어렵지 않았다. 그는 주의력이 부족한 남자였다. 감각적 쾌락은 그에게 함락되지 않는 요새처럼 늘 안전한 도피처를 제공했다. 값비싼 자동차가 그랬고, 강남의 오피스텔이 그랬다. 그에게는 이 모든 쾌락을 제공하는 든든한 후원자가 있었다. 젊고 교양미 넘치는 엄마가 주는 선물을 거부하기는 어려웠을 것이다.

준희가 자신을 속이고 이중생활을 하고 있음이 명백해졌다. 그는 몰래 새 오피스텔을 계약하고 그곳 지하에 자신이 아끼는 자동차를 숨겨놓은 채 일탈을 즐겼다. 며칠 동안 그의 뒤를 밟으며 알아낸 사실은 그와 정기적으로 만나는 여자가 적어도 세 명 이상이라는 사실이었다. 여자들이 모두 엇비슷하게 생겨서 처음엔 혼란스러웠다. 그의 사랑을 받는 여자들의 얼굴과 웃음을 떠올릴 때마다 수치심으로 몸이 떨렸다.

침대에서 그의 손이 닿으면 한나는 피가 싸늘하게 식어감을 느꼈다. 마치 악몽을 꾼 사람처럼 화를 내며 침대에서 일어났다. 준희는 무심한 눈길로 쳐다보다 한마디 툭 내뱉었다.

"일이 힘들면 다른 직장을 구해봐."

미래는 정해졌다. 준희는 한 여자에 만족하지 않으며 다른 여자들을 만나기 위해 노력할 것이다.

문제는 자신이었다. 그리고 질투였다. 그가 다른 여자를 안고 있는 모습을 떠올리면 구역질이 났다. 왜 이토록 마음이 소용돌이치는지 알지 못했다. 고작 남녀가 어울려 살을 맞댄 일에 요란하게 반응하는 자신이 구차했다. 준희에게 원했던 것이 무엇인지도 불분명했다. 사랑? 혹은 결혼?

"미안해. 하지만 내가 해줄 수 있는 말은 아직 널 사랑한다는 거야."

준희는 체념한 듯 말했다. 자신의 이중생활과 맴도는 여자들의 존재를 부정하지도 않았다.

"넌 이해하지 못할 거야. 하지만 왜 사랑이 꼭 하나여만 하는 건지 잘 모르겠어. 난 너와 함께 있는 게 좋아. 할 수만 있다면 이대로 관계를 유지하고 싶어."

그것은 일종의 선전포고였다. 동거를 유지하며 자신은 다른 여자들과 사랑을 나누고 싶다는 이기적인 선언이었다.

"내가 왜 그래야 돼?"

"너도 다른 남자 만나. 나 말고도 세상에 남자들은 얼마든지 있어. 꼭 나에게만 구속돼 있을 필요는 없다는 말이야."

진심일까? 내가 다른 남자와 섹스해도 상관없다는 이야기인가? 부유한 집안에서 태어난 젊은 남자의 말에 낡은 사상에 중독된 늙은이를 공격할 때 보이는 우월감이 드러났다. 당하고만 있을 수는 없었다.

"그렇게 섹스가 좋아?"

준희는 대답 없이 쳐다보기만 했다. 그러다 못 참겠다는 듯 충혈된 눈을 치켜뜨며 고함쳤다.

"섹스가 친밀감이라고 말한 사람은 바로 너야!"

한나는 그의 말을 해석하지 못했다. 사람들과 친밀해지기 위해 다수의 여자와 섹스를 한다는 궁색한 변명을 받아들이기 힘들었다. 더는 참을 수 없었다. 결코 두 번 다시 도발하지 않도록 세차게 빰을 후려쳤다. 엄마에게 달려가 왈칵 울음을 터트릴 정도로 아프게 할 작정이었다. 그의 고개가 휙 돌아가는 장면을 한나는 평생 잊지 못할 것이다.

"미쳤구나. 우리 엄마가 봤으면 널 죽여버렸을 거야."

행정수도 세종특별자치시는 긴 이름만큼이나 이상한 도시였다. 도심 중앙에 주요 정부청사 건물들이 성벽처럼 둘러서 있고, 그 주위로 우후죽순 생겨난 고층 아파트들이 밀집해 있었다.

주민들 대다수가 공무원 가족이라는 생각을 떠올리자 현기증이 났다. 벌집 같은 아파트에 모여 사는 그들은 불확실성이 제거된 안락한 욕망에 사로잡혀 있었다. 결혼해 아이를 낳아 행복한 가정을 이루는 것이 그들이 꿈꾸는 유토피아다. 재난이 닥쳐도 전쟁이 터져도 소시민의 꿈으로 무장한 개미 떼의 행렬은 괴멸되지 않는다.

한나는 엄마가 이 급조된 인공도시에 안주하는 게 싫었다. 도시는 지나치게 태평했다. 결혼으로 깊은 내상을 입은 여자에게 최적화된 도시가 아니었다.

"연주는 오래된 친구였어. 대학 졸업하고 연락이 끊겼지만 그래도 친구는 친구잖아?"

엄마는 어린아이를 달래는 듯한 목소리로 말했다.

"미안하지만 내가 해줄 수 있는 말은 없어. 연주가 사람들 눈을 피해 사는 건 너도 잘 알잖아."

"서 화백이 지금 한국에 있는 건 알아?"

엄마는 질문에 답하지 않았다. 그러고는 카페 밖 풍경을 응시했다. 모내기를 끝낸 논에서 백로 한 마리가 고개를 처박고 먹잇감을 찾고 있었다.

"예전에 도서관에서 연주의 인터뷰 기사를 본 적이 있어. 다른 건 몰라도 자신의 결혼생활에 대해 솔직하지 못하다는 느낌이었어. 너에겐 설명할 수 없는 과거의 일들이 있고, 연주의 결혼생활도 아마 그런 영역일 거야. 우린 젊고, 순진했어. 그 나이에 누구나 그렇듯 건방졌지. 연주도 그렇고 나도 그렇지만 우린 어쩌면 결혼에 대해 지나친 감상에 빠져 있었는지도 몰라.

내가 연주에게 연락한 건 순수한 동기야. 연주가 널 도와줄 수 있다고 믿었어. 그렇게 어려운 일도 아니잖아? 너한테 할 수 있는 말은 네가 지금 가진 것을 부당한 전리품이라고 생각하지 말라는 거야. 넌 네 힘으로 당당히 네 것을 얻은 거야. 다른 식으로 말하면 행운을 얻은 거지. 모두가 그렇게 살고 있어."

엄마는 한나의 맥 빠진 얼굴을 응시하며 화제를 돌렸다.

"넌 어떻게 지내? 얼굴이 전보다 안 좋아 보이는데?"

한나는 기억했다. 초등학교 정문 앞에서 아쉬운 이별을 하고 돌아보면 엄마가 소나무에 몸을 가린 채 자신을 바라보고 있었다. 엄마의 눈은 영원한 이별이라도 한 듯 슬퍼 보였다.

"남자친구와 헤어졌어."

한나는 엄마의 눈동자를 응시했다.

"남자친구는 새로 사귀면 돼. 전화위복이 될 수도 있어."

"엄마!"

한나는 화가 났다. 엄마는 이혼하고 여태껏 자신을 홀로 키웠다. 표현하지 않았지만 엄마에게 사랑은 하나였다. 매력적인 젊은 여성이 남편 없이 아이를 키우며 사는 것은 결코 쉽지 않은 일이었다. 한나는 자신을 위해 재혼을 거부하는 엄마에게 사랑과 연민을 동시에 느꼈다.

"여기서 도대체 뭘 하는 거야? 언제까지 이렇게 혼자 살 거야? 엄마도 엄마 삶을 즐기란 말이야!"

큰소리에 놀란 듯 초록빛 논에서 백로가 날개를 퍼덕이며 솟구쳤다. 엄마는 창밖의 커다란 새를 향해 시선을 돌렸다. 한나는 화가 났다. 여자들의 사랑은 불가해한 관념의 혼합물이었다. 남자들의 이기와 탐욕에도 불구하고 여자들은 사랑을 포기하지 않았다.

한나는 울음을 터트렸다. 그러자 엄마가 딸의 손을 잡았다.

"한나야, 난 여기서 하는 일이 마음에 들어. 돈도 만족스럽고, 시간적 여유도 많아. 네가 생각하는 것처럼 외롭지 않아. 눈으로 보고도 모르겠어?"

서울로 돌아온 한나는 사표를 냈다. 일주일 후 관장이 공식적으로 사표를 수리했다. 이로써 자신만이 그 일을 할 수 있다는 자부심은 과대망상으로 판정 났다. 일도 사랑도 신기루처럼 사라졌다. 사랑은 몰라도 새로운 일자리는 반드시 찾아야만 했다. 의심받는 청탁이 아닌 제 힘으로 찾아낸 일이 필요했다.

장기할부로 산 말리부를 처분하던 날, 헤어진 남자친구의 얼굴이 기억나지 않았다. 나쁜 징조는 아니었다. 지하철 승강장에서 한나는 이전에 경험하지 못한 기대감에 휩싸였다. 전동차가 승강장으로 미끄러지듯 들어왔다. 수많은 탑승객 중 그녀의 슬픔을 알아챈 사람은 아무도 없었다.

"난 엄마처럼 살지 않을 거야."

한나는 엄마와 그렇게 헤어진 일이 부끄러웠다. 전동차가 신호음과 함께 출발하자 다시 고개를 들었다. 아르바이트 중개업체의 광고판이 보였다.

***

정우는 청량리역에서 춘천 102보충대, 그리고 원통의 사단 신병교육대로 이동해 군인이 되었다. 특별한 감상은 없었다. 그는 사단 정찰대대의 무전병으로 자대 배치되었다. P77 무전기를 짊어지고 태백산맥 봉우리를 오르는 것이 그의 주된 임무였다. 민통선 너머의 산들은 그에게 치료제 역할을 했을 뿐 아니라 자연이라는 미학적 세계를 보여주었다. 누구 말대로 군대가 체질인지도 몰랐다. 훈련이 거듭될수록 체중이 붇고 근육이 늘어났다.

13개월이 지나 상병 계급을 달자, 누구도 그가 암세포 같은 그늘이 드리워진 염세적인 청년임을 짐작하지 못했다. 선임 병사들도 천리행군에서 보여준 그의 근성을 인정할 정도였다.

면회 요청을 받았을 땐 단순한 행정 착오라고만 생각했다. 머릿속으로 한 여자아이의 얼굴이 설산의 등불처럼 켜졌다. 신병교육대에서 훈련을 받는 동안, 정우는 육체적인 고통을 떨치기 위해 태윤의 얼굴을 떠올렸다. 무장한 북한군이 매복해 있는 GP 야간정찰 때도 그녀의 이름을 되뇌며 긴장을 달랬다. 그러나 이미지는 현실과 동떨어진 망상에 불과했다. 태윤은 떠났고 자신은 버려졌다. 그런데 그녀가 정말 강원도 오지 산골 부대까지 찾아와 면회를 요청했을까?

입대하기 전, 외톨이가 된 그는 게으른 시간을 보냈다. 연주에게 전화를 건 이유는 순전히 책임감 탓이었다. 자신 내부에 숨어 있는 광기가 호기심 많은 아이의 시선에서 어떻게 형상화될지 궁금하기도 했다. 무엇보다 술김에 그녀에게 모델이 돼주겠다고 약속을 한 것 같은 기분이 들어서였다.

그해 봄, 대학에 입학한 연주는 크리스마스 파티에서 만났던 미숙한 여고생이 아니었다. 카페 문을 열고 들어선 그녀를 정우는 알아보지 못했다. 신입생다운 들뜬 표정은 없었다. 옅은 화장은 그녀의 깊은 내면을 감추고, 시니컬한 눈동자는 바깥 세계의 대상을 관찰했다. 어린아이와 성숙한 여자가 뒤섞인 입체적이고 다면적인 얼굴이었다. 그럼에도 여전히 앳된 목소리로 또박또박 말했다.

"오빠가 그날 한 이야기가 궁금해서 나중에 여기저기 알아봤어."

정우는 술에 취한 날 밤 그녀에게 무슨 말을 횡설수설했는지 기억나지 않았다.

"내가 내린 결론은 하나야. 오빠는 운이 없었어."

"운?"

"응. 태윤 언니 같은 여자를 만났으니 지독하게도 운이 없었던 거야."

타인의 입에서 태윤의 이름이 나오자 신경이 조금 예민해졌다.

"비밀이 많은 언니였어. 늘 고민에 잠긴 우울한 시선이 상대에게 두려움을 줬던 것 같아. 학교는 물론 화실에서도 마음 터놓고 대화하는 친구가 없었어."

그는 자신이 아는 태윤과 판이하게 다른 평가에 놀랐다.

"언니는 그림에 관심도 없고 재능도 없었어. 내가 언니를 지켜보며 받은 인상은 이 정도가 전부야."

"나와는 상관없는 일이야."

"언니가 예쁘다는 건 모두 인정해. 화가보다는 모델이 되는게 더 나을 거야. 하지만 아름다운 얼굴에 비해 속마음은 그늘진 숲속처럼 어두워. 그런 여자를 사랑한다는 건 쉬운 일이 아니지. 겉모습에 속아 결국엔 치유 불능의 상처를 입게 될 거야. 내가 좀 심하게 말했나?"

소리 내 웃지는 않았지만 묘하게도 연주의 웃음소리가 들리는 것 같았다.

"어쩌면 언니는 사랑이 불가능할지도 모른다고 생각했어. 마음을 닫고 차가운 시선으로 세상을 바라보는 여자에게 사랑은 의미가 없을 거야. 언니에게 필요했던 건 사랑이 아니라 구원일지도 몰라."

"구원? 예수쟁이들이 목매는 그 구원 말이야?"

"꼭 그렇게 비꽈야 해?"

연주는 스튜디오에서 고호의 그림을 보여주었다. 벌거벗은 여자가 평평한 돌 위에 쪼그리고 앉아 있는 모습을 목탄으로 스케치한 그림이었다.

"이 여자 매춘부지 않아?"

"맞아."

"같은 포즈를 취하라는 거야?"

"아니. 그러면 얼굴과 몸이 가려져서 안 돼. 난 정면 사진을 찍을 거야. 그냥 오빠는 서 있기만 하면 돼."

"이걸 왜 해야 하는지 설명해 줄 수 있어?"

"원한다면 모델료를 줄 수도 있어."

"내가 원하는 건 돈이 아니야."

"그럼 뭐든지, 내가 할 수 있는 일이라면 할게."

"그게 상식을 뛰어넘는 일이라고 해도?"

연주는 대답 없이 고개를 끄덕였다. 정우는 물러설 곳이 없음을 알았다. 천천히 옷을 벗었다. 그리고 한 시간가량 카메라 앞에 서 있었다. 그녀의 진지한 표정 탓에 굳어 있었지만 시간이 흐르며 자신의 벗은 몸에 익숙해졌다. 카메라의 피사체가 된 그는 점차 자의식을 잃었다. 가릴 것도 숨길 것도 없는 무방비의 나체 상태로 모델의 의무를 다했다.

동요는 촬영이 끝나 현실로 돌아왔을 때 일어났다. 옷을 입기 위해 걸어가는 순간 온몸에 힘이 소진된 느낌을 받았다. 그가 부실 공사를 한 장마철 축대처럼 무너져 내렸다. 연주가 달려와 부축했다.

정신을 차렸을 때 눈에 보인 것은 자신을 매몰차게 차버린 여자친구의 얼굴이었다. 그는 샛별처럼 반짝이는 여자의 눈동자를 응시했다. 뒤이어 꿈에 그리던 아름다운 영토에서 추방당했다는 사실을 깨달았다. 사랑은 불길한 징후처럼 허공에서 빛을 냈다. 이제 자신은 결코 천사에게로 되돌아갈 수 없었다.

순간 기적처럼 구원의 목소리가 들렸다. 여자의 입술이 닿자 몸이 떨렸다. 사랑은 아니어도 본능적인 온기가 느껴졌다. 그는 엄마 자궁 속에 유영하는 미완의 존재처럼 서서히 의식을 잃어갔다.

정우는 군용 트럭을 타고 위병소로 향하는 동안 자신의 나신을 찍던 여자아이를 기억하려 애썼다. 태윤의 얼굴이 불분명하듯 연주의 얼굴도 마찬가지였다. 주말인 탓에 면회소는 사람들로 북적였다. 군용 트럭이 도착할 때마다 면회객들은 군복으로 구별이 힘든 자녀와 친구를 찾기 위해 분주히 움직였다.

정우는 태윤, 혹은 연주일 가능성이 있는 20대 초반의 여자를 찾아다녔다. 병사 대부분이 친지들과 상봉한 이후에도 자신을 찾아 서울에서 왔다는 여자의 모습은 보이지 않았다. 그는 안도했다. 단순한 행정 착오가 분명했다. 정우는 만족스러운 미소로 녹색 위장막을 두른 듯한 느티나무를 올려다보았다. 부대로 돌아가 개인 정비를 해야겠다고 생각했을 때 등 뒤에서 목소리가 들렸다.

"오빠!"

몸을 돌린 정우가 신음을 터트렸다. 이름이 떠오르지 않아 눈살을 찌푸린 채 그녀를 바라보았다.

"어머, 진짜 놀랐나 보네."

은희였다. 그녀가 타고 온 차는 대우자동차에서 출시한 신형 에스페로였다. 100마력의 2.0리터 CFI 엔진은 날씬한 아가씨가 몰기에 다소 묵직한 느낌이었는데 주인은 그런 생각이 없는지 차를 가볍게 다뤘다. 강원도 오지 군부대까지 젊은 여성이 직접 운전해 면회를 오는 일은 흔치 않은 장면이었다.

은희는 입대 전 기억 속 모습 그대로 화려했다. 달라진 게 있다면 늘 진한 화장을 하고 있던 그녀가 수수한 옷차림에 거의 메이크업을 하지 않았다는 점이었다. 청바지에 헐렁한 티셔츠,

허리 라인이 잡힌 캐주얼 재킷을 걸친 그녀에게서 대학 3학년 생다운 여유가 넘쳐났다.

"외박증 끊었어?"

은희는 입대 이후 찾아온 첫 면회객이었다. 고개를 끄덕이자 그녀가 차 문을 열고 운전석에 올랐다.

"왜 이렇게 건강해졌어? 설마 오빠는 아닐 거라 생각했는데 깜짝 놀랐어."

정우는 조수석에 앉아 미소 지었지만 의문은 가시지 않았다. 왜 이 시기에 나타난 것인지 이해할 수 없었다. 은희는 운전대에 손을 올린 채 웃기만 했다. 정우는 타인에 불과했던 여자아이의 등장에 놀랐을 뿐 아니라 그녀의 친밀한 동작과 말투에 어색한 느낌을 받았다. 언제부터 우리가 이렇게 친해졌을까.

"군인들만 있는 시골은 오빠가 지겨울 거야. 여기서 조금만 가면 설악산이래. 그쪽으로 갈까? 거기 가면 새로 생긴 콘도에 묵을 수 있거든."

서화리와 천도리, 원통 읍내와 인제군을 벗어나 미시령에 올랐다. 고개를 넘자 멀리 속초시와 동해 바다가 보였다. 은희는 기어 변속을 하며 유쾌하게 대화를 이끌었다. 반클러치를 사용해 올라가는 가파른 고갯길에서도 그녀는 여유가 넘쳤다.

어느새 정우는 오랫동안 동고동락한 친구와 이야기를 나누듯

편안해졌다. 그녀가 맑은 하늘과 상쾌한 바람을 몰고 온 것처럼 기분 좋은 날씨가 펼쳐졌다. 분위기에 익숙해지자 은희가 자신을 면회 온 것이 당연하게 여겨졌다. 만약 태윤이나 연주였다면 이렇듯 소풍 나온 사람들처럼 즐기지는 못했을 것이다.

주말을 맞은 미시령은 관광객들의 차량이 즐거운 비명을 지르며 미끄러져 내려가고 있었다. 7월의 찬란한 태양이 산과 들판에 유리구슬처럼 흩뿌려지고, 깊은 계곡을 떠돌던 서늘한 바람이 지상의 열기와 땀을 식혔다. 과연 부대 밖에는 풍요롭고 감각적인 세계가 있었다. 입대 이후 처음으로 그는 사람들에게 질투를 느꼈다.

"오빠, 우리가 동지라는 건 알지?"

기어를 중립에 놓은 채 내리막길을 내려가던 은희가 말했다. 갈색 선글라스 뒤로 호기심 가득한 눈동자가 어른거렸다.

"오빠는 태윤이에게 차였고, 나는 용재한테 차였잖아. 그러니까 동지지. 두 사람이 사귄다는 소식은 들었어?"

그 한마디 말로 정우는 어느 정도 상황을 짐작할 수 있었다.

"하이힐이 운전하는 데 방해되진 않아?"

"바보. 그게 지금 이 중요한 대화에서 떠오른 생각이야?"

은희는 정우를 향해 미소 지으며 말했다. 그런 그녀가 예쁘다는 생각이 얼핏 스쳤는데 지나치게 느린 반응이었는지도 모른다.

트렁크는 음식 재료로 가득했다. 1박 2일의 짧은 면회가 아니라 장기간 여름휴가를 떠나는 차량처럼 보였다. 서울에서 미리 장을 본 게 틀림없었다. 정우는 과일과 고기, 과자, 술, 채소 꾸러미들을 내려다보다 그녀의 고운 마음씨와 세심한 배려에 가슴이 따뜻해졌다. 초콜릿케이크 상자에는 강남역 유명 빵집의 포장 리본이 매달려 있었다.

"내가 이등병이 아니라는 사실은 알지?"

"걱정하지 마. 혼자서도 이 정도는 거뜬히 해치울 수 있어. 이래 봬도 나 대식가야. 그리고 요리에 남다른 소질도 있어. 내가 가정학과 다니는 재원이라는 거 몰라?"

은희는 선글라스를 머리에 얹고 양손을 허리에 얹은 채 의기양양 말했다. 회원제 신축 콘도에는 페인트와 접착제 냄새가 희미하게 감돌았다. 실내에 들어서자 거실 창을 활짝 열어 환기했다. 음식 꾸러미를 내려놓은 정우는 실내 구조를 살폈다. 더블베드가 있는 방 하나에 탁자가 놓인 주방과 소파가 놓인 거실이 전부인 단출한 구조였다. 자신은 거실 소파에서 하룻밤을 보내면 된다 생각하니 마음이 놓였다. 군부대 주변 마을 여관방에 비하면 궁궐 같은 숙소였다. 테라스로 나가자 은희가 넋 나간 표정으로 산을 올려다보고 있었다.

"아름답지 않아?"

목소리가 미세하게 떨렸다. 정우는 풍경을 응시했다. 전면에 병풍처럼 늘어선 울산바위가 그들을 내려다보고 있었다. 그 아래로는 신흥사를 중심으로 천불동계곡과 권금성, 비룡폭포가 있을 터였다.

내일 그녀에게 절정을 맞은 설악의 아름다움을 보여줘야겠다고 생각했다. 아니, 그들 뒤로 펼쳐진 동해가 더 유혹적인가? 낙산사에서 절벽과 파도를 감상하거나 연꽃 연못을 거니는 쪽이 더 좋은 선택일 수도 있다. 등대가 있는 항구에서 고기잡이 배를 바라보며 바람을 맞는 것도 빠뜨리기 아쉬운 이벤트다.

정우는 스탕달 증후군에 빠진 은희에게 전염이라도 된 듯 넋을 잃고 바위를 바라보았다. 그저 오래된 바위가 아니었다. 바위는 파괴의 대상도, 거친 장벽도 아니었다. 그것은 그 자리에 있는 것만으로도 아름다웠다.

은희는 탁자 위에 음식 재료들을 늘어놓고 눈동자를 굴렸다. 작전계획을 점검하는 지휘관처럼 표정이 진지했다. 둘은 집에서 몰래 가져왔다는 스카치위스키로 축배를 들었다. 그는 한 번에 마셨고, 그녀는 입술만 살짝 대고 내려놓았다.

"술은 아무리 노력해도 잘 안 되네."

은희가 혓바닥으로 입술을 훔치며 변명하듯 말했다.

"이제 준비는 마쳤으니 군인 아저씨를 위한 만찬을 시작해볼까?"

조리 시간은 대략 1시간을 넘지 않았다. 본인 말대로 그녀는 요리에 발군의 실력을 갖추고 있었다. 콘도에 구비된 부족한 조리 도구만 아니면 훨씬 맛있게 만들 수 있다고 투덜거렸다. 하지만 옆에서 보조하며 정우가 느낀 감상은 놀라움 그 이상이었다. 단순히 여대 가정학과 학생이라는 설명만으로는 말이 안 되는 숙달된 실력이었기 때문이다.

그녀는 손이 빨랐다. 손이 빠르다는 건 자신감의 다른 표현이기도 했다. 불고기와 도미찜을 메인 요리로 만든 다음 상추와 어린 배추를 섞어 겉절이를 무쳤다. 집에서 가져온 묵은지도 반찬으로 내놓았다. 오징어와 감자를 썰어 튀김을 만들고, 소고기로 육수를 내 미역국을 끓였다. 압력밥솥에는 오곡밥이 뜸 들고 있었다. 요리하는 동안 그녀는 소소한 신변이야기로 대화를 이끌었다. 파와 양파를 까고, 마늘을 다지고, 감자와 오징어를 써는 데 온 신경을 집중해야 했던 정우에게는 경이로운 여유였다.

그녀는 플레이팅도 꼼꼼했다. 수저 받침대와 냅킨을 사용해 식탁 분위기를 살렸다. 정우는 위스키를 옆으로 밀고 냉장고에서 소주를 가져왔다. 두 사람은 마주 앉아 소주잔을 부딪쳤다. 이번에도 은희는 입술만 대고 술잔을 내려놓았다.

그녀는 음식 맛을 보는 정우의 표정을 살피고는 득의만만한 표정을 지었다. 아닌 게 아니라 이런 음식은 처음이었다. 한동 안 정우는 정신 나간 표정으로 그녀를 쳐다보았다. 전 여자친구 의 존재를 까맣게 잊게 만드는 마술 같은 요리였다.

정우가 개수대 앞에서 고무장갑을 끼려 할 때였다.

"오빠, 나는 좀 구식이어서 다른 건 몰라도 남자가 설거지하 는 건 못 봐주겠어."

정우는 그녀의 말에 놀라 의아한 표정을 지었다.

"자취 생활만 지겹게 해서 그런지 요리는 몰라도 설거지는 내 전공이야."

"그건 오빠 사정이고 나는 싫어. 소파에 눕든지 텔레비전을 보든지 해. 아, 그리고 요리하느라 잊고 있었는데 오빠 입으라 고 쇼핑백에 옷을 가져왔어. 대충 사이즈는 맞을 거야."

정우는 소파 옆에 있는 쇼핑백을 열었다. 가격표도 뜯지 않은 청바지와 네이비블루 티셔츠가 보였다. 야구 모자와 감청색 스 니커즈, 속옷, 양말까지 들어 있었다.

"그렇게 바보같이 서 있지만 말고 어서 갈아입어."

정우는 욕실로 들어가 땀을 씻고 방에서 새 옷으로 갈아입었 다. 치수를 잰 듯 바지와 셔츠가 딱 들어맞았다. 화장대 거울을 보니 짧은 스포츠머리에 건강하게 그을린 청년이 어색한 미소를 짓고 있었다.

거실로 나오자 은희가 웃음을 터트리며 말했다.

"오빠, 나중에 성공하면 오늘 빚은 잊지 마!"

식탁 위에는 초콜릿케이크와 정성 들여 만든 햄치즈카나페가 놓여 있었다. 테라스 창밖으로 바위산이 보이고, 등 뒤로 어둠에 물든 바다가 있었다. 그리고 식탁 맞은편에는 수동기어를 제 몸처럼 다루며 고난도 요리를 척척 해내는 구식 여자가 앉아 있었다.

은희에게는 계획이 있었다. 광기가 도화선이 된 무모한 모험이었다. 강원도 군부대에 낯선 남자를 찾아가기로 마음먹었을 때부터 제정신이 아니었다. 용재와의 결별로 그녀는 굴욕을 견뎌야만 했다.

꿈은 사라지고, 삶은 피폐해졌다. 용재는 사귀는 동안에도 이미 다른 여자아이들과 관계를 맺고 있었다. 은희는 진실을 부정했다. 그러나 용재는 한낮에 자신을 호텔방으로 불렀다. 그곳엔 지난밤 술자리에서 만난 앳된 여자아이가 잠들어 있었다. 한 명도 아니고 두 명이었다.

용재는 샤워를 한 다음, 여자아이들과 호텔 레스토랑에서 점심을 먹자고 했다. 은희는 정신을 잃은 채 그의 뺨을 때렸다. 고개를 든 그는 미친 사람처럼 웃음을 터뜨렸다. 어떻게 호텔을 나왔는지 기억나지 않았다. 용재가 왜 그렇게 잔인한 방식으로 이별을 고했는지도 이해할 수 없었다.

은희는 실어증에 걸린 소녀처럼 입과 귀를 닫았다. 그녀가 다시 세상 밖으로 나온 것은 용재가 새로운 제물을 찾았다는 소식을 접하고였다. 놀랍게도 희생양은 태윤이었다. 은희는 두 사람이 사귀기 시작했다는 이야기를 듣고 맥이 풀렸다. 결국 도도한 태윤마저도 자신과 다를 바 없는 평범한 계집아이에 불과하다는 인식이 깨달음을 주었다. 정신을 차리고 난 후 은희는 또 다른 소식에 평정심을 잃었다. 예상과 달리 두 사람이 훨씬 더 깊은 연인 관계를 이어가고 있었기 때문이다. 왜 내가 아니고 그녀란 말인가. 결국 세상의 중심은 그녀였던 것인가.

질투심이 그녀를 괴롭혔다. 원한은 식을 줄을 몰랐다. 낯선 남자를 찾아 강원도 오지 군부대로 차를 몰아갈 때 반은 미쳐 있었다. 정우를 죽이고 싶었다. 자신을 사랑하게 만들어 같은 방식으로 차버릴 계획이었다. 모두가 그런 식으로 사랑을 짓밟는데 못 할 이유가 없었다. 그러나 계획은 첫 만남부터 어긋났다. 면회소 녹음 아래, 허공을 응시하는 정우의 뒷모습을 바라보다 그녀는 설명할 수 없는 연민에 휩싸였다. 그리고 태윤이 왜 이 가난한 남자에게 끌렸는지 이해할 수 있었다.

"오빠 말이 맞아. 그냥 이러고 싶었던 거야. 어쩌면 기분이 좋아질지도 모른다고 생각했어. 나중에 용재와 태윤이가 어떻게 받아들이느냐는 중요치 않다고 말이야. 그냥 이건 내 일이니까, 뭘 하든 나만의 기준으로 판단해야 한다고 생각했어."

모호한 설명이었다.

"오빠는 이제 태윤이 잊었어?"

자신을 응시하며 케이크를 자르는 여자아이의 눈빛이 빛났다. 더는 생각하고 싶지 않은 그날의 일이 떠올랐다.

'기분 나쁘지 않죠? 뭐 형도 손해 본 건 아니잖아요. 어쨌든 태윤이와 재미는 봤잖아요.'

용재가 말했다. 제정신이 아닌 상태에서 받은 일격이라 그는 대응조차 하지 못했다. 어쩌면 화려한 크리스마스 파티를 연 부잣집 아들의 말에 설득당했는지도 몰랐다.

그날 밤 녀석은 욕실에서 사랑에 빠진 여자아이를 껴안고 키스 중이었다. 바로 은희였다.

"다 끝났어. 난 다가올 유격훈련 걱정만으로도 벅찬 군바리야."

농담처럼 들리도록 신경 썼지만 목소리는 딱딱했다.

"거짓말이라도 기분은 좋네."

은희가 미소 지었다.

"그럼, 우리 잘될 가능성은 있는 거지?"

정우는 대답하지 않았다.

"이럴 땐 예스라고 답해야 하는 거야. 설령 진심이 아니어도 그러는 게 좋아."

오랜만에 마신 술 탓인지 열기가 올라왔다.

"걔들은 참 욕심도 많아. 같은 족속끼리 잘해보라고 내버려둬야지 어쩌겠어."

은희는 정우의 표정을 살피며 말했다.

"오빠는 잘 모르겠지만 난 걔들에 비하면 천민이야. 재벌 아들이나 언론사 사주 딸과는 애초부터 격이 맞지 않았던 거야. 가까이할수록 상처만 받을 거란 걸 알면서도 잘 안 되더라고. 무슨 말인지 알아?"

정우는 침묵했다.

"무슨 생각하는지 알아. 나도 걔네와 같은 부류라고 생각하겠지. 그렇게 보이려 노력했으니 사정을 모르는 사람들은 구별하기 힘들 거야. 하지만 우린 서로를 잘 알고 있었어. 용재는 나 같은 집안 출신이 넘볼 아이가 아니야. 나 빼고 모두 그렇게 생각했던 것 같아."

정우는 집중해서 이야기를 들었다.

"우리 아빠는 공무원이야. 공무원이라고 하면 나쁘지는 않잖아? 그래서 언제나 그렇게 대답했어. 하지만 정확한 말은 아니야. 아빠는 중학교도 졸업 못 하고 어린 나이에 돈을 벌어야만 했어. 그러다 어떻게 학교 소사 자리를 얻은 거야. 소사가 뭔지는 알지? 이런저런 허드렛일하는 하인 같은 거야."

은희는 소주잔을 잡고 망설였다.

"그래도 거짓말은 아니잖아. 어차피 지금은 공무원 신분이야. 강남이 개발되며 학교가 이사를 했어. 우리 집도 따라 내려왔지. 그러니까 내가 강남 사람이 아니라고 부정할 이유도 없잖아?"

은희의 심리 상태에는 짚이는 부분이 있었다. 묘하게도 외부보다 내부에서 이런 경향이 강했다. 강남 밖 사람들은 그 지역이 상징하는 것에 큰 의미를 두지 않았다. 오히려 그들 내부에서 강남에 대한 집착이 들끓었다.

"넌 누가 봐도 강남 여자야. 그걸 눈치채지 못하는 사람들은 시골 사람들뿐이고."

의도와는 다르게 그의 대응은 은희에게 의미가 있는 것 같았다. 이마에 드리워진 우울한 그림자가 단박에 사라졌으니까. 은희는 정우의 눈동자를 바라보다 그가 자신이 어렸을 때 키웠던 골든 리트리버를 닮았다고 생각했다. 자신의 비밀 이야기를 들어주고, 산책과 공놀이를 좋아하던 충직한 강아지였다.

"우리 나가서 산책이나 할까? 멀지 않은 곳에 등대가 있는 작은 항구가 있대."

은희의 말에 정우는 쇼핑백에서 모자를 꺼내 썼다. 잠시나마 군인 신분에서 벗어나 자유를 누리고 싶은 욕망이 일었다. 군화 대신 운동화를 신으니 몸이 솟아오를 듯 가벼웠다. 은희는 재킷을 걸친 다음 자동차 열쇠를 챙겨 구두를 신었다.

승강기에서 그녀는 자연스럽게 팔짱을 꼈다. 대포항은 사람들로 붐볐다. 관광지로 개발되기 전이라 항구는 어촌 분위기를 풍겼다. 기분 좋은 바람이 목덜미를 간지럽혔다.

은희는 그의 팔짱을 낀 두 번째 여자였다. 한강 둔치에서 처음 팔짱을 꼈던 태윤과는 다른 느낌이 왔다. 무엇보다 밀려오는 가슴 압박이 달랐고, 말초적인 자극이 희미했다. 태윤이 팔짱을 꼈을 때 그는 예상치 못한 흥분에 긴장해야 했다. 그런데 오늘 밤의 안정감은 어디에서 온 것일까. 파도에 실려 전해진 평화일까. 퇴짜 맞은 하급 공무원 딸의 체념에서 비롯된 고요일까. 태윤도 이상한 아이였지만 옆에 있는 스물두 살의 현실적인 여대생도 만만치 않게 수상했다.

"난 오빠가 성공하리라 믿어."

그녀가 서울에서 다섯 시간을 넘게 운전해 온 이유가 말 속에 있었다.

"오빠가 카페에 왔을 때 모두 놀랐어. 우리와 너무 다른 사람이 나타난 거니까."

"확실히 너희들과는 달랐을 거야. 내가 압구정동에 간 건 그때가 처음이었거든."

은희가 고개를 돌려 미소 지었다.

"맞아. 내가 받은 인상은 그게 전부야. 그런데 이후에 일어난 일들이 혼란스러웠어. 우선 태윤이가 오빠에게 관심을 보였다는 게 충격이었어. 미치지 않고서야…… 아, 미안. 하지만 솔직히 그때 오빠는 엉망이었어."

"사과하지 않아도 돼. 내가 최악이었다는 건 나도 잘 알고 있어."

"지금 생각해보면 그날 모임 자체가 이상했어. 용재가 불러서 나가긴 했는데 태윤이와 선영이가 그 자리에 있으리라고는 생각지도 못했거든. 난 개들을 잘 몰랐고, 친구 사이도 아니었어. 게다가 용재가 도착했을 때 오빠와 찬영이가 함께 온 것도 무척 이상했어. 오랜만에 찬영이를 봐서 좋았지만 낯선 사람이 나타나서 어색했거든. 모든 게 용재가 의도한 거라 쳐도 왜 그런 모임을 만들었는지 이해할 수 없었어. 미팅도 아니고 친목도 아닌 이상한 조합이잖아.

무엇보다 우리가 거북했던 건 오빠였어. 오빠가 우릴 깔본다고 생각했어. 부잣집 자식들을 머리가 텅 빈 바보들로 취급한다고 느껴졌거든. 내가 받은 느낌은 그랬어."

정우는 적절한 말을 찾지 못해 밤바다를 배회하는 고깃배들을 바라보았다.

"태윤이가 이상한 아이라는 건 지난번에도 말했지? 그렇긴 해도 걔는 가정환경은 좋았어. 압구정 한양아파트에 사는 데다 아버지가 신문기자라 꿀릴 게 없었거든. 재수생이란 걸 꼬투리 잡을 수도 있지만 그건 큰 문제가 아니었어. 무엇보다 태윤이가 그 동네에서 제일 예쁜 아이라는 건 모두 인정하고 있었어."

"난 그런 사실을 몰랐어."

정우는 솔직하게 말했다.

"그래. 그러고 보니 오빠 정말 모르는 것 같았어. 태윤이에게 관심 있는 것 같지도 않았고."

정우는 대화를 다른 방향으로 돌리고 싶었다.

"우리가 마주 앉았던 건 우연이 아니었을 거야."

그의 말은 그녀에게 용기를 준 것 같았다.

"신기하네. 나도 사실은 그 생각을 가장 많이 했어. 처음부터 우린 인연이 아니었을까 하는 생각? 어쩌면 우리는 그걸 모른 채 어리석게 시간만 낭비했던 거야. 오빠는 운이 없었고, 그런 면에선 나도 마찬가지였어."

등대 밑에서 한 커플이 포옹을 하고 있었다. 은희는 바람에 날리는 머리칼을 매만지며 정우를 올려다보았다. 그녀의 적극적이고 당돌한 눈빛에 이전에는 경험하지 못한 안정감이 느껴졌다. 태윤에게서 느꼈던 두근거림과는 차원이 다른 감정이었다.

정우는 그녀가 곁에 있는 게 좋았다. 화장을 지우고 민얼굴을 드러냈을 뿐 아니라 숨기고 싶은 과거를 솔직하게 털어놓는 점이 마음에 들었다.

은희가 다가와 그의 뺨에 손을 올렸다.

"솔직히 여기까지 오게 될 줄 나도 몰랐어. 오빠를 만날 이유가 없잖아. 근데 이제 알겠어. 후회하지 않아."

정우는 고개를 숙여 은희의 입술에 키스했다. 그녀가 눈을 감자 이번엔 허리에 팔을 둘렀다. 태윤과의 관계에서와는 또 다른 진전을 이룬 좋은 징조였다. 입속의 달콤함이 혈관 속으로 번지자 그가 셔츠 위에 손을 댔다. 은희는 간지러운지 웃음을 터트렸다. 순간, 용재의 충고가 떠올랐다.

'형, 여자아이들이 원하는 건 단순해요. 간지럼을 태우는 거죠.'

콘도로 돌아오자 로맨틱한 분위기는 옅어졌다. 냉정한 현실이 불완전한 전망을 돋보기처럼 확대했다. 두 사람은 웅장하게 버티고 있는 산의 주술적 힘에 압도당한 듯 굳게 입술을 닫고 있었다. 방에 놓인 흰 더블베드가 그들을 불이 켜진 외부세계로 몰아냈다. 정우는 식탁에 앉아 비현실적인 여자아이를 바라보았다. 그녀의 충동이, 그녀의 불만과 낭패감이 영혼 속으로 밀려 들어왔다.

두 사람은 거실 등을 끈 채 식탁 백열등 조명 아래 마주 보았다. 마침내 그녀가 손을 탁자 앞으로 내밀었다. 정우도 그녀의 손등을 손바닥으로 덮었다. 은희가 미소를 보였다.

"난 오빠를 믿어."

믿음? 남녀 간에 소중한 것은 믿음일까, 아니면 사랑일까.

"내 주변은 모두가 엉망이야. 돈만 있으면 뭐든 할 수 있다고 믿는 천박함에 질려버렸어. 복수하고 싶어."

"그들을 죽이고 싶어?"

은희의 얼굴에 생기 넘치는 웃음이 되살아났다.

"바보. 그건 범죄지 복수가 아니야. 나는 내 힘으로 떳떳하게 사는 모습을 보여주고 싶어. 그들처럼 사람들을 차별하고 무시하지 않아도 행복하게 살 수 있다는 걸 보여주고 싶다구."

"내가 그런 걸 줄 수 있을까?"

"무슨 소리야?"

"난 낙오자야. 미래가 없어."

"미쳤어? 앞으로 그런 말 절대 하지 마. 정신 차리고 둘러봐. 지금 주변에 오빠가 다녔던 대학 졸업장 가진 사람 있어?"

명문대 졸업생? 그런 이야기라면 사양이었다.

"나는 어릴 때부터 추리소설을 읽었어. 추리소설 읽는 장점이 뭔지 알아?"

정우는 호기심으로 고개를 저었다.

"미래를 볼 수 있다는 거야."

"미래?"

"누가 범인인지 계속 고민하며 읽다 보면 어느 정도 감이 잡혀. 절대 범인일 수 없는 등장인물이 결국 범인이 된다는 규칙을 발견하는 거지. 추리 작가들은 이걸 리얼리티라고 불러. 악당이 악당으로 밝혀지는 건 독자의 관심을 끌 수 없어. 현실에서 벌어지는 복잡하고 다양한 사건들이 미래를 만드는 거야."

그녀 나름대로 설득력 있는 이야기였다.

"《모르그가의 살인 사건》에서 뒤팽이 잡은 살인범이 누군지 알아?"

뒤팽이라면 에드거 앨런 포였다. 정우는 유년 시절의 서랍을 뒤졌다. 흐릿한 다락방 백열등 아래서 읽었던 미치광이 천재 작가의 단편소설.

"보르네오에서 온 오랑우탄이었어."

"맞아. 정답을 아는 사람은 처음 봤어. 너무 기뻐."

"그래서 네가 본 미래는 뭐야?"

그녀는 미소 지으며 자신의 헐렁한 티셔츠를 내밀었다. 한때

뒷골목 유럽 청년들을 사로잡았던 체 게바라의 초상이 그려진 티셔츠였다. 정우는 메타포를 읽지 못했다. 1990년대에 게바라는 마오만큼이나 철 지난 유행이었다.

"오빠가 무슨 생각하는지 알아. 소비에트가 붕괴되고 베를린 장벽이 무너졌으니 세상이 끝났다고 생각하는 거지?"

정우는 진심으로 놀랐다.

"하지만 오빠는 틀렸어. 그런 식으로 추리해선 영영 범인을 잡지 못해. '모든 불가능을 제거하고 남는 것이 뭐든, 아무리 가능성 없어 보여도 그것이 진실이다.' 이 말 멋지지 않아?"

"그래서 미래는 어떻게 되는 거야?"

"난 이미 말했어."

그녀는 게바라를 손가락으로 가리키며 말했다.

"머잖아 미래에 권력이 바뀔 거야. 무슨 말인지 알아? 볼셰비키 혁명이 아니라 의회주의 혁명이 오는 거야. 선거로 권력을 바꾸는 진정한 민주주의 시대. 틀림없어. 이게 내가 보는 미래야."

정우는 웃음을 터트렸다. 추리소설을 읽고 이처럼 독특한 결론을 끌어낸 독자는 그녀가 처음일 것이다.

은희의 몸은 아름다웠다. 정우는 처음으로 절정을 느꼈다. 그녀의 몸에 들어간 순간, 단단한 무엇인가에 결박당하는 느낌을 받았다.

육체의 압박은 다가올 자유의 무한정한 방출을 시사했다. 단순한 사정이 아니었다. 천장을 바라보고 숨을 들이마시며 호흡을 가다듬었다. 산악 구보 중 러너스 하이Runner's High에 빠졌던 날처럼 계속 달리고 싶었다. 사랑이 이처럼 행복할 수 있다는 사실에 충격받아 정신이 얼얼했다. 행복은 관념의 우주가 아닌 육체의 밭에서 성장하는 유기물이었다. 지난날 이성과의 성적인 접촉에서 자신을 짓눌렀던 수치심은 얼씬거리지 않았다. 그는 새벽이 오기 전 다시 한번 그녀를 안았다.

다음 날, 민통선 면회소에서 정우가 손을 맞잡고 작별하며 말했다.

"언제 다시 올 거야?"

"곧. 오빠가 그리워할 때마다 나타날 거야. 난 이제 오빠 거잖아."

부대로 복귀하는 트럭에 올라 출입 금지 구역에서 자란 관능적인 나무들을 바라보았다. 그리고 또다시 혼돈 속에 발을 들여놓았다는 사실을 알았다. 이 혼란은 너무도 달콤해서 절대 뿌리칠 수 없을 것 같았다. 어떻게 사랑을 거부할 수 있단 말인가.

한 해가 흘러 추석을 앞둔 1993년 가을, 육군 병장 홍정우는 자유의 품으로 돌아왔다. 그사이 여자친구는 열 번 가까이 면회를 왔고, 수십여 통의 연애편지를 보내왔다. 편지는 그녀의 낙천적인 정신세계를 이해하는 데 도움을 주었다. 졸업을 앞둔 은희는 취업 준비를 위해 가락동 인근 신축 오피스텔에서 자취를 하고 있었다.

정우는 밀양 시골집에서 채 며칠도 안 돼 서울로 올라왔다. 두 사람의 동거가 시작되자 가파른 강원도 고갯길을 오르내리던 에스페로는 그의 차지가 되었다. 항공사 승무원 지망생인 여자친구를 학원까지 태워다 주는 일도 주요 일과 중 하나가 되었다. 그녀가 모델 워킹과 배꼽 인사법을 배우는 동안 정우는 근처 도서관에서 경제학 전공 서적을 읽었다.

미래가 불완전하기만 한 20대 후반, 그는 인생에서 가장 행복한 시간을 보내고 있었다.

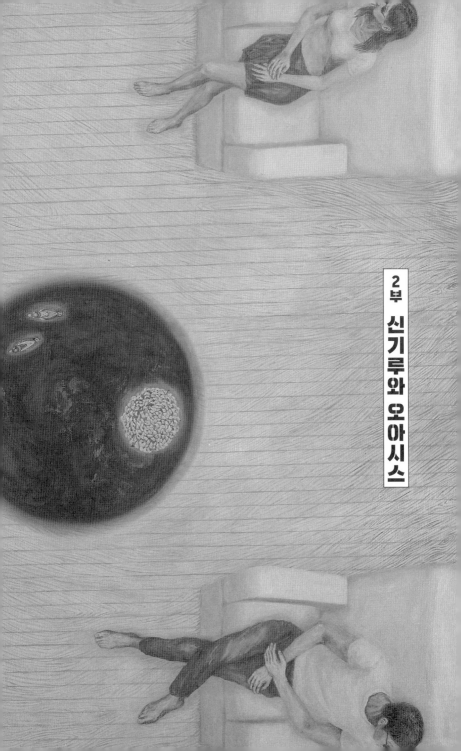

2부 신기루와 오아시스

정우는 잠실의 한 아파트에서 아르바이트를 시작했다. 첫 고객은 중3 여학생으로 이마에 여드름이 나기 시작한 마음씨 착한 아이였다.

한 달 후, 그는 식탁 위에 놓인 봉투를 들고 귀가했다. 돈은 은희가 셌다. 정우의 예상을 훨씬 뛰어넘는 액수였다. 어렵게 고액 과외를 잡았다고 으스대던 은희의 말은 과장이 아니었다. 두 사람은 청담동 레스토랑에서 샴페인을 마시며 성공적인 데뷔를 자축했다.

3개월 후, 여자아이가 중간고사를 봤는데 반에서 1등을 했다. 동대문에서 도매업을 하는 부부는 젊은 과외 교사에게 감사 인사라며 돈 봉투를 건넸다. 공부를 좋아하는 아이와 몇 시간 함께 있어준 대가치고는 지나치게 많은 돈이었다.

그에게 과외를 받겠다는 제의가 여러 곳에서 들어왔다. 항공사 입사 시험에서 고배를 마신 후, 은희는 매니저 역할을 자처하며 눌러앉았다. 과외 교사가 학창 시절 전국 순위권이었다는 사실은 부모들에게 강력한 효과를 발휘했다.

이후 두 사람은 평일을 피트니스센터에서 보내고, 주말에는 함께 여행을 떠났다. 정우는 가끔 아이들이 수업 내용을 기억하지 못할 때 의아했다. 하지만 다그치지는 않았다. 모두가 배운 것을 흡수하지 못한다는 사실을 그도 이제 자연스럽게 알게 되었으니까.

늦은 수업이 끝나고 오피스텔로 돌아가는 동안, 정우는 차량 정체로 몸살을 앓는 대로에 갇혔다. 그때 아이 책장에서 발견했던 한 문장을 떠올렸다. '사랑과 이해는 같은 것이다.'

은희와의 동거가 어느덧 1년을 넘어가고 있었다. 그는 사랑을 의심하지 않았다. 그녀는 현실적인 일에 돈과 시간을 투자했고, 미래에 대한 비전을 가지고 있었다.

'나는 은희를 사랑하고 그것은 곧 내가 은희를 이해한다는 의미다.'

그는 주어를 바꿔 다른 문장을 완성했다.

'은희는 나를 사랑하고 그것은 곧 그녀가 나를 이해한다는 의

미다.'

　쓰지 않던 근육이 충격으로 뒤틀린 듯 저릿한 통증이 밀려왔다. 그녀는 나를 이해하고 있을까? 내가 보는 세계, 내가 가려는 세계를 그녀도 같은 자리에서 바라보고 있을까? 무엇을 보고 어디로 가는 것인지 나조차 모르는데 그녀가 무엇을 이해한다는 말일까?

　그것은 과거의 질병이었다. 조수석을 보니 한 여자가 시선을 외면한 채 창밖을 바라보고 있었다. 검은 망토 스타킹을 신은 육감적인 여자는 사춘기 시절 꿈에서 마주쳤던 몽정 마녀였다. 여자의 탄탄한 허벅지와 유연한 허리가 소년을 덮치면 저항은 무의미했다. 라디오에서 태평양전쟁의 종전조서終戰詔書를 읽는 히로히토 일왕의 불분명한 목소리가 들려왔다. 환영과 환청은 과거 어두운 병에 짓눌려 신음하던 그를 지배한 폭군들이었다.

　정우는 차를 주차한 뒤, 17층으로 향하는 승강기 버튼을 눌렀다. 현관문을 열고 불 꺼진 실내에 들어섰다. 그리고 곧장 침대 속으로 뛰어들었다. 인기척을 느낀 은희가 얕은 신음을 내뱉자 그가 등 뒤에서 껴안았다. 조수석에 앉아 소년을 유혹하던 검은 실루엣의 마녀가 둘을 내려다보고 있었다.

　숱 많은 검은 머리와 부어오른 작은 얼굴. 정우는 그녀를 오래전 기와집 마당에서 보았다. 속옷 차림으로 이불 위에 누워 있던 여자를 향해 아버지가 고함쳤다.

"미친년! 넌 창녀야! 더러운 창녀!"

'사랑은 이해다. 나는 은희를 사랑한다.' 그는 눈을 감은 채 여자의 고요한 자궁을 떠올렸다. 그곳으로 가는 길은 멀고 미로처럼 꼬여 있었다. 꿈속에서 그는 텅 빈 유령 마을에 도착해 버려진 우물을 발견했다. 덮개를 제거하고 밑을 내려다보았다. 우물에는 현자의 돌이라는 몽상에 도취된 연금술사들의 절망이 잠겨 있었다. 그는 우물에 뛰어들 수도, 두레박을 내릴 수도 없다는 사실을 깨달았다.

밀양에서 가장 큰 병원 대기실은 노인들의 집회소였다. 아버지가 말벌집을 제거하려다 고목 위에서 떨어졌다는 소식은 어딘가 희극적인 요소가 있었다.

그러나 병실에 누워 있는 환자를 보았을 때 정우는 웃지 못했다. 풍선처럼 부어오른 거무튀튀한 농부의 얼굴에 패배자의 낙담이 드리워져 있었다. 엉치뼈가 부러진 그는 고통을 참느라 이를 앙다문 채 의사와 간호사의 질문에 고개만 끄덕일 뿐이었다. 왜 여태 수술하지 않았냐는 질문에 어머니는 눈물을 훔치며 돈이라고 답했다. 금 간 뼈가 붙기를 기다리는 동안 환자가 고통으로 숨져도 어쩔 수 없다는 말을 듣고서야 연락한 어머니였다.

정우는 비좁고 눅눅한 병실과 눈물만 쏟아내는 시골 아낙네에게 화가 났다.

수술로 오후 한나절이 흘렀다. 정우는 현금인출기에서 은행 잔고를 확인했다. 수술실에서 나온 의사의 얼굴은 수척했다. 그는 환자가 젊고 의지가 강하니 곧 회복될 것이라 말했다. 마취에 취한 아버지는 깊은 잠에 빠져 있었다. 정우는 어머니와 함께 읍내로 나가 식당에서 삼겹살을 구워 먹고 돌아왔다. 아버지는 눈동자를 굴리며 천장을 응시하고 있었다. 그러자 정우가 아버지의 이마에 손을 올렸다.

어린 시절 피서지에서의 일이 재현됐다고 생각했다. 다만 이제는 역할이 뒤바뀐 것일 뿐이다. 어머니가 병실을 지키겠다고 고집 피웠기 때문에 그는 홀로 시골집으로 돌아갔다. 집에 도착하자 이방인의 비린내를 맡은 시골 개들이 달을 향해 격하게 짖어댔다.

정우는 양말도 벗지 않은 채 이불 속으로 들어갔다. 피로와 함께 안도감이 밀려왔다. 은희를 만나 돈을 벌지 못했다면 오늘의 행운은 불가능했다. 그는 시골 의사에게 수술이 늦어진 책임을 지라고 말할 수 있었다. 은행에 넣어둔 돈이 있기에 가능한 일이었다. 잠이 오지 않아 냉장고에서 김빠진 소주를 꺼내 마셨다. 은희의 부재가 고통스러웠다.

다음 날 병실로 찾아가 환자의 상태를 확인한 다음 병원비를 내고 서울로 돌아왔다. 장거리 운전을 한 탓에 온몸이 굳어 있었다. 그날 밤, 그가 황홀감에 취해 여자친구를 안았을까. 정우는 학생들에게 잘해줘야겠다고 생각했다. 이 모든 행운이 신기루처럼 사라지지 않는다면 무엇이든 할 수 있었다.

수술 후, 회복 치료로 10여 일이 흘렀다. 새벽에 울리는 전화벨 소리가 불길했다. 사투리를 쓰는 젊은 여자는 피로에 지쳐 있었다. 말을 제대로 알아들을 수 없어 수화기에 대고 목소리를 높였다. 수술만 끝나면 만사 해결될 것처럼 말하던 늙은 의사의 얼굴이 떠올랐다.

"급성폐렴의 위험성은 보호자분들께 이미 알려드렸고예. 지금 환자 상태가 위중하니 새벽부터 급하게 연락드리는 거 아입니꺼."

임종을 보려면 서둘러 병원으로 오라는 메시지였다. 환자가 몇 시간을 버틸지 장담할 수 없다고 했다. 이 간호사는 밀양과 서울 간의 물리적 거리도 염두에 두지 못한 채 전화를 건 것일까. 수화기를 내려놓고 나서도 정신을 차릴 수 없었다. 실내복 차림의 은희가 그의 어깨를 흔들었다.

"오빠, 서두르면 출근 시간은 피할 수 있어."

함께 가겠다는 그녀를 말리고 고속도로에 올랐다. 은희의 당부에도 불구하고 거칠게 가속페달을 밟았다. 동이 트고 시야가 밝아지며 왜 간호사가 그토록 냉정한 목소리로 사태 통보를 한 것인지 이해할 수 있었다. 수술비와 입원비를 냈다고 의무를 다한 것으로 착각하는 보호자들에게 지쳐 있던 것이다.

병원에 도착하니 중환자실 복도에 홀로 앉아 오열하는 어머니의 모습이 보였다. 환자는 두 시간 전에 눈을 감았다. 옆에 있던 간호사가 병실로 안내했다. 정우는 아버지를 내려다보며 얼어붙은 채 서 있었다. 세상에 나와 아무런 업적을 기념한 일도, 성취한 적도 없는 실패한 사내가 깊은 잠에 빠져 있었다.

역사는 평범한 인간의 죽음을 기록하지 않는다. 사자死者가 남긴 것은 의미 없는 유전자 덩어리인 자신뿐이었다. 정우는 한 생명이 이처럼 쉽게 소멸할 수 있다는 사실을 믿을 수 없었다. 그는 낯선 슬픔을 밀어냈다. 도시 빈민에서 시골 농부로 탈바꿈한 사내의 죽음은 수준 높은 관객들을 만족시키지 못하는 불완전한 시나리오였다.

장례는 3일장으로 치러졌다. 마을 이장과 장례를 도와줄 장의사가 병원으로 달려왔다. 두 사람 모두 허리가 굽고 백발이 성성한 노인들이었다. 그들은 고인의 죽음을 애도한 후 상주에게 장례를 치르기 위한 현실적인 제안을 내놓았다.

목련꽃이 핀 시골 마당에는 망자를 위한 무대가 마련되었다. 운동회에서 봄 직한 널찍한 차일을 치고 두꺼운 멍석을 깔았다. 매서운 밤바람을 견디기 위해 장작불을 지필 드럼통도 준비했다. 현대화되기 이전의 시골 상갓집 풍경은 어딘지 모르게 정다운 분위기가 흘렀다. 그는 이른 나이에 과부가 된 어머니와 함께 술잔을 기울이며 조용한 장례를 치를 생각이었다. 유랑민처럼 떠돈 고인의 문상객 수를 열 손가락 정도로 예단한 것이다. 그러나 온라인으로 조의금을 보내며 제 할 일을 다한 것으로 여기는 시대는 아직 오지 않았다. 사람들은 기꺼이 망자의 죽음을 애도하고 유족과 슬픔을 함께할 준비가 되어 있었다.

첫날에는 마을 주민들이 마당을 차지했다. 자신이 당한 슬픔인 양 눈물을 뿌렸고, 이장의 진두지휘 아래 훈련받은 병사처럼 움직였다. 부엌에서 아낙네들이 고기를 삶고, 전을 굽고, 술국을 끓였다. 소주와 막걸리에 취한 사내들은 상주와 의논도 하지 않고 장례 절차를 결정했다. 얼핏 초혼, 발상, 부고, 치장, 입관, 습, 발인, 운구, 매장 같은 말들이 오가고 있었다.

정우는 홀로 방에 앉아 고인의 마지막 길을 지켰다. 담 너머로 자동차 전조등이 비칠 때 그가 처음 자리를 비웠다. 대문 밖으로 나가자 택시에서 내리는 은희의 모습이 보였다. 그녀는 달려와 품에 안겨 울었다. 전화로 만류했지만 말을 듣지 않았다.

어떻게 그럴 수 있냐며 도리어 화를 냈다. 눈물을 쏟아내는 여자친구를 가슴에 품고서야 그는 처음으로 아버지의 죽음을 실감했다.

은희는 약혼자로 소개되었고, 장례식 동안 집안의 공식 며느리로 인정받았다. 그녀는 체육복 바지 위에 검은 치마저고리를 입고 조문객을 맞았다.

그녀의 등장에 가장 놀란 사람은 어머니였다. 낯을 가리는 어머니는 느닷없는 서울 아가씨의 등장에 데면데면 시선을 피했다. 그러나 하나둘 문상객이 늘어나고 은희와 곡을 하면서 그녀를 바라보는 눈길이 달라졌다. 존대도 하대도 아닌 어색한 태도는 사라지고 딸을 대하듯이 친밀감을 보였다. 염을 하는 동안에는 아들 대신 은희의 품 안에서 통곡을 했다.

술 취한 노인 몇몇이 망자의 죽음을 객사라며 탐탁지 않은 소리를 늘어놔도 조문객은 줄지 않았다. 소식을 듣고 친지들이 찾아왔다. 둘째 날에는 그의 어린 시절 친구들과 대학 선후배들이 서울에서 내려왔다. 술상이 깔린 멍석은 사람들로 들어차 빈자리를 찾아볼 수 없을 정도로 붐볐다. 밤이 깊어도 차편이 끊긴 사람들은 돌아갈 채비를 하지 않았다. 깊은 밤이 되어 마을 어른들이 돌아가자 그는 문상객들 틈에 끼여 술을 마셨다.

이제는 다시 볼 일 없다고 단정했던 친구들이었다. 그들은 술잔을 기울이며 예쁜 아내를 얻었다고 놀렸다. 그사이 은희는 부엌에서 얼음장 같은 지하수로 그릇을 씻으며 마지막 정리를 하고 있었다. 곡을 하는 동안에도 도시에서 자란 여자라고는 생각할 수 없을 정도로 절절히 울었다. 그녀의 눈물이 사람들의 마음을 아프게 했다. 곡을 그치고 나면 문상객들의 뒤처리에 매달렸다.

장례 마지막 날, 어머니는 장지로 향하는 중에 은희만 찾았다. 어느새 은희가 곁에 없으면 불안해했다. 관이 놓이고 흙을 덮는 순간에도 두 여자는 다정한 모녀처럼 끌어안고 남은 눈물을 쏟아냈다. 봄날답지 않은 차고 매서운 바람에 사람들은 매장이 끝날 때까지 오들오들 떨어야만 했다. 하늘은 높고 공허했다. 봉분이 정리되자 사람들은 뿔뿔이 흩어졌다.

그는 집으로 돌아와 장례에 들어간 값을 치렀다. 생각지도 않은 조의금이 들어와 병원비와 장례비를 합쳐도 돈이 남았다. 은희는 머뭇거리는 그에게 남은 돈을 어머니 통장에 넣어드리라고 말했다. 그녀의 말간 얼굴은 며칠 씻지 못해 부족한 잠과 힘겨운 노동에 지친 여자로는 보이지 않았다. 어디에서 그런 초인적인 힘이 나오는 것인지 이해할 수 없었다.

어머니가 안채에서 휴식을 취하자 두 연인은 군불이 남은 방바닥에 상복도 벗지 않은 채 끌어안고 낮잠을 잤다. 망자가 버리고 간 세상 위로 꽃과 나비들이 서풍을 타고 날아가는 풍경이 펼쳐졌다.

다시 겨울이 왔다. 망각은 사람들에게 상상의 봄을 선사한다. 정우는 밀양의 산사에서 49재를 올리고 난 후 아버지의 죽음을 잊었다. 은희를 대하는 어머니의 태도가 조금 곰살궂게 느껴졌을 뿐 일상의 안정감에 취해 있었다. 미래는 여전히 불투명했지만 고민하지 않았다. 어머니에게 생활비를 송금하고 여자친구와 주말여행을 떠날 수 있는 것만으로도 세상에 대한 불만을 씻어낼 수 있었다.

크리스마스를 앞둔 주말 오후, 그는 압구정동 카페에 앉아 잡지를 뒤적였다. 상담을 받겠다는 학부모와의 만남이 어긋나 뜻하지 않게 혼자만의 시간이 생긴 것이다. 자동차 섹션을 읽으며 새 차 구입 시기가 된 것은 아닌지 고민에 빠졌을 때였다.

"오빠? 정우 오빠 맞죠?"

그가 고개를 들어 바라보았다. 화장기 없는 얼굴에 밋밋한 코트, 올 풀린 털실 스웨터에 모직 통치마를 입은 여자가 서 있었다.

확신과 의혹 사이를 오가는 여자의 얼굴에서 정우는 지난 시절 느꼈던 혼돈의 악취를 감지했다. 그는 여자를 이해하려 애썼다. 그녀의 불안한 시선과 겁먹은 표정은 자신이 처음 압구정동에 왔던 날을 상기시켰다. 그는 미간을 좁혀 여자의 정체를 더 듬다가 기적을 본 사람처럼 얼어붙었다.

"나…… 태윤이에요. 기억나요?"

그녀가 당혹스러워 얼굴을 붉혀도 정우는 움직이지 못했다. 긴 세월 후에 이루어진 극적인 해후치고는 무미건조한 반응이었다. 그러나 실제로는 미지의 숲에서 날아온 화살을 맞은 병사처럼 격렬한 통증을 느꼈다.

그녀의 얼굴을 확인한 순간, 불현듯 사랑이라는 단어가 떠올랐다. 그것은 봄날 아지랑이와 함께 지옥으로 떨어진 축복받지 못한 존재의 귀환이었다.

***

과거는 신기루처럼 사라졌다. 직장을 버리고, 남자친구와 헤어졌다. 정확히 말하면 직장에서 잘리고, 남자친구에게 버림받았다는 표현이 옳은지도 모른다.

한나는 다시 이력서를 썼다. 구직 사이트를 뒤적이며 결과를 기다리던 중이었다. 수신함에서 새로 도착한 메일을 검색하다 익숙한 이름을 발견했다. 발신자는 엄마였다. 물혼勿婚이라는 낯선 한자어가 보였다. 한나는 미간을 찌푸리며 두 글자를 읽었다. 말 물과 혼인할 혼, 물혼. 글자 그대로 해석하면 결혼하지 말라는 뜻이다. 비혼이나 졸혼은 들어봤어도 물혼은 처음이다.

한나야, 남자친구와 헤어진 일은 빨리 잊도록 해. 그리고 결혼에 대해서 난 전적으로 네 생각을 따를 거야. 난 네가 결혼을 통해 행복해졌으면 좋겠어. 하지만 네가 결혼하지 않겠다면 반대하지도 않아. 무엇보다 지금 너에겐 일이 더 중요하잖아. 엄마 마음 알지?

한나는 노트북을 덮고 욕실로 들어가 샤워했다. 머리를 말리고 옷매무새를 다듬은 다음 외출 준비를 끝냈다. 아르바이트 면접이 있는 날이었다.

커피 전문점에서는 최저시급을 제안했다. 점주는 이력서를 살펴본 후 지금 당장 일할 수 있냐고 물었다. 한나는 유니폼으로 갈아입고 곧바로 매장에 투입되었다. 점심 식사를 마친 직장인들이 짧은 티타임을 갖기 위해 카페로 몰려오는 시간이었다. 한가하게 처지나 생각할 여유가 없었다.

보름이 지나자 사수 도움 없이 대부분의 일을 도맡을 수 있었다. 커피잔 세척과 매장 청소는 물론, 커피를 내리고 까다로운 음료도 만들었다. 한나는 합격점을 받았다. 그녀는 오전 9시에 출근해 오후 6시에 교대하고 퇴근했다.

노동 강도는 미루어 짐작했던 것보다 셌다. 머그가 무거워 장시간 설거지를 반복하면 팔목이 저렸다. 처음에는 주문받는 것도 만만치 않게 힘들었다. 쿠폰과 할인 방식이 복잡해 같은 실수를 반복했고, 진상 손님을 응대하는 일이 그녀를 지치게 했다. 그러나 가장 큰 문제는 돈이었다. 한 달을 꼬박 일해도 돌아오는 돈이 적었다. 문화생활 같은 개인적인 삶을 포기해도 움켜쥔 물처럼 돈은 빠져나갔다.

어느덧 찬바람이 부는 계절이 돌아왔다. 월세 자취방으로 돌아가며 한나는 무턱대고 저지른 일을 후회했다. 영향력 있는 인사의 도움을 받아 연줄로 입사한 정도야 모른 척하고 넘어가도 될 일이었다. 오히려 자신의 백그라운드를 자랑스러워하는 이들이 더 많았다. 경제적 독립을 외치며 엄마가 마련해준 오피스텔에서 나온 것은 뼈아픈 악수였다.

월급의 3분의 1이 넘는 돈을 집세로 내고 나면 할 수 있는 일이 거의 없었다. 식비와 교통비, 각종 공과금과 세금이 매달 그녀를 압박했다. 직접 조리하면 비용이 커서 패스트푸드나 인스턴트식품에 의존했다. 그 탓에 영양 상태가 나빠졌다. 유행하는 화장품과 계절 옷을 사는 일은 무의미한 사치였다. 독서와 사색은 불가능했다. 그녀는 겨울밤에 홀로 누워 세상 물정 모르는 베스트셀러 작가들을 저주했다. 그들은 성실히 일하면 어떤 식으로든 돈을 해결할 수 있다고 단언했다. 그럼 나는 허투루 사는 것일까. 이마에 팔을 올린 채 어두운 천장을 보며 생각에 잠겼다.

다음 날, 연희동 카페에 도착하니 점주가 어두운 표정으로 불렀다. 건물주가 임대료를 올렸기 때문에 가게를 비워야 한다는 이야기였다. 사장은 불과 한 달 전만 해도 4대보험에 가입해줄 테니 매니저 자리를 맡지 않겠냐며 제안했다. 장사만 잘되면 최저임금 올리는 일은 문제없다며 에스프레소 머신 앞에서 미소 짓던 30대 중반의 기혼녀였다. 카페 문을 연 지 불과 2년, 이제 겨우 단골손님이 늘며 자리를 잡아가던 중이었다.

점주는 끝내 울음을 터뜨렸다. 그녀에게는 유치원에 다니는 아이와 실업급여를 받기 시작한 남편이 있었다. 한나는 절망한 여자를 위로했다. 아무리 생각해도 이상한 일이었다. 자신도 점주도 열심히 일했다. 그런데도 삶은 나아지지 않고 점점 나쁜 쪽으로만 흘렀다.

새해가 되자 한나는 다시 일자리를 잃고 실업자가 되었다. 시베리아의 찬바람이 점령군처럼 밀고 내려와 심장을 얼어붙게 만드는 겨울이었다. 전기장판 위에 담요를 뒤집어쓰고 다시 인터넷 구직 사이트를 검색했다. 두 달이 채 못 돼 통장 잔고가 바닥났다. 그녀는 수치심에 떨며 엄마 신용카드로 빵과 우유를 샀다.

추위는 도서관에서 피했다. 도서관은 갈 곳 잃은 실업자들과 취업 준비생들의 피난처였다. 그들은 공무원 문제집과 각종 수험서를 펼친 채 졸음을 쫓으며 공부에 열중했다. 한나는 그들과 달리 서가에서 눈에 들어오는 제목의 책들을 읽으며 시간을 보냈다.

마키아벨리의 《군주론》을 읽고, 국내에서 인기를 끈 이스라엘 문화인류학자의 베스트셀러를 읽었다. 단테의 《신곡》과 호머의 《오디세이아》도 다시 읽었다. 마르크스의 《자본론》은 길고 따분했지만 토마 피케티의 《21세기 자본》은 흥미로웠다.

일하는 동안에는 누릴 수 없던 독서와 사색이라는 사치가 실업자일 때 가능하다는 사실이 역설적이었다. 무용하게만 여겨지던 책들을 읽으며 영양실조에 가까웠던 몸과 마음이 조금씩 회복되기 시작했다. 그녀는 뽕잎을 먹는 누에처럼 도서관에서 살을 찌우며 추위와 상실감을 떨쳐냈다.

그러던 중 우연히 조선의 이름난 기생이었던 황진이의 일화를 발견했다. 한나는 예전 자신의 엉덩이를 만지며 추행을 일삼던 중년 남자가 '황진이'라는 유행가를 부르던 기억을 떠올렸다. 황진이라는 여자의 값싼 이미지는 노래 탓이 컸다. 그녀가 남자들의 영혼을 빼앗는 팜므파탈일지는 몰라도 한나에게는 그저 오래전에 살았던 요부나 창기에 불과했다.

그러나 문헌에 기록된 그녀의 실제 모습은 대중문화 속 이미지와 달랐다. 《어우야담》의 저자 유몽인은 황진이의 용모와 미색에 대해 미사여구를 늘어놓지 않았다. 다만 그녀를 두고 "여성 가운데 뜻이 크고 호협한 사람이었다(女中之偶儻任俠人)"라는 한 문장으로 묘사했다.

그녀는 금강산이 천하 명산이라는 말을 듣고 재상집 자제 이생원을 회유해 긴 유람을 떠난다. 송라松蘿를 쓰고, 갈삼을 입고, 베치마에 대지팡이를 짚고, 금강산 깊은 골짜기 이르지 않은 데가 없었다. 6개월의 여행 동안 두 선인의 옷은 누더기가 되고 얼굴은 검게 변했다. 일용할 양식은 흩어진 절집들에 구걸하거나 승려들에게 몸을 팔아 해결했다.

한나는 한 대목을 반복해 읽었다. 함께 유람에 나선 이생원이 그녀가 중들에게 몸을 파는 것을 알고도 허물로 삼지 않았다는 이야기였다. 한나는 혼란스러웠다. 진이가 한낱 기생이기 때문에 눈감아 준 것이라는 말인지, 아니면 사내의 사람됨이 호방하고 소탈해 진이를 받아들였다는 것인지 분간하기 어려웠다. 이유가 무엇이든 그녀는 정절을 목숨보다 소중히 여기던 당대 윤리관에서 벗어난 방외인이었다. 금강산 유람을 마친 이후에는 절창 이사종을 만나 6년간 계약 결혼을 하게 된다.

책을 덮고 나니 눈앞이 캄캄해졌다. 단지 수백 년 전 살았던 여자의 특이한 행적으로 치부하기에는 과감한 결단력과 실행력이 충격이었다. 그녀가 원했던 것은 금강산의 아름다움을 제 눈으로 확인하는 일이었다. 목적을 이루기 위해 승려에게 몸을 파는 것조차 꺼리지 않았다. 그까짓 육체가 무슨 대수야? 엄마가 중얼대던 말이 환청으로 들리는 것 같았다.

아니라고 하지만 한나는 자신의 몸을 소중하게 여겼다. 소중하게? 그녀는 쓴웃음을 지었다. 정절과 순결을 봉건시대의 유물이라 업신여기면서 실상은 이성과의 성적 접촉을 두려워하고 있었다.

그렇다면 남자들은 왜 여자들의 몸을 소중하게 여길까. 해답은 단순했다. 여자는 남성의 재산이었다. 그러나 황진이는 한 남자의 독점적 재산이 아니었다. 이러한 연유로 그녀는 자신의 몸을 두고 흥정을 벌일 수 있었다. 결혼을 매매춘의 형태로 이해하는 것은 지나친 확대해석일 수 있지만 결혼 제도는 분명 기형적인 모습으로 진화했다. 여자들은 왜 이런 불합리한 제도를 기꺼이 받아들인 것일까. 결혼이 일부일처제를 지키는 방패막이라는 구태의연한 논리만으로는 부족하다. 혼란스러웠다.

한나는 책을 덮고 거리로 나왔다. 화단의 정원수들이 앙상한 가지만 드러낸 채 벌써는 아이처럼 떨고 있었다. 그녀는 열대의 숲을 떠올렸다. 태양과 빗물 세례를 받은 비옥한 흙이 화려한 꽃잎을 피워내는 이국의 숲이었다.

탈출하고 싶었다. 금강산으로 가는 것은 불가능했다. 그러나 알프스산맥과 로키산맥은 가능하다. 적도의 해변을 거니는 것도 북극의 빙하를 보는 것도 불가능의 영역은 아니다. 문제는 돈이다. 황진이 같은 방식으로 청아한 유람을 하는 것은 무리였다. 한나는 여전히 이상에 목말라 있었다.

자취방으로 걸어가는 동안 밀집한 유흥업소들의 간판을 읽었다. 그동안 한나는 몽상에 집중했다. 안데스산맥의 고대 공중 도시 마추픽추. 그곳에는 뜻이 통하는 군주가 은둔해 있을지도 모른다. 우선은 떠나야만 한다.

뜻밖의 전화가 울렸다. 강남에서 투자회사를 운영하는 미술품 컬렉터였다. 회식 자리에서 몰래 자신의 엉덩이를 만졌던 중년 남자. 왜 이 남자의 전화번호가 아직 남아 있는 걸까? 한나는 두려운 마음으로 통화버튼을 눌렀다. 전화를 끊고 나서는 자신의 대응이 이해되지 않아 화가 났다.

옷장에 걸어둔 외투를 꺼냈다. 지난겨울 드라이클리닝을 한 후 한 번도 입지 않은 옷이었다. 사표를 던진 후에는 무용지물이 된 고가의 신상품이기도 했다.

한나는 도서관에서 빌린 책들을 침대 위로 내던졌다. 그리고 욕실 거울 앞에서 화장을 했다. 아르바이트마저 끊겨 엄마 신용 카드로 끼니를 해결하는 어리석은 여자를 지우기라도 하듯 화려한 색조로 얼굴을 바꾸었다. 택시에 올라 젊은 기사가 곁눈질로 힐끔힐끔 훔쳐보아도 차가운 시선으로 창밖을 응시할 뿐이었다.

약속 장소는 시내 유명 호텔의 한정식 레스토랑이었다. 미슐랭 별을 세 개나 받은 식당으로 코스요리 가격은 어림짐작으로 알고 있었다. 장영식 회장은 입구에서 손바닥을 비비며 그녀를 기다렸다. 비서로 보이는 젊은 남자는 장 회장보다 더 긴장한 얼굴이었다. 한나와 장 회장이 식당으로 들어서자 남자가 안심한 듯 물러났다.

여종업원이 그들을 예약된 방으로 데려갔다. 장 회장이 한나가 벗은 코트를 받았다. 웨이트리스가 허리를 숙이고 나가자 발가벗은 듯한 기분에 한나의 얼굴이 붉어졌다. 그 모습을 보며 장 회장이 의미심장한 웃음을 지었다. 그와 안부 인사를 나누는 동안 한나는 묘한 열기를 느꼈다.

"한나 씨는 여전히 예쁘네. 이번 거래만 성사되면 커미션은 두둑히 챙겨줄게. 내 스타일 알잖아."

그는 전채요리로 나온 생굴을 오물오물 씹으며 말했다. 만남의 표면적인 이유는 화단의 중견작가가 그린 회화 작품 때문이었다. 한나는 해외 전시로 몸값이 오른 작가의 초기작을 사들이기 위해 컬렉터들이 돈을 풀고 있다는 소문을 들은 적이 있었다. 전화 통화를 할 때도 의아했지만 그런 일이라면 갤러리나 화상을 통해 진행하는 것이 정석이다. 군이 사표를 낸 신출내기 큐레이터에게 부탁할 이유는 없었다.

"양평 박 사장이 한나 씨를 아꼈다는 말을 듣자마자 이 일의 적임자가 그대라고 생각했어. 세상사라는 게 알고 보면 인맥으로 돌아가는 거잖아? 박 사장이 괴팍하다는 건 이 바닥 사람들은 다 아는 거고. 그리고 이전에 한나 씨에게 한 실수도 만회하고 싶어서 말이야. 사실 그날 너무 취해 있었거든. 내 말 무슨 뜻인지 알지?"

실수? 당시 한나는 성추행 피해 신고를 진지하게 고민했다. 그러나 전시회 이후 작품을 팔아 기뻐하던 작가들과 동료들을 생각해 포기한 일이었다. 이젠 상황이 변했다. 한나는 집중해 그의 말을 듣기만 했다. 마치 그의 논리에 빈틈이라곤 없다는 듯 고개를 끄덕이며 수긍했다. 그의 제안이 돌파구가 될 수도 있었기 때문이다.

"그 양반 집에 김인후의 20대 시절 그림이 여러 점 있다고 들었어. 딱 두 개만 내놓으라고 해. 한 점당 한 장씩 넬 작정이야. 그림은 한나 씨가 고르면 되는 거고. 그림만 좋으면 한나 씨 마음대로 중개료를 챙겨도 좋아. 그거야 뭐, 자기 능력이지. 안 그래?

나도 이쪽 업계 돌아가는 사정은 훤히 꿰뚫고 있어. 지난달 추상화 한 점을 샀는데 화랑 관장이라는 년이 제 몫으로 7할을 넘게 챙겨갔어. 그 정도면 칼만 안 들었지, 강도와 매한가지 아냐? 뭐, 나야 원하던 작품을 적정가격에 구했으니 만족이지만 작가에게는 미안한 일이잖아. 욕심 많은 중개인들만 배를 불린다면 이 바닥은 희망이 없는 거야."

한나는 헛웃음을 참았다. 주식과 부동산을 헐값에 사들여 되파는 일이 본업인 남자 입에서 나올 이야기는 아니었다. 어쩌면 그는 부동산과 미술품 거래는 차원이 다르다고 생각하고 있는지도 몰랐다.

한나는 잡념을 떨쳤다. 이 자리는 미술품 거래에 관한 토론장이 아니다. 한쪽이 이득을 보면 다른 한쪽은 반드시 손해를 보는 제로섬게임이었다. 그녀는 돈 계산을 마쳤다. 한 장에 1억. 그림 두 장을 사면 2억. 통상적인 중개료만 받아도 엄청난 금액이다. 큰 거래일수록 중개료는 커진다. 욕심을 내면 그의 말처럼 절반을 뚝 떼 일확천금을 얻을 수도 있다. 그는 중개료로 70퍼센트를 챙긴 갤러리 관장을 비난했지만 경매를 통해 이루어지는 거래에서는 일종의 관행이었다.

한나는 목이 말랐다. 눈치 빠른 장 회장이 빈 잔에 맥주를 채워 내밀었다.

"자, 성공을 위해 우리 건배하지."

한나는 가볍게 입만 대고 술잔을 내려놓았다. 그리고 냉수 한 컵을 마셨다. 그와의 만남은 어디까지나 일이라는 영역에 한정되어야만 했다. 반면 장 회장은 신이 나 떠들었다. 대화의 절반은 골프와 여자 이야기, 나머지는 자신이 번 돈 이야기였다. 그는 며칠 전 홀인원을 하고 사람들에게 엄청난 돈을 뿌렸다고 자랑했다.

한나가 그를 제지했다.

"제가 뭘 해야 하는지 분명히 말씀해주세요."

장 회장은 정신을 차린 듯 눈을 동그랗게 뜨고 한나를 응시했다. 그러고는 겸연쩍은 표정으로 말했다.

"한나 씨는 아름다움이 뭐라고 생각해?"

수익의 극대화를 최고의 선이라 여기는 자본가의 입에서 나올 질문은 아니었다.

"한나 씨가 날 어떻게 바라보고 있는지는 짐작하고 있어. 돈은 많고 교양이라곤 없는 장사치라고 생각하겠지."

"부정하지 않아도 돼. 난 원래 그런 인간이야. 그러지 않고는 살아남을 수 없는 게 이 바닥 생리야. 주변을 둘러보면 알 수 있어. 사기꾼과 협잡꾼들만 보이는 거야. 그래서 미술품 수집을 시작했는지도 몰라. 나와 똑같은 양아치 새끼들 속에서 벗어나고 싶었던 거지. 뭐, 지금은 이쪽도 별수 없다고 생각하지만 사정이야 어찌 됐든 시작은 그랬어.

아름다움 말이야. 그게 참 묘해. 나는 체질적으로 그런 건 모른다고 생각했어. 한데 어떤 그림 앞에서 내 인생이 완전히 바뀌어버린 거야. 오르세 미술관이었지. 신혼여행으로 간 파리였는데 거기서 사건이 터졌어. 예전에 내가 이야기했나? 고흐 말이야. 그 사람 그림 앞에 섰는데 정말 지독한 경험을 한 거야. 온몸이 떨리고 식은땀이 흐르기 시작했어. 나중엔 구토가 나고 현기증이 나 쓰러질 정도였지."

한나는 그의 얼굴을 새삼스럽게 쳐다보았다.

"아름다움은 광기에서 나오는 거야. 나는 그걸 고흐를 통해 알게 됐어."

한나는 무심코 고개를 끄덕였다. 데카당, 현대 미학의 최대 논란거리 중 하나인 퇴폐주의 예술 사조. 그 뿌리는 매우 깊다. 도스토옙스키는 아름다움을 섬뜩하고 끔찍한 것이라 일갈했다. 이야기가 옆길로 새고 있었다. 그와 미학 논쟁을 하려고 만난 것이 아니었다.

"사람이 어떤 아름다움에, 그러니까 여자 몸의 어느 한 부분

에라도 반해버리면 자식을 내놓고 아버지와 어머니, 조국 러시아까지도 파는 법이야."

그는 텔레파시가 통한 것인지 도스토옙스키를 인용했다.

"나는 가족과 조국을 배신할 용기는 없는 인간이야. 하지만 돈은 낼 수 있어. 남들은 미술품에 투자하는 나를 미쳤다고 하지만 난 그렇게 생각하지 않아. 예술을 산다는 게 얼마나 멋진 일인지 몰라서 하는 말이야. 이번 거래는 전적으로 한나 씨에게 맡길게. 한나 씨라면 할 수 있을 거야."

그는 만족스러운 웃음을 지으며 호출 벨을 눌렀다. 곧 룸의 문이 열리고 미니스커트를 입은 여종업원이 들어왔다. 장 회장은 호기롭게 지갑을 열어 신용카드를 내밀었다. 오늘 만남이 종료되었음을 알리는 동작이었다. 함께 엘리베이터를 타고 로비를 내려오는 동안 한나의 머릿속은 조금 복잡해졌다. 자신이 이 배금주의자를 과소평가했다는 생각이 들었다. 미술 시장이 폭발적으로 성장한 배경에는 자본가들의 역할이 컸다. 산업자본과 금융자본은 온 세상을 집어삼키고 있었다. 이 세계 속에 살아남기 위해서는 어떻게 해야 할까.

로비에는 장 회장의 젊은 비서가 차를 대기해놓고 기다리고 있었다. 대형 세단의 오너는 흡족한 미소를 흘리고 사라졌다. 한나는 호텔 직원의 안내를 받아 택시에 올랐다. 등받이에 몸을 기대고 환히 빛나는 초고층 빌딩 숲을 바라보았다.

그때 수개월 동안 잠자고 있던 은행 알림 메시지가 울렸다. 잔액이 0원인 통장으로 착수금이 들어왔음을 알리는 소리였다. 연이어 미리 준비해놓은 듯한 문자메시지가 들어왔다. 이번 거래에서 무엇을 해야 하는지 구체적으로 명시한 일종의 계약서였다. 한나는 메시지를 꼼꼼히 읽었다. 두 번, 세 번. 그러고는 심호흡을 하고 답장을 보냈다.

'매도인과 약속이 정해지면 곧바로 양평으로 내려가겠습니다.'

휴대폰을 숄더백에 내던지고 눈을 감았다. 돈으로부터 인간이 해방될 수 있을까? 한나는 지금까지 자신이 세계를 지나치게 낙관적으로 바라보고 있었음을 알아차렸다. 세계는 배금주의자들의 시선처럼 단순하지도, 불가지론자들의 철학처럼 복잡하지도 않았다. 세계는 혼돈 그 자체였다.

양평 박 사장은 장 회장과 다른 부류의 남자였다. 사랑하는 아내와 사별하고 실의에 빠져 세상을 등진 채 숲속으로 들어간 사내다. 일흔을 넘긴 노인에게는 미국에서 공부하는 두 딸이 있지만 그녀들은 이런저런 이유로 아버지를 돌보지 않았다. 딸들은 아버지의 재산을 냉장고 안 치즈처럼 야금야금 갉아먹으며 아름답게 자랐다. 서부와 동부에 떨어져 사는 자매는 사이좋게 미국 국적의 남자친구를 만나 결혼을 약속했다. 마침 그는 두 딸의 혼사 문제로 돈 때문에 골머리를 앓고 있었다.

그의 불운이 한나에게는 성공의 열쇠였다. 그녀는 차를 렌트해 양평으로 왔다. 청바지와 네이비블루 재킷을 입은 모습이 젊고 아름다운 두 딸을 연상시켰다. 박 사장은 한나를 맞이해 향이 좋은 최상급 녹차를 대접했다. 그림 이야기를 꺼내자 그가 조심스럽게 가격을 물었다. 그리고 한나의 대답에 이내 안도하는 표정을 지었다.

"당시 김 화백은 무명이었어. 내가 그림을 여러 점 샀더니 나중에 아내까지 데리고 와 감사 인사를 전하더군. 순수하고 염치가 있는 사람이었어. 그런 사람이 미국에서 성공했다고 하니 믿기지가 않아. 평생 가지고 있다 손자들 방에 하나씩 걸어두려고 했는데……."

한나는 모두 열두 점의 회화를 살펴보았다. 모두 엇비슷한 능력이 드러난 김인후의 초기 작품들로 우열을 가리기 힘들었다. 한나는 박 사장에게 아끼는 작품을 고르라고 한 다음 나머지 작품에서 두 작품을 가려냈다. 박 사장은 한나의 선택에 너털웃음을 터트리며 어깨를 두드렸다. 미국의 두 딸에게 보내는 격려와도 같은 손길이었다.

한나는 그날 밤 두 점의 유화를 트렁크에 싣고 서울로 돌아왔다. 다음 날 장영식 회장은 쇼핑백에 넣은 현금을 비서를 통해 전달해왔다. 한나는 작품을 비서에게 인계하고, 중개료를 제한 돈을 매도인에게 주었다. 이로써 거래가 끝났다. 부동산과 주식 투자로 성공한 장 회장에게 이번 거래는 푼돈에 불과했다. 열여섯 살 어린 후처에게 롤스로이스를 선물한 큰손에게는 남다른 데가 있었다. 그는 주식 투자에서 기술 분석과 가치 투자를 증오했다. 오로지 직감과 운을 투자 전략으로 삼는 갬블러였다.

10년 후, 김인후 화백이 위암으로 죽었을 때 장 회장의 과감한 투자는 호사가들의 입방아에 올랐다. 그가 어떻게 김 화백의 초기 작품을 구입하게 되었는지, 또 어떻게 그런 수작들을 고를 수 있었는지가 논쟁의 핵심이었다. 사실 알고 보면 그 모두가 무의미한 논란이었다. 장 회장의 말대로 그는 사주팔자를 타고 난 인간이었다. 행운의 여신 포르투나가 뿌리는 황금을 막을 수 있는 자는 아무도 없었다.

한나는 세계를 이해하고 싶다는 열망에 휩싸였다. 새로운 세계에서 스스로를 변화시키고 싶었다. 알을 깨고 나온 새처럼 타오르는 태양을 향해 날아가고 싶었다.

돈은 그녀에게 자유를 주었다. 그토록 경멸하던 돈이었는데 막상 손안에 들어오자 기뻤다. 하지만 그것은 자본의 다양한 모습 중 일부에 불과했다. 한나는 부족한 자신의 한계를 뼈저리게 인식했다. 책과 사유만으로 이해할 수 없는 메커니즘이 세계에는 존재했다. 그래서 충동적으로 유럽행 항공권을 샀다. 때로는 일을 저지르고 난 후 생각하는 것이 현명할 때가 있다.

한나는 미술관 순례를 목표로 여행 계획을 세웠다. 가장 인상 깊은 전시는 런던 테이트 모던 미술관이었다. 한나는 갤러리 5층에 있는 플럭서스 섹션에서 얼굴이 음영 처리된 한국 남자의 누드사진 앞에 섰다.

작가는 서연주였다. 그녀를 직접 만난 적은 없지만 타인처럼 느껴지지는 않았다. 사진은 한나의 내면에 깃든 정체불명의 두려움과 흥분을 일깨웠다. 왜 나는 저 남자의 육체에 마음이 흔들리는 것일까. 제목은 〈실패한 혁명〉, 제작 연도는 1991년이었다. 91년이면 서 작가가 미술대학에 입학한 첫해였다. 그녀의 천재성에 대한 논의는 미술계에서 식상한 주제였다. 하지만 막상 초기 작품을 대하고 보니 재능에 대한 상찬이 과장이 아님을 알 수 있었다.

서 화백은 유럽으로 건너온 후, 한동안 서구 좌파 지식인들의 실패와 좌절을 다룬 유화 작업에 집중한 적이 있었다. 사진은 그녀 경력에 있어 이 중요한 연작 유화 작업을 있게 해준 맹아였다. 〈실패한 혁명〉이라는 직접적인 작품 제목이 아니더라도 사진을 바라보는 이들은 사진 속 모델이 된 남자의 정신적 혼돈과 환멸을 읽어낼 수 있었다. 남자의 섬세한 근육과 피부는 겨울 지표면 위로 드러난 나무뿌리처럼 원시적인 생명력을 보여주었다.

자연은 도덕과 무관했다. 인간은 자연의 일부였고, 그 이상도 이하도 아니었다. 남자의 사지에서 뻗어 나온 줄기와 뿌리는 한나의 몸을 휘감으며 생에 대한 본능적 욕망을 불러일으켰다. 한 톨의 씨앗이 거대한 숲으로 불붙듯 자연은 그녀에게 변화를 요구하고 있었다.

한나는 그해 두 달을 이름난 유럽 미술관을 떠돌아다니며 보냈다. 전율과 광기로 보낸 봄이었다. 그녀는 부다페스트에서 우연히 만난 영국인 청년과 새벽을 나누었다. 짧은 시간이었지만 분명 사랑이었다. 그는 부다 언덕의 마차시 성당과 네오 로마네스크 양식으로 지어진 어부의 성채에 황홀해했다. 건축학을 전공한 청년답게 매사 진지했다.

그와 이별을 한 후에는 프라하에서 한국인 청년을 만났다. 서울에서 배낭여행을 온 휴학생이었다. 그는 오직 카프카의 흔적을 찾기 위해 이 도시에 왔다고 했다. 한나는 그와 기차를 타고 3일간 여행했다. 대서양을 가로질러 북미로 향하는 비행기에 몸을 실었을 때 그녀는 장 회장에게 엽서를 쓰다 웃음을 터트리며 종이를 찢었다.

긴 비행이 끝난 뒤 눈을 뜨니 다른 세상이었다. 로키산맥으로 들어가는 관문인 캘거리 국제공항에는 눈앞을 가리는 장대비가 쏟아지고 있었다. 불현듯 그녀는 "여성 가운데 뜻이 크고 호협한 사람이었다(女中之倜儻任俠人)"라는 과거의 뜨거운 문장을 떠올렸다.

* * *

"동시에 두 여자를 사랑한다는 것이, 순수한 사랑을 한다는 것이 불가능하지도 않고 부자연스럽지도 않다오."

정우는 안락의자에 앉아 헉슬리의 《연애 대위법》을 읽었다. 그는 고개를 들어 주방에서 저녁밥을 차리는 은희의 모습을 응시했다. 은희는 보일러 눈금을 최대치로 올려 실내 온도를 높인 다음 느긋하게 흥얼거리며 식사를 차렸다. 정우는 맞춤 가구처럼 최적화된 여자친구를 낯선 사람 보듯이 관찰했다.

갑자기 가슴에 통증이 밀려왔다. 고통은 모호한 미소와 함께였다. 불과 몇 시간 전, 그는 강변에서 태윤과 함께 걸었다. 아니, 태윤이 속마음을 털어놓기를 기다렸다. 그녀를 극단의 불안으로 몰아가는 공포가 무엇인지 알고 싶었다. 물기에 젖은 여자의 눈은 혼란스러운 이미지를 보여주었다. 문득 매사 분명하고

실용적인 철학으로 무장한 은희에게 묻고 싶어졌다. '태윤이는 왜 다시 나타난 걸까……?'

"오빠, 밥 먹자."

은희의 부름에 그가 자리에서 일어섰다. 무릎에 올려놓은 책이 떨어지며 둔탁한 소음을 냈다. 동시에 가슴의 통증도 사라졌다. 주방으로 가까이 갈수록 열기가 느껴졌다. 그는 숟가락을 들어 된장국을 맛보았다. 은희는 양 손바닥으로 턱을 괴고 정우를 향해 만족스러운 미소를 지었다.

저녁 식사가 끝난 후, 그들은 인근 공원을 산책했다. 기온이 내려간 탓인지 이웃 주민들의 모습은 보이지 않았다. 과외수업이 없는 날 은희는 유난히 명랑했다. 두꺼운 외투와 목도리로 중무장했음에도 그의 몸에서 떨어지지 않았다.

그날 밤, 은희는 침대에 누워 조르주 심농의 《수상한 라트비아인》을 읽었다. 정우는 그녀가 책을 덮고 불을 끄자 불과 몇 시간을 사이에 두고 일어난 두 여자와의 산책을 떠올렸다. 은희의 걸음걸이는 힘차고 사랑스러웠다. 태윤은 강바람에 몸을 떨며 어깨를 움츠렸다. 태윤의 손을 잡으면 연민과 사랑이 뒤섞였다. 무엇이 진실인지 혼란스러웠다. 잠들기 전 마신 와인 탓인지 심장이 두근거렸다. 그는 끝내 생각을 정리하지 못한 채 뒤척이다 옅은 잠에 빠져들었다.

벚꽃이 흩날리는 봄이 왔다. 항구적인 평화가 찾아온 듯한 거리에서 정우와 태윤이 만났다. 그녀는 운동화에 청바지 차림이었다. 곱슬곱슬하던 파마머리는 어느새 자연스러운 웨이브 머리로 바뀌어 있었다. 그들은 여느 신혼부부처럼 평범한 옷차림으로 팔짱을 낀 채 오후 주택가 골목을 걸었다.

그러나 마음의 평화는 오래가지 않았다. 압구정동에서 가락동 오피스텔로 돌아오면 자신의 뺨과 목덜미를 쓰다듬던 태윤의 쓸쓸한 눈동자가 떠올랐다. 폐가의 우물 같은 깊은 동공 속에는 굴욕적인 순종이 얼룩져 있었다. 동시에 그녀는 하늘을 향해 논바닥처럼 갈라진 원망의 눈빛을 쏘아 올렸다. 정우는 안심시키기 위해 애를 썼다. '여긴 안전해. 불안해하지 않아도 돼.' 그녀의 귀에 무언의 속삭임을 들려주었다.

"오빠, 지금부터 내가 하는 말 오해하지 말고 들어줘."

그들은 공교롭게도 과거에 만났던 카페의 같은 자리에 앉아 있었다.

"오빠는 지금 자신에게 만족해?"

정우는 말없이 그녀를 바라보았다. 은희와의 동거는 처음부터 솔직하게 털어놓았다. 속마음의 일부를 가렸을지는 몰라도 최대한 정직하려고 노력했다.

"내 말은 오빠가 지금 하는 일에 만족하냐는 거야."

예상 밖의 질문이었다.

"이 일이 싫지는 않아. 아이들도 착하고 무엇보다 돈을 벌 수 있어서 좋아."

"그래도 언제까지 이 일만 할 순 없잖아. 그래서 아버지에게 부탁할까 생각 중이야. 이번에 신입사원들을 뽑는다고 들었어. 오빠가 원하기만 하면 방법이 있을 거야."

"무슨 방법?"

"그건 나도 잘 몰라. 아버지가 알아서 처리하겠지."

"지금 나보고 기자 시험을 보라는 거야?"

태윤이 고개를 끄덕였다. 그러자 그 모습을 보며 정우가 웃음을 터트렸다.

"내가 방법을 찾아볼게. 서류전형은 통과할 거니까 걱정 안 해도 돼. 문제는 필기시험이야. 아버지라면 할 수 있어."

정우는 빈말이 아님을 알아차렸다. 아직 태윤이 자신에 대해 잘 모른다는 사실도 깨달았다. 그는 어떤 종류의 시험도 두려워하지 않았다. 몽상과 절망으로 훼손되긴 했지만 아직 자신의 뇌는 그 정도 용량은 처리할 수 있었다. 문제는 의지였다.

"졸업증명서만 주면 돼. 나머지는 내가 알아서 할게. 오빠 능력에 대해선 의심하지 않아. 하지만 이렇게라도 안 하면 오빠는 시도조차 안 할 거잖아?"

태윤을 데려다주고 가락동 오피스텔로 돌아가는 길이었다. 자동차가 잠실대로 한복판에 멈춰섰다. 그는 차를 인도 옆 차선으로 밀어붙인 후, 은희에게 전화했다.

"오빠, 걱정하지 말고 그 자리에 있어. 보험회사에 연락한 다음 곧바로 갈게. 정확한 위치가 어디야?"

"석촌호수 근처인데……."

정우는 주변을 돌아보며 얼버무렸다. 전화를 끊은 다음, 근처 식료품점으로 들어가 500밀리리터짜리 우유를 사 마셨다. 나이를 먹을수록 점점 바보가 되는 기분이 들었다.

문제의 원인은 태윤이었다. 자신이 은희와 연인이 되는 동안 태윤은 도대체 어디서 무얼 하고 있었던 것일까. 왜 대학도 가지 않고 일정한 직업도 없이 빈둥거리고 있는 것일까. 용재와는 무슨 이유로 언제 어떻게 헤어지게 된 것일까. 그가 빈 우유 팩을 들고 혼란스러워하는 사이 견인차가 도착했다. 곧이어 택시를 탄 은희가 나타났다.

"오빠, 괜찮아?"

정우는 은희의 예쁜 입꼬리를 물끄러미 보았다. 동시에 내면을 휘젓는 의혹이 배수관을 타고 내리는 빗물처럼 말끔히 사라졌다. 견인차 기사가 에스페로를 매달고 떠나자 두 연인은 택시를 타고 나가 시내에서 저녁을 먹었다. 피자와 파스타로 배를 채우는 동안 화젯거리는 단연 그들의 애마 에스페로였다.

정우는 군부대 면회 첫날, 하이힐을 신고 능숙하게 반클러치를 이용해 미시령을 오르던 은희를 떠올렸다.

"오빠, 우리 이번 기회에 차 바꿀까?"

"왜?"

"그냥. 새로 나온 쏘나타가 맘에 들어서. 자동차라는 게 한번 고장 나기 시작하면 문제가 커진대. 오래 타기도 했잖아. 대부분 오빠가 타는데 걱정되기도 해서."

정우는 고개를 끄덕였다. 그는 타고난 기계치였다. 운전만 할 뿐이지 엔진오일이나 타이어 교체 같은 일상적인 관리는 은희가 도맡았다.

"무슨 생각하는지 알아. 하지만 그런 걱정은 안 해도 돼. 마침 목돈이 들어왔는데 어떻게 처리할까 고민 중이었어."

"목돈?"

"응. 아르바이트로 번 돈을 모두 주식에 넣었다고 했잖아. 그 돈을 이번에 찾았어."

"주식?"

"어머, 오빠 몰랐어? 내가 예전에 말했는데. 아무튼 이번에 모두 정리했어. 사촌 오빠도 내 수익률 보고 놀라더라구. 적금만 보태면 쏘나타는 살 수 있을 거야."

그녀의 사촌 오빠가 증권사에 다닌다는 말은 이미 들어 알고 있었다.

"오빠가 그랬는데 앞으로 인터넷 기업들이 뜰 거래. 정부에서 자금을 풀 거라는 소문도 여의도에 돌고 있고. 그래서 회수금을 재투자하기로 마음먹고 있었는데. 뭐, 어쩔 수 없지. 돈이 아니라 안전이 더 중요한 거잖아."

"정말 중형차를 살 정도로 수익이 났다는 거야? 그 주식이라는 걸로?"

"그렇다니까. 오빠는 몰라도 돼. 이런 건 내가 다 알아서 할게. 나, 은근히 이쪽에 소질 있는 거 같아. 베팅하는 거 말이야."

정우가 은희를 응시했다. 그녀는 확실히 자신과는 다른 사람이었다. 사고력도 다르고 실행력도 다르다. 정우에게는 그녀같이 현실적인 안목을 갖춘 여자가 필요했다.

"우리 오늘 파티할까? 에스페로 처분하면 하룻밤 즐길 돈은 충분히 나와. 눈 딱 감고 흥청망청 써버리는 거야."

사람들은 동시대를 살아도 각기 다른 미래를 생각한다. 전도된 가치관은 어떤 사람에게는 기회를, 다른 어떤 사람에게는 실패를 안겨준다. 정우는 세상의 변화가 스스로에게 불리할 수 있음을 예감했다. 그리고 지금 자신은 약속을 저버린 채 여자친구를 속이고 있었다.

은희는 여느 때보다 진지한 표정으로 말했다.

"이번에 차를 사면 오빠에겐 두 번째 차가 되는 거야. 그리고 이 차가 내가 사주는 마지막 차가 됐으면 좋겠어. 다음엔 오빠가 내게 선물해주길 바라. The second and the last."

정우는 무슨 의미냐는 표정으로 은희를 보았다.

"두 번째이자 내 돈으로 사는 마지막 차야. 내가 오빠 인생의 두 번째 여자지만 마지막 여자가 되는 것처럼. 쏘나타는 흰색으로 사자. 우리 결혼을 미리 당겨 축하하는 의미로."

정우는 신형 쏘나타에 올랐다. 실내에는 특유의 새 차 냄새가 감돌았다. 선루프를 열자 신선한 공기가 들어왔다. 그는 압구정동 아파트에 도착하기 전 태윤에게 전화를 걸었다. 태윤은 얇은 니트 카디건을 걸친 채 주차장에서 기다리고 있었다.

"긴장한 건 아니지, 오빠?"

승강기에서 태윤이 그의 어깨에 머리를 기댔다. 아파트는 예전 모습 그대로였다. 죽은 요크셔테리어의 부재를 제외하고는 모든 것이 똑같았다.

정우는 현관에서 태윤의 어머니에게 허리 굽혀 인사했다. 그녀는 앞치마를 두른 채 그를 맞았다. 날씬한 체형에 몸이 가볍고 눈치가 빠른 중년 여성이었다. 선물로 가져온 꽃다발을 건네자 여자는 수다스러운 웃음을 터트렸다. 경북 청도에서 자랐다고 들었는데 시골 분위기는 없었다. 경쾌한 어조로 흠잡을 데 없는 표준말을 구사했다. 주방으로 이어진 좁은 복도에는 음식 냄새가 가득했다.

그녀는 거실로 정우를 데려갔다. 한강이 보이는 곳에서 태윤의 아버지가 신문을 읽고 있었다. 그는 방금 전 상황은 못 들은 체하며 태연한 표정으로 소파에서 일어났다. 베이지색 면바지에 체크 플란넬 셔츠를 입은 남자는 부인이 소개하는 동안 눈을 정우에게 고정한 채 서 있었다.

정우는 이들 부부의 작은 키에 조금 놀랐다. 태윤의 외모로 짐작한 것과는 이미지가 묘하게 어긋나고 묘하게 닮아 있었다. 넓은 이마에 뒤로 넘긴 짧은 머리카락은 군인의 풍모를 연상시켰다.

여자들이 음식을 차리는 동안 두 남자는 식탁에 앉아 아무런 대화도 주고받지 않았다. 다행히 강 여사가 이런저런 말을 걸어와 침묵이 길어지지는 않았다. 정우는 그녀의 질문에 대답하며 태윤의 움직임을 관찰했다.

아파트에 들어선 이후, 누구도 그녀를 향해 말을 걸지 않았다. 그리고 그녀 역시 입을 열지 않았다. 정우가 태윤의 제안을 받아들인 이유에는 실상 취업청탁보다 그녀의 사적인 삶을 관찰하기 위한 의도가 컸다.

식사가 시작되기 전 가벼운 소동이 있었다. 강 여사가 아들을 불렀는데 닫힌 방에서 아무런 응답이 없었다. 그녀가 방문을 열고 들어서자 침대에 누워 있는 덩치 큰 아이의 뒷모습이 보였다. 나머지 가족의 체형과 비교하면 경이로울 만큼 살이 찐 아이였다. 이제 겨우 중학생이니 한창 어리광을 피울 시기이기도 했다. 정우는 태윤과의 나이 차를 계산했다. 부인이 늦은 나이에 낳은 귀한 아들 같았다. 하지만 녀석은 끝내 방에서 나오지 않았다.

가장이 헛기침을 하자 본격적인 식사가 시작되었다. 부인은 이 낯선 청년에 대해 간파했다는 듯 느긋하게 질문을 던졌다. 대체로 무난한 분위기의 저녁 식사였다. 탐색전이 끝났다고 생각한 것일까. 남자가 술을 주문했다. 딸을 향해 손가락을 까딱이자 태윤이 일어나 찬장에서 위스키를 가져왔다. 그 동작이 일종의 수신호와 같아 생소하게 느껴졌다. 여자들이 식탁을 치우는 동안 남자는 얼음이 든 술잔에 위스키를 따라 내밀었다.

"박통이 좋아하던 술이야. 그래서 우리나라 사람들은 모두 시바스 리갈을 좋아하지."

상투적인 레토릭이어서 정우는 맞장구를 치지 않았다.

"박통에 대해 어떻게 생각하나?"

"당신, 또 정치 이야기예요? 밖에서도 정치, 집에서도 정치. 딸이 처음 남자친구를 데려왔는데 또 정치 이야기로 분위기를 망칠 생각이에요?"

누가 들어도 핀잔 섞인 질타였다. 그녀는 남편을 향해 애써 존댓말을 썼지만 어디까지나 손님을 고려한 겉치레에 불과했다.

"자, 여기서 이러지 말고 우리 서재로 가지."

남자가 주방을 치우는 아내의 눈치를 보며 말했다. 설거지를 하는 태윤은 뒤를 돌아보지 않았다. 서재로 들어서자 남자는 마침내 자신의 영토에 들어왔다는 듯 표정이 밝아졌다. 그는 가슴을 펴고 전용 의자에 앉았다.

"경제학과를 졸업했다고 했지?"

"네."

"삼국지는 읽어봤나? 유비와 조조 중에 누가 진짜 영웅이라고 생각하나?"

오늘 만남은 취업 청탁을 위한 형식적인 면접시험에 가까웠다.

"삼국지는 아직 못 읽었습니다."

정우의 대답에 남자가 황당한 표정을 지었다. 스물아홉이나 먹고도 삼국지를 읽지 않은 성인 남자가 있다는 사실이 믿기지 않는다는 표정이었다.

"요즘 젊은 녀석들은 무슨 생각을 하고 사는지 도무지 알 수가 없어."

비난에 가까운 메시지였으나 어투는 심각하지 않았다.

"뭐 그거야, 회사에 들어와 해결하면 되고. 그럼 자넨 정치부
와 경제부 중 어느 쪽에서 일하고 싶나?"

태윤에게 졸업증명서를 건네고 불과 일주일이 지나지 않았다.
그런데도 남자는 마치 입사를 기정사실화해 질문을 던졌다.

"그래, 뭐 그것도 중요한 문제는 아니지. 여러 부서에서 일을
배우는 게 이 직업의 장점이기도 해."

그사이 태윤이 들어와 과일 접시를 테이블 위에 놓고 사라졌
다. 정우가 그녀의 등장을 눈치채지 못할 만큼 재빠르고 조심스
러운 동작이었다. 반면 남자는 술기운 탓인지 기분이 좋아 보였
다. 그는 자신의 권력을 누리고 있었다. 마치 신입사원 하나를
특채로 고용하는 정도야 아무 일도 아니라는 듯이.

"알아보니 수배를 받은 전력이 있더군."

"핵심은 아니었습니다."

"신경 쓰지 않아도 돼. 회사에 가보면 알겠지만 자네 동료나
선배들을 꽤 만날 수 있을 거야. 시대가 바뀌고 있는데 신문사
라고 별수 있겠나. 모택동이 그랬지, 흰 고양이건 검은 고양이
건 쥐만 잘 잡으면 된다고 말이야. 그런 세상이 온 거야."

흑묘백묘론? 그건 마오쩌둥이 아니라 덩샤오핑이 한 말이

었다.

"아직도 정치 이야기 하는 거예요? 이제 그만하고 실속 있는 얘기 좀 들려줘요. 미스터 홍을 어디로 보낼지 결정은 내렸어요?"

어느새 자리를 잡고 들어온 그의 아내가 핀잔 섞인 어투로 말했다.

"어, 그거야 인사과에서 결정하겠지."

"당신은 하는 일마다 왜 그렇게 물러 터졌어요. 그냥 당신 부서에 꽂아요. 그렇지 않아도 입사하면 낙하산이니 뭐니 뒷말 나올 텐데 자리 잡을 동안 곁에서 보호해주는 게 맞아요."

남자는 아내의 이야기에 이렇다 할 반응 없이 눈만 껌뻑였다.

"자, 심각한 이야기는 차차 두 분이서 하시고, 서로를 알아간다는 의미에서 우리 고스톱이나 한판 쳐요. 마침 셋이라 광 팔 일도 없으니 전투적으로. 점 백, 아니면 삼오칠? 미스터 홍은 오늘 지갑에 돈 좀 넣어 왔어요?"

정우가 언론사 CEO를 바라보았다. 그는 헛기침을 했다. 그 사이 유령처럼 나타난 태윤이 군용 모포를 테이블 위에 깔아놓고 사라졌다.

그날 밤 화투판의 승자는 세 사람 중 권력 서열이 가장 높은 강 여사였다. 그녀는 남편과 딸의 남자친구를 상대로 막판 싹쓸이를 한 다음 호탕하게 웃음을 터트렸다. 그 와중에도 태윤의 모습은 보이지 않았다. 화투판을 덮자 공식 행사가 끝이 났다. 헤어질 때 강 여사는 남편을 제쳐두고 말했다.

"회사에 들어가면 바빠질 테니 짬 내서 둘이 여행이라도 함께 다녀와요."

그녀가 선심 쓰듯 말했다. 그러고는 미국영화의 한 장면처럼 정우를 가볍게 포옹했다. 곁에 선 태윤은 그 모습을 표정 없이 지켜보기만 했다. 벙어리처럼 입을 닫고 있어 그녀 특유의 차가운 아름다움이 여과 없이 드러났다. 정우는 쏘나타에 올라 혼자가 되자 이상하게 마음이 아팠다. 하지만 그 이유를 알 수는 없었다.

은희는 정우가 매달 과외로 벌어오는 돈에 만족했다. 한편으로는 정우가 이 정도 사회적 지위에 머무르지 않을까 초조했다. 구체적이지 않아도 뭔가 다른 것을 원했다. 돈과 더불어 사회적 인정과 명예는 중요했다.

정우는 주말에 심야영화를 보러 외출하기 전 새로운 직장을 구했다고 통보했다.

"정말이야? 오빠가 기자가 된다고?"

은희는 화장대 앞에서 립스틱을 바르다 그를 쳐다보았다. 정우가 자신을 놀린다고 생각한 모양이었다. 정우는 대학 선배의 권유로 시험을 쳤고, 최종 합격을 통보받았다고 짧게 설명했다. 슈미즈 차림으로 서 있던 그녀는 립스틱을 던지고 달려와 그에게 안겼다.

그날 밤 두 사람은 영화관 대신 술집에서 맥주 파티를 벌였다. 은희가 맥주 한 병을 다 마신 것은 처음 있는 일이었다. 집으로 돌아와서도 흥분은 가라앉지 않았다. 그녀는 잠들지 못한 채 비스듬히 누워 정우의 얼굴을 쓰다듬으며 말했다.

"거 봐, 내가 뭐랬어. 오빠는 할 수 있다고 했지?"

정우는 똑바로 누워 가슴에 손을 올린 채 눈을 감았다.

"오빠는 기자가 되면 어떤 글을 쓰고 싶어? 아니, 뭘 쓰든 상관없지. 오빠 마음대로 해. 편집부장과 싸우든 선배 기자와 트러블을 일으키든 난 오빠를 응원할 거야. 세상을 바꾸기 위해선 아름다운 글만큼 좋은 게 없어."

정우가 눈을 떴다. 그제야 자신이 무슨 일을 저질렀는지 알수 있었다. 그는 기자가 되고 싶지도 않았고, 아름다운 글을 쓰고 싶지도 않았다. 더구나 글로 세상을 바꿀 수 있다고는 상상도 해본 일이 없었다.

"오빠가 특파원 되면 우리 외국 갈 수 있는 거야?"

생각했던 것보다 사태가 심각했다.

"예전에 우연히 신천역에서 찬영이를 만난 적이 있어. 걔가

글쎄 방송국 기자가 됐더라구. 정말 깜짝 놀랐어."

"찬영이?"

그의 질문에 은희가 멈칫했다.

"찬영이 몰라? 오빠도 참, 대학교 과 후배를 기억 못 하면 어떡해. 우리가 처음 만났던 날 찬영이도 있었잖아."

정우는 기억을 더듬었다. 은희를 처음 만난 날이라면 그가 압구정동을 방문했던 날이다. 그곳에서 태윤과 은희를 같은 날 동시에 만났다. 그러고 보니 용재 옆에 또 다른 후배 녀석이 하나 더 있었다. 그 녀석 이름이 찬영이었던가?

"이제 기억나?"

정우는 고개를 끄덕였다. 녀석의 얼굴과 인상은 떠오르지 않았다. 당시에는 사건이 연이어 일어났다. 경찰에 쫓기고, 태윤이를 만났다. 실연의 상처를 입고, 군대를 갔다. 이 모든 사건의 시발점인 용재 얼굴마저 기억나지 않는데 찬영이라는 존재감 없는 얼굴까지 기억하기란 불가능했다.

"찬영이가 감옥 갔다 오고 변했다는 말은 들었는데 직접 보니 정말 그랬어. 아마 오빠가 군대 있을 때였을 거야. 학교에 용재 만나러 갔다가 잠깐 찬영이를 봤는데 무서웠어. 사람이 그렇게 변할 수 있다는 게 놀라울 만큼."

"무슨 소리야? 걔가 왜 감옥에 가?"

"정말 몰라? 오빠 군대 간 해에 학생들 많이 죽었잖아."

은희는 91년도에 일어난 분신정국을 말하고 있었다.

"그런데 찬영이가 감옥 갔다는 건 무슨 말이야?"

정확히 기억나진 않지만 그도 용재처럼 전형적인 강남 아이였다. 압구정동과 청담동을 벗어나면 서울이 아닌 것처럼 여기는 오만하고 똑똑한 아이들 중 하나 말이다.

"오빠 정말 모르는구나. 걔 오빠네 학교 총학생회장이었어. 숨어 다니다 잡혔는데 실형받아서 군대도 못 갔어. 사실 난 졸업도 못 했을 거라 생각했거든. 그런데 이번에 우연히 만났는데 방송국 기자가 됐다는 거야."

"우연히 만났다고?"

"응."

정우는 이 모든 대화가 갑자기 무의미하게 느껴졌다. 과거가 흘러 모든 것이 변해 있었다.

"잘된 일이지?"

"뭐가?"

"내가 기자 된 거 말이야."

정우가 은희를 바라보며 말했다. 그녀의 열기가 공기를 타고 불과 한 뼘 가까이 밀려들어왔다. 은희는 고개를 숙여 그에게 키스했다. 입술이 부드럽게 젖어 있었다. 그리고 고백이라도 하듯 얼굴을 붉히며 말했다.

"오빠, 우리 결혼할까?"

3부
이곳이 평행세계라면

한나는 캘거리에서 밴프와 재스퍼로, 그리고 앨버타의 주도인 에드먼턴으로 달렸다. 로키산맥은 거대했다. 오일샌드 붐으로 활기 넘치는 도시에 도착하자 기름이 바닥났다. 몸속에 타오르던 열정도 함께 식어갔다. 한국으로 돌아가야 할 시간이었다. 근 석 달이 넘는 선유仙遊는 그렇게 끝이 났다.

긴 여행으로 나는 이전과 다른 사람이 되었을까? 한나는 카페테라스에 앉아 생각에 잠겼다. 여행은 자극제가 될 수 있지만 근원적인 치료제는 아니었다. 그렇다면 왜 그토록 낯선 세계를 찾아 떠돌아다녀야만 하지? 생각할수록 점점 더 깊은 미로 속에 빠져드는 느낌이었다. 무엇보다 물리적 고통이 문제였다. 서울로 돌아가야 한다는 생각만으로도 뼛속 깊이 원인 모를 통증이 찾아왔다. 마취 상태로 고통을 잊게 하는 여행의 효력도 사라지고 있었다.

다음 날 한나는 렌터카를 반납하고, 비행기 티켓을 끊어 밴쿠버로 날아갔다. 공항에는 우기의 끝자락을 알리는 옅은 안개비가 흩날리고 있었다. 유스호스텔에서 하룻밤을 묵은 후 개스 타운과 캐나다 플레이스, 차이나타운, 스탠리 파크를 돌아보았다. 한나는 마음을 굳혔다. 시내 중심가인 롭슨 스트리트에 인접한 원 베드 아파트를 구해 살기로. 다음 날 계약서에 서명하고 석 달 치 월세를 지불하자 새 둥지가 생겼다.

첫날 밤은 요가 매트를 깔고 침낭 속에 파묻혀 잤다. 다음 날은 자동차 중고 매장을 찾아 현대 소형차를 싼값에 인수했다. 그녀는 가능한 이 낯선 도시에 장기간 머물고 싶었다. 생필품과 가구를 사들이고 아파트를 정리하니 자신만의 공간이 생겨났다. 그런데 느닷없이 눈물이 터졌다. 그날은 차고 세일에서 산 낡은 천 소파에 얼굴을 묻고 울었다.

정신을 차리고 난 후에는 캐나다의 대학 입시요강을 살폈다. 이곳 학교라면 자신을 받아줄 것이다. 입학지원서를 쓰는 며칠간은 행복했다. 뜻하지 않은 행운이 자신 앞에 놓인 것 같은 기분에 거리를 쏘다녔다.

그녀는 성소수자들이 모여드는 데이비드 스트리트 펍에서

새 친구를 사귀었다. 홀 중앙에 샹들리에 대신 커다란 남근 목
각 장식을 매단 술집이었다. 찰스는 홍콩이 중국으로 반환되기
전 부모가 이민을 온 중국계 2세였다. 대학원에서 정치학을 공
부하는 찰스는 중국인 부모의 보수적인 윤리관에 반감을 품으
면서도 캐나다 정부의 마리화나 합법화에 비판적인 태도를 보
였다.

한나는 찰스가 마음에 들었다. 일주일 후 그는 짐을 싸 들고
들어와 룸메이트가 되었다. 침대 겸용 소파가 있는 거실은 그의
차지였다. 집세와 세금을 반으로 나누고, 생활비는 알아서 내도
록 규칙을 정했다.

중국인 부모 탓인지, 성적性的 지향 탓인지 그는 요리에 관심
이 많았다. 찰스가 요리하는 동안 한나는 청소를 도맡았다. 시
간제 아르바이트도 구했다. 한국인 이민자 부부가 운영하는 편
의점이었다. 계산해보니 법정 노동시간에 따른 최저임금만으
로도 한 달 생활비를 해결할 수 있었다. 한국과는 다른 노동환
경에 한나는 기분 좋은 충격을 받았다. 노동임금으로 살아갈 수
있다는 당연한 사실에 놀란 자신에게 문제가 있는 것인지, 낙수
효과와 경제호황을 이룰 때까지 참고 기다려야 한다는 시장주
의자들의 논리에 문제가 있는 것인지 혼란스러웠다. 자원이 풍
부한 캐나다와 수출에 의존하는 한국을 단순 비교해서는 안 된

다는 그들의 주장은 정말 근거가 있는 것일까.

한나는 이런 질문들에 답하고 싶었다. 대학을 선택한 것도 같은 이유에서였다. 찰스는 자신이 다니는 브리티시컬럼비아대학교로 한나를 데려갔다. 방학을 맞은 대학 캠퍼스에는 여름의 광란을 예고하는 태양이 내리쬐고 있었다. 중앙 도서관을 구경하다 구토감을 느낀 한나는 집으로 돌아와 임신테스트기를 확인했다. 결과는 임신이었다.

다음 날 찰스의 도움을 받아 병원에 갔다. 미소가 멋진 흑인 산부인과 의사는 임신 사실을 확인해주었다. 찰스는 아이 아버지가 누구인지에 대해서는 궁금해하지 않았다. 다만 축하한다며 냉장고에서 술병을 치웠다.

한나는 망설였다. 대학 편입 과정에 응시해놓고 결과를 기다리던 중에 예기치 않은 일이 생겨났다. 아이를 낳으면 미혼모가될 터였다. 아이를 키우며 계속 공부할 수 있을까. 아르바이트는 또 어떻게 하지? 아이 아버지는 파리와 로마, 혹은 낯선 스페인 시골 여행지에서 만난 몇몇 청년들 중 한 명일 텐데. 하지만 정확히 얼굴이 기억나는 이는 아무도 없었다. 당연히 연락처도 없었다. 아버지의 존재를 알지 못하는 아이의 장래는 어두울 것이다. 옛사람들은 이런 아이를 호래자식이라며 업신여겼다.

낙태 외에는 다른 방법이 없었다. 한나는 낯선 타인에 불과한 찰스가 자신의 운명에 반대하는 것에 놀랐다.

"아이는 불행해질 거야. 어쩌면 금발에 파란 눈으로 태어날지
도 몰라."

한나는 솔직하게 불안을 토로했다.

"그게 무슨 문제지?"

"무슨 문제라니. 사람들이 이상하게 생각할 거야. 동양인 엄
마가 푸른 눈의 아이를 혼자 키운다는 게 정상은 아니잖아."

찰스는 여느 때와 달리 진지했다.

"여긴 한국이 아니야. 누구도 그런 걸로 문제 삼지 않아."

"하지만 난 한국인이야."

찰스는 생각에 잠겼다. 먼 나라에서 온 동양 여자를 향한 우
월의식은 엿보이지 않았다.

"한국은 국민들이 평화적인 시위로 최고 권력자를 끌어내린
나라야. 유럽에서도, 심지어는 이곳 캐나다에서도 경험해보지
못한 진보를 경험한 나라라고."

한나는 사뭇 진지한 정치학과 대학원생을 쳐다보았다.

"그렇게 생각할 수 있어. 하지만 민주적인 절차로 대통령을
탄핵했다고 사람들이 변한 건 아냐. 다수의 한국인은 여전히 보
수적인 순혈주의에 빠져 있어. 외국인 노동자를 두려워하고, 난
민 정책에 반대하고 있단 말이야. 미혼모가 떳떳하게 살아갈 수

있는 나라가 아니야. 여전히 이혼한 사람들은 문제가 있다고 여기는 나라가 한국이야."

한나는 자신이 한 말에 놀랐다. 정말 한국이 그렇게 이상한 나라인가?

"한국인들의 전통적인 윤리관에 대해선 잘 몰라. 하지만 내가 공부한 바로는 한국은 단기간에 민주화에 성공한 아주 특별한 나라야. 아시아에서 한국만큼 민주주의가 빠르게 정착한 나라는 없어. 선진국을 자처하는 일본마저 정치 시스템에서는 후진국이야. 여전히 일왕이 건재하고, 정치는 소수 세습자들의 전유물이지. 중국은 공산당이 잡고 있으니 말할 필요도 없고. 하지만 한국은 달라. 시민에 의한, 시민을 위한 정치 변혁을 이뤄낸 나라야."

"그렇게 말해줘서 고맙긴 한데, 실정을 알고 나면 그런 소리 못 할 거야. 네 말대로 한국은 풀뿌리민주주의가 정착된 나라처럼 보이기는 해. 현대사를 살펴보면 어렵지 않게 실례를 찾을 수 있어. 하지만 이건 그냥 겉으로 드러난 현상에 불과해. 실상 민주화 과정에서 이득을 취한 이들은 네가 시민이라 부르는 다수의 대중이 아니야. 정권이 바뀌며 권력을 잡은 사람들은 여전히 유명 대학을 나온 좋은 집안 사람들이었어.

가난한 집안에서 태어난 두 전직 대통령만 예외였지. 엘리트

출신이나 지식인 그룹들이 실질적인 권력을 이양받은 거야. 그들은 보수와 진보라는 두 진영을 녹점하며 이너 서클이 아닌 집단에 대해서는 배타적인 태도를 취했어. 사회에서는 민주주의자라 선전했지만 집에서는 가부장의 권위를 내려놓지 않았지. 이들이 시민을 위해 봉사하는 평등주의자로 탈바꿈하는 건 불가능했어. 사실 그들에겐 그럴 이유가 없었어. 시민들에게 권력을 나눠줄 이유를 찾지 못했으니까."

찰스의 표정이 묘하게 변했다. 처음 보는 모습이었다.

"넌 아직 정치를 이해하지 못하고 있구나."

찰스가 노골적으로 상대방을 비난하는 모습은 처음이었다. 한나는 화가 났다.

"너도 그들처럼 날 우습게 여기는 거야. 네가 더 많은 책을 읽고, 역사에 대해 더 많이 알고, 남자라는 사실이 자랑스러운 거야. 네가 여자 몸이나 삶에 대해서 뭘 알아. 임신이 어떤 일인지 넌 절대 체감할 수 없어. 함부로 타인의 권리에 대해 참견하지 말란 말이야."

한나의 말에는 작은 목소리라도 적의가 드러났다. 그들은 한동안 침묵을 지키며 열기가 가라앉길 기다렸다. 찰스가 주방으로 가 티를 끓였다. 그가 다시 돌아왔을때는 마음이 안정된 상태였다. 찰스가 찻잔을 내밀며 말했다.

"미안해. 그렇게 말한 건 내가 아기를 가질 수 없기 때문인지도 몰라. 난 여자들에게 성적으로 매력을 못 느껴. 그래서 내 유전자를 옮길 수도 없어. 과학적으로 방법이 없는 건 아니지만…… 아무튼, 그 때문에 네 임신을 기뻐했던 것 같아. 기적을 옆에서 확인하는 느낌이랄까. 내가 너무 흥분했어. 진심으로 사과할게."

찰스는 믿음직한 룸메이트로 돌아와 있었다.

"아냐, 나도 좀 심했어. 그동안 알게 모르게 불안했나 봐. 내 몸속에 새로운 생명이 자란다는 사실이 좀처럼 믿기지 않아. 인간이 아닌 새로운 존재가 된 듯한 느낌마저 들어."

두 사람은 저녁 식사 후 잉글리시 베이로 산책을 나갔다. 미안한 마음이 들었는지 한나는 팔짱을 끼고 머리를 기댔다. 나이는 어리지만 그가 믿음직한 오빠처럼 여겨졌다.

초여름 저녁 해변은 사람들로 북적였다. 다국적 인종이 모여 사는 도시답게 피부색과 눈동자가 다양했다. 마치 해변에 알록달록한 보석들을 흩뿌려놓은 듯 생생한 이미지들이 눈을 어지럽혔다.

"사람들이 어때 보여?"

두 사람은 벤치에 앉아 해변을 거니는 사람들을 바라보았다. 한나는 보이는 대로 대답했다.

"아름다워."

"맞아. 사람은 아름다운 동물이야."

"만약 내가 아이를 낳으면…… 그 아이도 예쁠까?"

한나는 노을에 물든 바다를 응시했다. 자신은 사람들의 시선을 두려워했다. 경쟁에서 뒤처진 패배자로 보이기 싫어 한국에서 도망쳤다. 사랑을 소유와 동일시하고, 육체와 영혼을 소유하는 일이 사랑이라 믿었다.

한나는 준희를 생각했다. 그리고 그가 사랑했던 여자들을 떠올렸다. 도대체 그가 무슨 잘못을 저지른 거지? 그는 나를 소유하려 하지 않았는데 나는 왜 그를 소유하려 했던 걸까?

"가끔은 내가 미쳐버렸다는 생각이 들어."

"넌 미치지 않았어. 미친 사람은 정치인들이야."

그해 9월, 한나는 합격 통지서를 받고 정치학과에 입학했다. 찰스와의 동거는 새로운 형태의 결혼생활이 가능하다는 확신을 주었다. 그들이 사는 20층 아파트에는 다양한 커플들이 모여 살았다. 법적인 결혼보다는 사랑해서 함께 사는 것에 만족하는 이들이 더 많았다. 동성 커플, 비혼남과 비혼모, 서로 다른 인종과 나이 차를 극복한 커플. 정확하지는 않아도 다수의 파트너와 교제하는 커플도 있었다.

한나는 이웃들과 친밀한 관계를 맺었다. 배가 불러오기 시작했지만 강의를 듣고 과제를 준비하는 데 어려움은 없었다. 누구도 그녀를 호기심 어린 시선으로 바라보지 않았다. 결혼은 했는지, 아이 아버지는 누구인지, 앞으로 어떻게 살 계획인지 묻는 사람은 없었다.

짧은 겨울 방학이 시작되었을 무렵 진통이 찾아왔다. 한나는 새벽에 찰스의 도움을 받아 병원에서 3.2kg의 건강한 아이를 출산했다. 우렁찬 울음을 터뜨리는 푸른 눈동자의 여자아이였다. 한나는 《오즈의 마법사》에 등장하는 귀여운 도로시가 연상돼 웃음과 눈물 범벅으로 아이를 안았다. 어부의 성채에서 말을 걸어왔던 영국인 청년의 근사한 미소가 엿보였다. 그는 템스강변에서 멀지 않은 런던 어느 좁은 골목에서 깊은 잠에 빠져 있으리라. 아니, 네오 로마네스크 양식에 황홀해하던 건축학도는 지구 반대편의 일을 꿈에도 상상하지 못하리라.

한나는 그의 자신감 넘치고 다정했던 목소리를 기억했다. 그러나 모든 것은 흐르는 강물처럼 사라진 뒤였다. 그가 다시 자신의 삶에 등장하는 일은 없을 것이다. 눈앞에는 새로운 세계가 펼쳐지고 있었다. 그 세계는 도로시가 여행했던 동화 속 나라처럼 환상적이고 아름답지만은 않다. 한나는 용기를 내야만 했다. 이제 그녀는 엄마였다.

***

정우는 원탁에 앉아 핏기가 밴 스테이크를 잘랐다. 시내 특급
호텔에서 열린 결혼식이었다. 턱시도를 입은 신랑 뒷모습은 자
신이 기억하는 남자처럼 보이지 않았다. 짧고 날씬한 드레스를
입은 신부도 그가 기억하는 여자 같지 않았다.

그는 정면 구석에서 화려한 꽃으로 장식한 신랑 조용재와 신
부 서연주의 이름을 읽었다. 두 사람이 틀림없었다. 청첩장을
우편함에서 가져온 사람은 은희였다.

"오빠, 이거 좀 봐."

봉투를 건넨 후, 그녀는 주방으로 가 쌀을 씻었다. 정우는 초
대인의 이름을 보고 청첩장을 찢어버렸다. 놀란 은희가 개수대
앞에서 고개를 돌려 바라보았다. 그녀의 선홍빛 볼에 옅은 미소
가 감돌았다.

다음 날 똑같은 청첩장을 태윤에게 다시 전달받았다. 이번에
는 초대장을 찢지 않고 안주머니에 넣었다. 태윤이 바로 청첩장
을 찢지 않는 그를 의심의 눈빛으로 보았다.

정우는 혼란스러웠다. 왜 하필 신부가 연주지? 신랑 주위를
배회하던 여자들은 다 어디 가고 연주가 저 자리에 있는 걸까.
정우는 신랑신부 행진이 시작되기 전에 자리에서 일어났다. 호

텔을 나오자 가을바람이 얼굴을 덮쳤다. 숨을 들이마시자 막힌 혈관이 뚫린 듯 정신이 맑아졌다. 그는 일탈의 유혹을 느꼈다. 그리고 남쪽을 향해 무작정 달렸다. 운명적으로 얽힌 한 여자를 만나기 위해서였다.

어머니는 화로 앞에 앉아 고기를 구웠다. 코스모스 한 무더기가 달빛 아래 흔들렸다.

"신문사 기자는 월급이 얼마나 되니?"

그녀가 고기를 접시에 올리며 말했다. 남편의 죽음은 그녀에게 낯선 세계를 선물했다. 정우는 생기 넘치는 어머니의 눈매와 도톰한 볼을 빤히 바라보았다. 그녀는 아직 남자를 유혹할 수 있을 만큼 젊었다. 어머니를 여자로 받아들이지 못하는 구식 아들만 빼고는 모두가 아는 진실이었다.

"이번 여름에 인천 형님이 내려왔더구나."

큰아버지? 아버지의 유일한 생존 혈육이나 정우에게는 타인보다 못한 존재였다. 대학에 입학할 때 생활비조차 빌려주길 거부하던 사람이 그였다.

"객지에서 살지 말고 인천으로 올라와 같이 살자고 하대."

정우는 그녀가 무슨 말을 하는지 이해할 수 없었다. 왜 큰아버지가 갑자기 어머니를 집으로 불러들인단 말인가.

"말이야 혼자 사는 처지에 돕고 살자는 거지만 따지고 보면 남세스러운 일이지 않니. 홀아비가 과부와 성을 통하는 거야 흉한 일이 아니지만 형제 사이에는 당치도 않은 일이야. 옛날엔 동생이 죽으면 형이 동생 아내와 남은 식구들을 돌봤다고 성경까지 들먹이더구나. 진짜 성경에 그렇게 쓰여 있어?"

정우는 이맛살을 찌푸렸다.

"남자들은 그런가 보더라. 애초에 혼자 사는 게 불가능한가 봐."

그러고는 화제를 읍내에서 농약상을 하는 홀아비 김 사장에게로 돌렸다. 입맛이 가셨다. 정우는 소주를 따르는 그녀의 손등을 따갑게 내리치고 싶었다. 어쩌면 어머니는 평판이 나쁜 여자인지도 모른다. 사내들은 평판이 나쁜 여자에게 성공의 기회를 엿보았다. 나라고 왜 실패할 것인가. 평판이 나쁘다는 것은 그녀들이 가진 강력한 매력이었다.

"아버지와는 왜 결혼하셨어요?"

그녀는 눈을 동그랗게 뜨고 정우를 바라보았다.

"왜긴 왜니? 사랑했으니까 결혼했지."

질문이 남아 있었다. 어린 시절, 허름한 시골집에서 보았던 어머니의 헝클어진 검은 머리칼에 대해 알고 싶었다. 왜 그런 곳에서 낯선 사내와 잠이 들었는지 궁금했다. 그것도 사랑이었을까.

"은희와는 언제 결혼할 거니? 여자 그렇게 오래 혼자 두면 못 쓴다. 품 안에 있다고 다 네 여자는 아닌 거야."

그날 밤, 정우는 농가 골방에 누워 충동적인 탈출을 후회했다. 그리고 새벽닭이 울기 전 마당으로 나왔다. 지난밤 마신 소주 탓인지 머리가 무거웠다. 지갑에 든 현금을 방바닥에 던지고 차에 올랐다.

고속도로를 달리자 잠자던 신경세포들이 깨어나기 시작했다. 큰아버지에 대한 증오심으로 타올라 쌍욕을 내뱉었다. 이름도 얼굴도 모르는 농약상에 대한 분노도 함께 생겨났다. 혼자서는 삶을 살아가지 못하는 저열한 남자들. 여자가 없으면 삶의 존재 이유조차 잊어버리고 마는 한심한 남자들에 대한 미움이었다. 이 여자 저 여자 뒤꽁무니를 쫓아다니며 사랑은 영원하다고 거짓말을 늘어놓는 사내들에 대한 증오이기도 했다. 어머니의 육체를 탐하는 사내들을 향한 공격은 정당했다. 정우는 《악의 꽃》을 불러냈다.

그대 향기 가득한 속치마 속에
아픈 머리를 묻고 들이마시리라,
시든 꽃처럼 죽어버린
내 사랑의 달콤한 악취를.

보들레르의 여성 혐오는 지독했다. 그는 〈마음을 털어놓고〉라는 시에서 이렇게 지껄었다.

여자는 혐오감을 일으킨다. 여자는 배고프면 먹으려 하고, 목마르면 마시려 한다. 여자는 암내를 풍기며 모욕을 당하려 한다.

시인의 여성 혐오는 젊고 아름다운 어머니의 재혼에서 비롯되었다. 정우는 고등학교 문예반에서 한 친구가 이 문구를 읽으며 웃음을 터트리는 장면을 기억했다. 친구 얼굴은 뚜렷하지 않지만 그의 연극적인 목소리는 생생했다.

문예반에서 만났던 친구들이 어떻게 되었을까 생각하자 마음속에 분노가 가라앉았다. 아마 그들은 자신보다 현명한 삶을 선택해 살고 있을 것이다. 오직 한 여자만 생각하는 순수한 사랑을 키워가면서.

서울은 태평하게 아름다웠다. 정우는 은희에게 전화를 걸지, 태윤에게 전화를 걸지 알 수 없어 한동안 강변을 달렸다.

첫 직장인 신문사는 두 번째 입대와 다를 바 없었다. 집에 돌아와 누우면 강한 주먹으로 수십 대는 맞은 것처럼 고통스러웠다. 술에 취해 씻지 못한 채 잠이 들었고, 동이 트면 다시 지하

철을 타고 출근했다. 거리에는 임금 노예들이 노동력을 팔기 위해 저마다 치열한 전투를 치르고 있었다. 정우는 남루한 외양과 생기 없는 표정에 의문을 가졌다. 왜 그들은 삶이 의미 있다고 고집하는가. 신성의 가치를 획득한 노동은 마약에 불과했다. 그들은 존재를 잊기 위해 일과 노동에 집착했다.

그날은 고위 관료와 대형로펌 집안 간의 결혼식이 있었다. 신랑 신부의 부모가 같은 법대 동기생인 탓에 하객 대부분은 법조계 인사들이었다. 정우는 대형 로펌과 얽힌 사건을 취재하기 위해 결혼식에 들렀다.

상류층 자녀들의 결혼식은 화려했다. 정우는 반듯하게 차려입은 사람들과 함께 뷔페 장소로 향했다. 접시를 들고 자리로 돌아오다 창가에 앉아 홀로 식사하는 정 사장을 보았다. 회사에서 대표이사를 만나는 것은 불가능했다. 입사 이후 몇 번 호출을 받아 사장실에 불려 간 적은 있으나 이렇듯 낯선 장소에서 우연히 만난 일은 처음이었다. 문득 그의 집에서 함께 화투를 돌리며 어울렸던 기억이 떠올랐다. 정우는 접시를 놓고 정 사장을 향해 걸어갔다. 양갈비구이 앞에 진지한 표정을 짓고 있는 정 사장은 그의 등장에 별다른 반응을 보이지 않았다. 아니, 고개조차 들지 않았다.

"사장님."

정우가 예의를 차려 인사했다. 그 찰나의 순간에 얼핏 석연치 않은 부조화를 감지했다. 정 사장이 그를 올려다보았다. 타인을 향한 불신의 눈동자가 반짝였다.

"아, 혹시 젊은 양반 ○○일보에서 일하시오?"

상대는 미소 지으며 지갑에서 명함을 꺼냈다. 정우는 명함의 작은 글자를 읽었다. 정상욱. 자신이 아는 세 글자 중 단 한 글자가 달랐다. 직함은 삼척시에 주소를 둔 한 법무사의 사무장이었다. 정우는 명함에서 눈을 떼고 쏘아보듯 남자를 응시했다. 틀림없는 정하욱 사장이었다. 그런데 미묘하게 달랐다. 남자는 이전의 불신 섞인 눈빛을 털어내고 점잖은 웃음을 보였다. 그가 팔을 뻗어 앞자리를 가리켰다. 정우가 자리에 앉자 마침 혼자 식사하던 차에 잘됐다는 표정으로 소주를 건넸다. 정우는 그의 재킷 소매가 반질반질 닳아 있는 것을 보았다. 유행이 지난 값싼 옷이었다. 정하욱 사장은 상류층 지위에 맞는 옷을 입는 센스 있는 사람이었다.

"안 그래도 요즘 동생이 어떻게 지내나 궁금했는데 마침 잘됐군. 젊은 사람 명함을 내가 한번 봐도 될까?"

정우는 명함 한 장을 꺼내 남자에게 주었다. 그는 명함을 확인하고 만족스러운 표정으로 말했다.

"그래, 우리 동생은 요즘 어떻게 지내오? 괜찮다면 나와 잠깐 어울려주겠소?"

정상욱, 그러니까 눈앞의 남자는 태윤의 아버지와 일란성쌍둥이로 태어난 형제였다. 태윤은 처음부터 그랬다. 마치 수수께끼를 품은 스핑크스처럼 비밀이 많은 여자였다. 태윤이 큰아버지에 대해 말한 적은 없었기에 정우는 이 만남이 놀라웠다.

남자는 언론사 사장인 동생보다 소탈하고 지적인 사람이었다. 그는 자연스럽게 대화를 이끌었다. 정우가 술을 권하자 얼굴이 환해졌다. 그는 양가 부모의 동문 자격으로 결혼식에 참석했다고 말했다. 그러니까 대한민국에서 수재들만 간다는 모 대학 법대 출신임을 은연중 흘린 것이다. 그러나 동문이라는 그 어느 쪽 부모도 남자를 찾지 않았다.

그는 소주 한 병을 비우고 나서야 자리에서 일어났다. 정우는 이 돌발적인 이벤트가 우연인지, 아주 오래전부터 예고된 필연인지 판단할 수 없었다. 자리에서 일어나기 전, 그가 마지막으로 한 말이 머릿속에 맴돌았다.

"혹시 홍 기자는 정 사장 딸을 본 적 있소? 이름이 태윤이라고…… 아, 내가 취해 또 헛소리를 늘어놓았군. 미안해요."

정우는 탁자 위 명함에서 눈을 떼지 못한 채 앉아 있었다. 어쩐지 동해 소도시에 사는 중년 남자의 남루한 삶이, 법무사 사무장이라는 남자의 초라한 직함이 부당하게 느껴졌다.

국회 로비에서 같은 학과 졸업생을 만났다. 정우는 후배의 이름을 기억하지 못했다. 상대가 어이없다는 표정으로 이름을 알려주고 나서야 뒤늦게 사과했다.

"형은 여전하네요."

힐난 섞인 목소리는 아니었다. 그는 카메라 기자와 함께 있었다.

"식사했어요? 아직 안 했으면 함께하시죠."

정우는 후배의 차를 타고 가까운 식당가로 향했다. 여야 본회의가 결렬되었기 때문에 국회 출입 기자들은 대낮부터 술을 마시고 있었다. 그들도 국밥과 소주 한 병을 시켰다. 후배는 자신을 김찬영이라고 했다. 정우는 왜 녀석의 존재를 지워버린 것인지 이해할 수 없었다.

"용재 결혼식에선 왜 그렇게 일찍 나갔어요?"

"너도 왔었어?"

찬영은 어이없다는 표정을 지었다.

"그날 우리 과 동문들이 얼마나 많이 왔는데."

"미안하다. 내가 정신이 좀 없었어."

"형이 사과할 일은 아니죠. 하긴, 이런 게 또 형 매력이잖아요."

"그래, 넌 요즘 어떻게 지내니? 우리가 만난 게 벌써……."

정우는 불가피하게 그날의 기억을 떠올렸다. 택시를 타고 한강을 건너 압구정사거리에 내렸다. 그리고 카페에서 여자아이들을 만났다. 가만 보니 중앙에 앉았던 여자아이의 얼굴도 까맣게 잊고 있었다. 그날 첫인상만으로는 셋 중에 가장 예쁜 아이였다. 정우는 술잔을 비우고 남 일처럼 그날의 장면을 떠올리며 대화를 유도했다.

"이름이?"

"선영이었어요. 유선영. 한번 들으면 쉽게 잊기 어려운 이름인데."

"기억난다."

정우는 거짓말을 했다. 찬영은 예의 차린 미소를 보였다.

"선영이 소식은 들은 적 있어요?"

"글쎄, 지금쯤 결혼해 잘 살고 있지 않겠어?"

"형 추측이 맞았으면……. 아니, 그렇게 믿고 싶네요. 선영이는 지금 병원에 있어요."

"병원?"

"형이라면 이 정도 일은 유추할 수 있지 않아요? 그래서 결혼식에 온 거 아닌가요?"

목소리에 날 선 가시가 박혀 있었다.

"아, 미안해요, 형. 난 그저 형이 어느 정도 알고 있을 거라 생각했어요. 선영이가 용재 때문에 미쳐 정신병원까지 갔다는 소문은 이 동네에서 꽤 유명했거든요."

"난 그 동네 사람이 아니야."

정우는 찬영이 자신을 불러낸 의도를 의심했다. 우연을 가장하고 있지만 오늘의 만남은 우연이 아니었다. 은희를 통해 그에 대한 몇 가지 정보를 들은 적이 있었다. 그리고 그중에는 그의 변신에 관한 이야기도 담겨 있었다.

"그럼 다른 여자애들은 어떻게 됐니?"

"은희와 태윤이 말인가요?"

"그래."

"그건 잘 몰라요. 형이 졸업한 후로 저도 그 동네 출입을 끊었어요. 여자애들 꽁무니만 쫓다 인생을 허비하고 싶진 않았거든요."

"그래서?"

"네?"

"그래서 감옥까지 간 거야?"

찬영의 얼굴이 일그러졌다.

"형에게 이런 얘기를 듣다니 좀 우습네요."

정우는 찬영이 왜 천연덕스럽게 거짓말을 늘어놓는지 이해

할 수 없었다. 은희는 신천역 부근에서 녀석과 우연히 만났다고
했다.

"넌 그날 무슨 생각으로 자리에 나온 거야?"

"무슨 말이에요?"

"그날 왜⋯⋯."

대화가 길을 잃었다.

"그날 왜 제가 거길 따라갔을까요. 생각해보니 이상한 일이기
도 하네요. 아마 형이 용재 제안에 순순히 응했기 때문이 아닐
까요? 전 형이 그런 자리에는 가지 않을 거라 짐작했는데 결과
는 달랐죠."

찬영의 얼굴에서 웃음기가 가셨다. 학생회관 인근 숲에서 자
신을 유혹하던 날의 기억은 완전히 잊은 표정이었다.

"전 그때 신입생이었고 그냥 형이 조금 멋있었어요. 다른 동
기들은 형이 미쳤다고 수군댔지만 전 그렇게 생각하지 않았어
요. 아마 용재도 마찬가지였을 거예요. 이해할 수 있잖아요. 그
땐 그런 시절이었으니까. 세상에 의미 있는 다른 무언가가 있을
거라 생각했죠. 그즈음 형이 나타났어요."

창밖으로 먹구름이 몰려오고 있었다.

"기억나요 형? 제가 형의 진짜 모습을 봤던 날이에요. 더위
에 모두 탈진한 상태였죠. 그날 시위는 기말고사 탓에 참가자가

적어 불안했어요.

얼떨결에 맨 잎자리까지 나온 저는 손에 쥔 화염병 불꽃을 내려다보고 있었죠. 화염병을 든 건 그때가 처음이었는데 시너 열기가 손바닥을 타고 오르자 심장이 터질 것 같았죠. 눈앞에선 전경대원들의 욕설이 들리고, 아스팔트 바닥에는 곤봉에 맞은 아이들의 피가 흥건했어요. 선봉대의 전열이 무너지고 곧 본대 대열까지 흐트러질 상황이었어요. 그때 형이 걸어 나와 경찰 방어벽을 등지고 구호를 외치기 시작했어요.

하지만 모두 지쳐 있었어요. 승기가 꺾인 싸움이 끝나기만을 기다렸죠. 저 역시 퇴로를 확보하기 위해 뒤를 돌아봤어요. 선봉대가 뒷걸음치자 갑자기 형이 혼자 쇠파이프를 휘두르며 바리케이드를 향해 달려가더군요. 순식간에 아수라장이 되었죠. 머뭇거리던 사람들이 비명을 지르며 형을 구하기 위해 달려갔어요. 저도 그들 중 하나였어요. 그날 형은 피투성이였거든요."

정우는 창밖으로 시선을 돌렸다. 이마가 깨지고, 입술이 터지며, 팔이 부러지는 날들의 기억이 떠올랐다. 하지만 그가 말하는 날이 정확히 어떤 시점인지는 알 수 없었다. 이야기가 왜 과거로 돌아간 것인지도 이해할 수 없었다.

탁자 위에 올려놓은 그의 휴대전화가 울렸다. 로비에서 보았던 카메라 기자인 것 같았다.

"미안한데 호출이 왔네요. 점심값은 제가 낼게요."

찬영은 태도를 바꿔 밝은 얼굴로 일어났다. 정우는 그가 빠져나가는 모습을 지켜보았다. 잠시 후, 식당 곳곳에서 휴대전화가 울렸다. 여야의 극적 타결로 본회의라도 열린 것일까. 많은 이들이 황급히 자리를 떴다. 정우는 전화를 받지 않았다. 그저 남은 소주를 노려보다 가장 늦게 식당을 나왔을 뿐이다.

정우는 그해에만 모두 열세 번의 결혼식에 하객으로 참석했다. 그리고 꿈속에서 오랫동안 마음에 품어 왔던 프러포즈를 실행했다.

"나와 결혼하자."

여자는 믿을 수 없다는 표정으로 그의 눈을 들여다보았다. 뒤이어 가슴에 얼굴을 파묻고 울음을 터트렸다. 정우는 혼란스러웠다. 연인의 이름이 정확히 기억나지 않았다. 여자의 검고 풍성한 머리카락이 먼바다의 파도처럼 출렁였다. 그는 꿈속에서조차 신부가 누구인지 알지 못했다.

* * *

정우는 여자를 뒤쫓았다. 밀레니엄을 앞둔 90년대 후반, 명동 거리는 축제 분위기였다. 그는 은희의 경쾌한 걸음을 쫓으며 도시의 흥분을 느꼈다. 찬영은 여의도 식당에서 만났을 때보다 말끔했다. 그는 은희와 동갑내기였다. 두 사람은 푹신한 소파에 몸을 기대고 대화에 열중했다. 정우는 도로 건너편 2층 카페에서 망루에 오른 파수병처럼 그들을 내려다보았다. 햇볕이 비치는 창가 자리의 커플은 오래된 연인처럼 꽤나 잘 어울렸다.

탁자에는 머그와 찻잔이 놓여 있었다. 은희는 휘핑크림을 넣은 달콤한 커피를 좋아했다. 그녀 옆자리에는 홍콩 여행에서 산 토트백이 놓여 있었다. 지난여름 홍콩 센트럴역 쇼핑몰에서 자신이 선물한 가방이었다. 정우는 그녀를 위해 홍콩달러를 아낌없이 썼다. 침사추이와 코즈웨이 베이에서는 구두와 티셔츠를 샀다.

2박 3일의 짧은 휴가 동안, 은희는 어느 때보다 그를 뜨겁게 안았다. 그의 가슴에 얼굴을 파묻고 자신을 버리면 죽을 거라며 잠꼬대처럼 속삭였다. 정우는 홍콩의 찌는 듯한 열기를 떠올리다 자신이 왜 은희를 미행하고 있는지 궁금해졌다. 그녀가 찬영과의 만남을 숨기는 이유도 짐작할 수 없었다. 뭔가 눈치를 챈 걸까? 하지만 그럴 가능성은 제로였다. 은희의 성격상, 사실을 알고도 모르는 척하지는 않았을 것이다. 더구나 상대는 태윤이었다. 은희는 태윤에게 공공연한 적의를 품었다. 만약 은희가 진실을 알게 되면 어떤 일이 벌어질지 모른다.

두 사람은 한 시간가량 카페에 머물렀다. 밀회의 긴장이라곤 느껴지지 않는 일상적인 만남이었다. 카페를 나선 그들은 악수를 하고 헤어졌다. 은희는 승객이 내리는 택시를 잡아탔다. 택시가 인파 섞인 골목길로 사라지자 손목시계를 보았다. 은희가 저녁밥을 짓기 위해 장을 보러 갈 시간이었다.

잠시 후 문자메시지가 왔다.

'오늘도 늦어? 일찍 퇴근하면 오랜만에 해물파스타 먹을까?'

정우는 카페에서 일어났다. 알레르기비염 탓인지 콧등이 시큰거렸다. 종각까지 걸어간 그는 인파에 떠밀려 책방으로 들어섰다. 천장까지 닿는 책장에서 그는 한때 자신의 영혼을 위로했던 작가들의 이름을 보았다. 그들은 모두 죽어 무덤 속에 누워 있었다. 20세기와 함께 자신의 20대가 소멸하고 있었다. 정우는 서점을 나와 종각역 계단을 빠르게 내려갔다. '해물파스타는 태윤이 더 맛있게 만드는데'라고 생각하는 동안 역방향 승강장에 서 있는 자신을 발견했다.

"오빠, 왜 그렇게 심각해?"

정우는 아무 대답도 하지 못한 채 태윤을 바라보았다. 이상한 일이었다. 무슨 이유에서인지 몰라도 최근 그녀에게는 외향적인 변화가 일어났다. 성장을 멈춘 식물이 휴지기를 거쳐 새잎을 피워내듯이 달라져 있었다. 눈 밑 그늘은 사라지고 샛별 같은 동공이 반짝였다. 사춘기 소녀처럼 목소리마저 맑아지기까지 했다. 정우는 식탁에서 일어나 베란다로 나갔다. 우두커니 강을 내려다보는 동안 태윤이 샐러드를 만들었다. 거실에는 푸치니의 '공주는 잠 못 이루고'가 흐르고 있었다.

정하욱 사장은 가족 동반으로 미국 출장을 떠났다. 그녀의 어머니와 동생은 시애틀 인근 소도시에 장기 체류할 예정이었다. 아들의 조기유학을 준비하기 위한 사전조사 겸 단기 연수가 목적이었다. 보름이 넘는 출장을 끝내고 돌아오면 정 사장은 기러기 아빠가 될 터였다.

태윤이 허리를 굽혀 오븐에서 달궈진 팬을 꺼냈다. 잘 익은 고기 냄새와 허브향이 집안 곳곳에 퍼졌다. 정우는 주방으로 들어와 미리 개봉한 와인을 따랐다. 두 사람은 오랜 결혼생활을 한 부부처럼 말없이 상차림에 열중했다. 모든 준비가 끝나자 태윤이 건배를 청했다. 그녀의 얼굴에 만족스러운 미소가 피어올랐다. 그러나 밤의 고요는 여전히 불안했다. 일회성 행복에 취해 운명을 피할 수는 없었다.

"태윤아, 찬영이라고 기억나?"

"찬영이? 현대아파트 사는 김찬영?"

"그래. 우리가 처음 만난 날 있었던 찬영이 말이야."

태윤의 입가에 미소가 번졌다. 그녀는 그날을 어떻게 기억하고 있을까.

"왜? 찬영이에게 무슨 일이라도 생겼어?"

"아니. 그런 건 아니고 걔가 방송국 기자가 됐어. 국회에서 우연히 만나 함께 식사를 했거든."

태윤이 고개를 끄덕였다. 그러더니 눈을 똑바로 뜨며 말했다.

"오빠, 내게 할 말 있지?"

그랬다. 그에게는 할 말이 있었다.

"혹시, 은희가 눈치챈 거야?"

정우는 고개를 저었다.

"그럼 괜찮아."

괜찮다?

"우리가 다시 만날 때 이미 각오했던 거잖아. 은희에게는 미안하지만 어쩔 수 없었어. 오빠도 그렇고, 나도 그렇고…… 나쁜 의도를 가지고 시작한 일은 아니잖아."

그렇다. 나쁜 의도를 품지는 않았다. 그러나 부정한 일은 부정한 일이다.

"용재와는 무슨 일이 있었던 거야. 아무리 생각해도 이해가 안 가."

정우는 부지불식간에 두 사람 사이의 암묵적인 금기를 깨뜨렸다. 절대 발설해서는 안 될 이름이었다. 태윤이 조용히 나이프를 내려놓았다. 그리고 고개를 돌렸다. 눈시울이 붉어졌다. 정우는 식탁 위로 곧 눈물이 떨어질 것이라 생각했다. 그는 자신이 무슨 말을 지껄이고 있는지 알 수 없었다. 왜 느닷없이 용재 이야기를 꺼낸 것일까.

고개를 든 그녀가 다시 말했다.

"무슨 이야기가 하고 싶어? 도대체 뭘 알고 싶은 거야. 그건 모두 끝난 일이야. 우리 둘 사이에 그런 이야길 해서 무슨 이득이 있겠어. 견디기 힘들면 지금이라도 관두면 돼. 처음부터 오빠가 제안한 거였어. 나도 동의했지만 시작은 오빠가 먼저 한 거라구."

정우는 혼란스러웠다. 그랬던 건가? 이 모든 소동을 부채질한 건…….

"널 사랑하기 때문이었어."

태윤의 눈동자가 불붙은 기름처럼 활활 타올랐다.

"미쳤어? 오빠가 사랑하는 사람은 은희야. 그걸 내가 모를 줄 알아!"

정우는 대화를 중단하고 싶었다. 그러나 엎질러진 물이었다.

"맞아, 짐작대로 용재와 잤어. 그게 큰 문제야? 그때 난 제정신이 아니었어. 오빠를 만나고 있는 지금도 제정신이 아니야. 아니, 그때보다 더 미쳐 있어. 나도 그 정도는 알아. 오빠가 다시 나를 만난 이유는 내가 비참해 보였기 때문이야. 미친년처럼 사는 내가 불쌍했던 거지. 내가 미쳤다는 건 누구보다 내가 더 잘 알아."

"그만해. 내가 잘못했다. 내 실수야."

"도대체 무슨 말을 하는 거야? 오빠가 뭘 잘못했는데?"

"모든 게 내 잘못이야."

"미쳤어. 정말 미쳤어. 그게 말이 된다고 생각해? 잘못은 내가 한 거야. 오빠를 여기까지 끌어들인 건 나란 말이야. 무슨 말인지 이해 안 돼?"

태윤은 경기를 일으키는 아이처럼 몸을 부들부들 떨었다. 붉은 눈만 제외하면 얼굴 전체가 병자처럼 창백했다.

"미안하다. 내가 잘못했어……."

"그만해! 제발 잘못했다는 말은 더 이상 하지 마. 잘못은 내가 했단 말이야!"

태윤은 비명을 질렀다. 그리고 끝내 울음을 터뜨렸다. 정우는 광기에 휩싸인 여자를 바라보았다.

"왜 하필이면 오늘이야! 오늘을 얼마나 기다렸는데. 왜 하필 오늘이냐고!!!"

결혼은 가정과 동의어였다. 정우는 거실 소파에 누워 주위를 둘러보았다. 서른 평에 불과한 이 작은 공간이 가정이란 추상적인 존재의 실체일까? 잠들기 전, 그는 은희에게 전화해 오늘 밤은 상갓집에서 보낼 거라는 식상한 거짓말을 했다. 그녀는 술을 많이 마시지 말라는 당부와 함께 전화를 끊었다.

정우는 은희가 원하는 것을 알고 있었다. 그녀는 화목한 가정을 원했다. 남편과 아내, 아이들이 하나의 유기체처럼 움직이는 가정 말이다. 그녀는 매일 반복되는 꿈을 꾸었다. 아마도 태윤이 원하는 것 역시 은희와 다르지 않을 것이다. 그렇다면 모든 여자가 가정을 원한다는 말이 되는 것일까.

그는 한집안의 가장이 이룩한 성과에 대해 생각했다. 정하욱 사장에게는 아내와 아들, 딸 그리고 법률이 인정하는 사유재산이 있었다. 소위 말해 성공한 남자의 표본이었다.

첫 데이트에서 정우는 같은 아파트, 같은 소파에 누워 태윤과 관계를 맺었다. 하지만 그때와 지금은 모든 것이 달라져 있었다. 구체적으로 무엇이 변했는지는 알 수 없었다. 만약 은희와 태윤이 결혼을 원치 않는다면 어떻게 될까. 화목한 가정이라는 꿈을 헌 옷처럼 내던진다면 상황은 달라질까.

그녀들은 자신과 마찬가지로 독립된 인격체였다. 왜 굳이 남녀가 결혼이라는 제도에 묶여 서로에게 상처를 줘야만 하는지 이해할 수 없었다. 자신이 두 여자를 동시에 사랑하듯 은희도 자신과 찬영을 사랑할 수 있다. 태윤 역시 자신과 용재를 사랑할 수 있다.

정우는 고개를 저었다. 정말 내가 그 지옥을 견딜 수 있을까. 사랑하는 여자가 다른 남자에게 밀어를 속삭이는 장면을 보고도 태연할 수 있을까. 그런 일이 미래에 일어날 수 있을까.

태윤이 품속으로 들어왔다. 그녀는 그의 가슴에 얼굴을 파묻고 심장박동에 귀를 기울였다. 조금 전 있었던 불화와 갈등은 잊어버린 듯 평온한 숨소리가 들렸다.

"오빠가 뭘 고민하는지 알아. 모든 게 내 잘못이야."

정우는 어둠에 잠긴 허공을 응시했다. 그에게는 과분한 사랑이었다. 은희와 태윤이 감당할 수 없는 고가의 보석처럼 느껴졌다. 머릿속에 어린 시절 남해 바다에서 보았던 두 명의 천사가 떠올랐다.

"잠깐만 기다려봐."

태윤은 요리할 때와 마찬가지로 반소매 티셔츠와 반바지 차림이었다. 사각사각. 어두운 거실을 가로지르는 발소리가 들렸다. 그녀의 방 형광등이 켜졌다. 정우는 이불을 젖히고 소파에 기대앉았다. 되돌아온 태윤은 거실 등도 켜지 않은 채 바닥에 앉아 그의 무릎에 얼굴을 파묻었다. 동시에 그의 허벅지에 공기

처럼 가벼운 물체를 올려놓았다. 손을 뻗으니 매끄러운 비닐 표
면이 느껴졌다. 통상과 복도장이었다.

"이게 뭐야?"

"내 통장이야."

태윤은 그의 무릎에 뺨을 댄 채 말했다.

"오빠 가져."

"뭐?"

"아주 오래전부터 몰래 모은 거야."

정우는 그녀의 말을 해석할 수 없었다.

"아무 목적도 없이 모은 돈이야. 엄마 아빠도 몰라. 정말 아무
도 몰라. 그러니 오빠가 가져."

정우가 인상을 찌푸렸다. 태윤이 고개를 들어 그를 올려다보
았다.

"무섭게 그런 얼굴 하지 마. 많지는 않아. 그래도 지방에 있는
작은 아파트 정도는 살 수 있을 거야."

정우는 이해할 수 없었다. 대학을 안 다녀서 돈을 모을 수 있
었던 걸까? 그녀는 평범한 20대 여성과 달리 옷과 화장품, 액세
서리에 돈을 쓰지 않았다. 늘 같은 청바지에 같은 티셔츠였다.
양말과 속옷도 은희가 좋아하는 브랜드와는 비교도 안 되게 싼
것들이었다.

대체 어떤 삶을 살아왔던 걸까. 가족들 사이에 낀 풀 죽은 태윤의 모습은 충격 그 자체였다. 그런데도 그는 신사적인 태도를 취한다는 핑계로 개인사를 캐묻지 않았다. 엄격한 부모 밑에 자란 여자아이 정도로만 이해하려고 했다. 정우는 자신이 실수를 저질렀음을 알아차렸다. 태윤은 그저 평범한 여자아이가 아니었다. 그녀의 타고난 아름다움이, 이성적이고 굳센 마음이 어두운 불행을 가리고 있었다. 왜 여태 그걸 몰랐을까. 아니, 왜 진실을 외면했을까.

"받을 수 없어. 이건 네 거잖아."

태윤의 얼굴에 환한 미소가 번졌다.

"내 거가 오빠 거고, 오빠 거가 내 거잖아. 맞지?"

어이가 없어 웃음이 나왔다. 그녀는 스물여섯 살 성인 여자가 아니었다. 그의 무릎에 뺨을 댄 채 사랑을 갈구하는 일곱 살 여자아이였다. 그녀는 노래를 부르기 전 목청을 가다듬는 아이처럼 진지했다. 모든 게 통장의 무게 탓이었다. 그녀는 희망에 차 있었다. 돈이 주는 즐거움이 현실의 무게를 밀어내고 미지에 대한 기대를 불러일으켰다.

정우는 그녀의 심리 상태를 따라잡지 못했다. 왜 남들 다 가는 대학을 포기한 걸까. 왜 직장도 없이 가족들 뒷바라지만 하는 걸까. 늘 궁금했지만 한 번도 따져 묻지 않았다. 그것은 기대

만큼 신사적인 대응이 아니었다.

그녀가 바닥에서 또 다른 물체를 집어 허벅지에 올렸다. 그 때문에 통장이 스르르 바닥에 떨어졌다.

"이게 뭔지 알아?"

책이었다. 그것도 아주 오래된 동화책.

"《빨간 머리 앤》이야. 읽어봤어?"

정우는 고개를 저었다.

"이 소설 배경이 어느 작은 섬이래. 앤이 살았던 집도 그대로 남아 있나봐. 만약 어딘가로 꼭 떠나야 한다면 난 여기로 갈 거 야. 그곳에서 정말 앤이 행복하게 살았는지 눈으로 확인해보고 싶어."

"왜?"

"오빠, 그런 건 이유가 없는 거야."

"내가 데려가줄게."

"정말?"

그는 지킬 수 없는 약속을 했다. 순진하고 어린 딸에게 네가 크면 궁전을 선물하겠다는 젊은 아빠의 호기와도 같았다. 태윤 이 뛰어올라 그의 뺨에 입을 맞췄다. 정우는 놀랐다. 태윤이 이 렇듯 적극적으로 애정을 표하기는 처음이었다. 그녀는 기쁨을 주체하지 못 하는 아이처럼 정우에게 매달렸다. 입술을 찾아 키스한 다음에는 긴 숨을 내쉬며 말했다.

"미국 가기 전에 아버지가 약속한 게 있어. 결혼하면 이 아파트를 내게 주겠대. 그렇게만 되면 돈 걱정은 안 하고 살아도 돼. 오빠 내가 불쌍해 보이겠지만 사실 나 부자야. 그러니까 이 돈은 제발 오빠가 가져. 부탁이야."

그는 동이 트기 전에 아파트를 빠져나왔다. 태윤이 주차장까지 내려와 운전석에 앉은 그를 배웅했다. 마치 새 신부라도 된 듯한 환한 웃음이었다. 조수석에 놓인 서류 가방에는 그녀의 예금통장이 들어 있었다. 룸미러에서 그녀의 모습이 사라졌다. 그날 밤, 그는 태윤에게 이별을 고할 작정이었다. 그러나 그렇게 하지 못했다. 무심코 가락동으로 향하다 교차로에서 핸들을 틀었다. 아침잠 많은 은희가 달콤한 잠에 취해 있을 텐데. 다른 여자의 체취가 묻은 옷을 입고 집에 돌아갈 수는 없었다.

건널목 정지신호에 걸리자 가방에서 통장을 꺼냈다. 정확히 4,795만 400원이었다. 그녀 말대로 지방 소도시에서 아파트 한 채는 무난히 살 수 있는 돈이었다. 그러다 문득 깨달았다. 부잣집 외동딸이 장난삼아 모은 돈이 아님을. 바로 사흘 전 입금된 돈은 3만 4,500원이었다. 돈을 인출한 적은 단 한 번도 없었다.

*　*　*

은희는 찬영이 좋았다. 무엇보다 이 아이는 안전했다. 지하
철역 계단에서 우연히 만났을 때, 함께 커피나 마시자며 제안한
사람도 바로 자신이었다. 그녀에게 찬영은 마음속에서 지워버
린 유년 시절의 향수를 불러일으켰다.

"결혼은 언제 할 거야?"

찬영은 호기심 많은 타입이 아니었다. 그래서 조금 놀랐다.

"아직은…… 잘 모르겠어. 오빠가 결정을 못 내린 것 같아."

"형이 좀 이상한 사람이긴 해."

은희는 그 말에 대해 곰곰이 생각하다 말했다.

"넌 이상하지 않니?"

찬영은 불의의 일격을 당한 사람처럼 움찔했다. 그리고 이내
환히 웃으며 말했다.

"맞아. 생각해보니 나도 이상한 사람이야. 어쩌면 형보다 내
가 더 이상한 사람인지도 모르지. 예전에는 그렇게 생각하지 못
했던 것 같아. 나만 정상이고 다들 미친 것 같았어."

"아냐, 넌 착한 아이야."

빈말이 아니었다. 찬영과 함께 있으면 불필요한 긴장을 하지
않아도 돼 좋았다. 그는 느긋했고, 기다림에 익숙한 남자였다.

대화를 하면 마음이 차분히 가라앉았다. 어쩌면 그는 정우를 진심으로 이해하는 몇 안 되는 사람인지도 몰랐다. 그런데도 은희는 그와의 사적인 만남을 정우에게 털어놓지 않았다. 단지 불필요한 오해를 사고 싶지 않았기 때문이다. 그러다 점점 습관이 되어버렸다. 찬영은 초등학교 동창으로 긴 세월만큼이나 자신을 잘 알고 있었다. 그러나 오늘 대화는 이상하리만치 처음부터 어긋났다.

"용재 결혼식에 형이 왔다는 건 알지?"

당황한 모습을 감췄으나 은희의 입술이 떨렸다. 정우는 그런 말을 한 적이 없었다. 우편으로 온 청첩장을 건넸을 때 그는 분명 청첩장을 찢었다.

"아, 미안. 그냥 생각나서 한 말이야. 갑자기 옛날 생각이 나서."

은희는 말의 속뜻을 헤아렸다. 한 가지 걸리는 일이 있었다. 중학교 졸업을 앞둔 겨울이었을 것이다. 그녀는 처음으로 남자아이에게서 편지를 받았다. 내용은 무척 단순했다. 주말에 기차를 타고 자신의 외갓집이 있는 춘천으로 놀러 가지 않겠냐는 미숙한 초대였다. 은희는 무서워 답장을 하지 않았다. 그런데도 찬영은 평소와 다를 바 없이 그녀를 대했다. 그것이 일종의 고백이었음을 성인이 된 이후에나 알아차릴 수 있었다. 은희는 처음으로 찬영과의 대화가 불편하게 느껴졌다. 그의 마음속에는 어떤 생각이 숨어 있는 걸까.

"옛날 생각이라면 우리가 처음 만났던 그 카페 일을 말하는 거야?"

"그럴 수도 있고 아닐 수도 있어."

찬영의 표정이 어두워졌다.

"네 말대로 그날 정우 형이 오면서 우리 관계가 조금씩 어긋난 거잖아."

그녀는 어깨에 통증을 느꼈다. 요즘 들어 피로하거나 스트레스를 받으면 반사적으로 양쪽 어깨가 결리기 시작했다.

"미안한데 난 이런 이야기는 하고 싶지 않아. 이미 지난 일이고 의미도 없어."

찬영은 식어가는 찻잔을 내려다보았다. 그와 만나며 분위기가 무거워진 것은 이번이 처음이었다. 그녀는 불안했다.

"나도 그렇게 생각해. 옛날 일이 도대체 무슨 상관 있겠어. 이미 우린 과거와는 다른 사람이잖아. 그래서 말인데⋯⋯."

은희는 집중하지 못한 채 토트백으로 눈길을 돌렸다. 할 수만 있다면 빨리 가방을 챙겨 자리를 뜨고 싶었다.

"힘들면 언제든지 연락해. 지금처럼 친구로서 하는 말이야. 그리고 결정된 건 아무것도 없다는 생각이 들어. 너도 그렇고 나도 그렇고⋯⋯ 형도 마찬가지야. 아직은 우리 모두 자유로운 거야."

은희는 대답 대신 고개를 끄덕였다. 대화가 길어지면 어떤 말이 나올지 몰라 무서웠다.

차창 밖으로 인파가 어지럽게 뒤섞여 있었다. 은희는 병원 예약을 핑계로 자리에서 일어났다. 카페 밖에서 평소처럼 인사를 하고 헤어졌다. 그녀는 운이 좋게도 승객이 내리는 택시를 바로 잡아탈 수 있었다. 은희는 좌석에 몸을 파묻고 비밀 이야기를 하듯 정우에게 메시지를 보냈다.

'오빠, 오늘 저녁도 늦어? 일찍 퇴근하면 오랜만에 해물 파스타 먹을까?'

여느 때처럼 답장은 오지 않았다. 늘 반응이 느린 사람이었다.

"축하합니다. 임신입니다."

은희는 정형외과로 향하는 승강기에 올랐다. 그러다 무의식적으로 산부인과가 있는 층의 버튼을 눌렀다. 그것이 단순한 직감이 아니었음을 의사가 확증해주었다.

"시간 되시면 언제 남편분과 다시 병원에 오세요."

의사가 고갯짓을 했다. 병원을 빠져나오는 동안 은희는 주근깨가 뒤덮인 간호사에게 주절거리고 싶은 충동을 느꼈다. 실은 동거인과 사실혼 관계에 있으며, 그가 자신을 매우 사랑하고 있다고.

오피스텔로 돌아와 소파에 드러누워 허공을 응시했다. 흥분과 피로가 동시에 몰려왔다. 그녀는 주의 깊게 피임을 해왔다. 정우는 콘돔을 꺼리지 않았다. 오히려 그녀가 싫어했다. 어디서 실수했을까. 곰곰이 생각해도 답이 나오지 않았다.

그녀는 망설였다. 미혼 여성의 임신을 주변에서 어떻게 받아들일지 짐작조차 되지 않았다. 미혼 남녀의 동거는 여전히 불쾌한 일탈 행위였다. 애써 잊고 지냈던 타인의 시선에 공포감이 느껴졌다. 강도가 세질수록 오락 효과는 커지는 법, 사태를 파악했다고 자부하는 사람들은 추문을 이어갈 것이다. 그들의 망상과 험담이 귓속에서 북소리처럼 울려왔다. 눈물이 떨어졌다. 자신을 향한 정우의 사랑을 확신하면서도 한번 흘러내린 눈물은 쉽게 멈추지 않았다.

상갓집에서 일주일에 두 번이나 밤을 지새우고 돌아온 정우는 여느 때보다 초췌한 모습이었다. 은희는 초조하게 정우를 바라보았다. 그가 정말 임신 소식을 반길까.

"은희야, 지금부터 내가 하는 말 오해하지 말고 들어."

늦은 상을 차리던 중이었다. 그가 그녀를 식탁으로 불렀다. 은희는 자신이 먼저 고백해야 한다고 생각했다. 그러나 주도권은 이미 그에게로 넘어가 있었다.

"어떻게 설명해야 할지 잘 모르겠는데, 아무튼 이 일을 관둬야겠어."

가슴이 덜컥 내려앉았다.

"무슨 일?"

"지금 하는 일. 너만 동의해주면 내일 사표 낼 생각이야."

안도와 함께 둔중한 실망감이 밀려왔다.

"신문사를 그만둔다는 거야? 왜?"

그녀는 가능한 부드럽게 말하려 했지만 목소리가 흥분으로 떨렸다.

"아니. 뭐, 꼭 그런 건 아닌데. 그냥 적성에 안 맞는 것 같아."

"적성? 오빠 적성이 뭔데?"

정우는 흠칫 놀라며 얼굴을 빤히 쳐다보았다.

"관두면 뭘 할 생각인데? 다시 아이들 가르치려고?"

은희는 추궁하고 싶지 않았다. 직장이야 얼마든지 다시 구하면 된다. 정우의 능력은 누구보다 자신이 잘 알고 있었다. 그러나 가시 돋친 시위는 정반대를 향해 당겨졌다.

"오빠, 우린 더 이상 어린애가 아냐. 적성에 안 맞는다고 직장을 그만두는 경우는 없어. 그런 이유라면 대부분의 사람이 하는 일을 관둬야 해."

"그럼 나보고 하고 싶지도 않은 일을 평생 하며 살라는 거야?"

정우는 자신의 헛소리에 놀랐다.

"우린 이제 성인이야. 다 큰 사람들이라고. 어리광 피울 나이는 지났잖아."

"어리광? 지금 내가 아이처럼 떼쓴다는 거야?"

"그럼 어리광이 아니고 뭐야? 내일 당장 사표 쓴다는 사람 앞에서 내가 무슨 말을 해야 돼? 우리가 한 달에 쓰는 돈이 얼마인 줄이나 알아? 관리비랑 세금, 거기다 생활비는 어쩔 건데. 오빠에게 미래라는 게 있긴 해? 언제까지 지금처럼 살 수 있다고 생각하는 거야? 이대로 영원히 살 거야? 결혼도 안 하고 이렇게 계속?!"

은희는 가슴 밑바닥에서 솟구치는 열기를 느꼈다. 그는 뭐가 불만이어서 정신 나간 사람처럼 밖으로만 나돌까. 도대체 나와의 결혼을 왜 미루고만 있을까. 나와의 긴 동거 생활에 지쳤거나 내게 여성적인 매력을 잃었는지도 모른다. 아니, 사랑이라는 게 이 남자 가슴에서 달아나버렸는지도. 초조와 함께 분노가 일었다.

"참아. 모두 그렇게 참으면서 살아. 몸에 맞지 않는 일을 하며 사는 게 오빠 한 사람만은 아냐. 그리고 말이 나와서 말인데…… 오빠, 적성에 맞는 일이라는 게 세상에 존재하기는 해? 말해봐. 도대체 그게 뭐야?"

은희가 과민하게 반응했다. 정우는 이해할 수 없었다. 일을 그만두면 새로운 일을 찾으면 된다. 평소 같았으면 그렇게 말했을 것이다. 그녀는 낙천적이고 긍정적인 세계관을 가지고 있었다. 늘 곁에서 자신을 보호하고 응원해주었다. 그러나 오늘 그녀는 마치 다른 인격체처럼 굴었다. 아니, 자신이 혐오하는 소시민적 삶에서 벗어나지 못한 여자처럼 굴었다.

모든 걸 사실대로 설명할 수는 없다. 숨길 것은 숨겨야 한다. 그녀가 상처받지 않는 지점에서 상황을 최선으로 정리하고 싶었다. 태윤과의 관계를 끊기 위해서는 우선 직장부터 버려야 했다. 변명해봐야 결국 그녀 아버지의 힘으로 들어간 직장이었다. 남자와 계속 얼굴을 마주하며 관계를 정리할 수는 없었다.

"그럼 찬영이는 왜 만났어? 혹시 그 자식에게 미련이라도 남은 거야? 나 만나기 전에 용재한테 차이고 그 자식을 만났던 건 아냐?"

"미쳤어⋯⋯."

"내가 미쳤다고? 용재와 그 짓을 했으니 찬영이와도 못 할 이유는 없겠지."

은희의 낯빛이 하얗게 변했다. 핏기 없는 입술이 도마 위에 오른 생선 지느러미처럼 떨렸다. 정우는 의식이 분열돼가고 있음을 느꼈다. 그리고 용서를 빌고 싶었다. 그녀의 육체가 내뿜는 아름다움에, 타인과 세계를 대하는 긍정 메시지에, 자비로운 사랑에 복종하고 싶었다.

"미쳤어? 지금 그게 내게 할 말이야? 그런 너는 용재 결혼식에 왜 간 거야? 거기서 뭘 보고 싶었던 거야. 혹시 태윤인가 뭔가 하는 년 얼굴이라도 보러 간 거 아냐? 네가 내 첫사랑이라고 고백이라도 하려 그랬던 거야!"

불쾌한 소음이 고막을 때렸다. 어쩌면 폭발음이었을 것이다. 그는 제정신을 잃었다. 정신을 차려보니 오른팔이 허공을 향해 있었다.

"지금 날 때리려고 한 거야?"

그녀는 양손으로 탁자를 쾅 하고 내리쳤다. 동시에 자리에서 일어나 소리 질렀다.

"그래, 때려! 어디서 감히 못된 짓을. 내가 너한테 맞을 만큼 병신처럼 살지는 않았어! 어서 해봐!"

정우는 혼이 나간 상태로 얼어붙었다. 보이지 않는 존재에 의해 조종당하고 있었기 때문이다. 그것은 숨겨진 발톱이었다. 순간, 심장을 관통할 만큼 사나운 광기가 폭발했다.

'미친년! 넌 창녀야! 더러운 창녀!'

지하에서 죽은 자의 목소리가 들려왔다. 얼핏 날카로운 빛이 번득였다. 그 순간, 정우는 짧은 시간에 사랑하는 두 여자를 잃었다는 사실을 깨달았다. 아무런 의미도, 목적도, 이름도, 실체도 없는 전쟁에서 패하고 만 것이다. 은희는 눈물을 보이지 않았다. 그 대신 두려웠다. 그곳엔 자신이 아는 다정하고 지적인 남자는 없었다.

제정신이 들었을 때 정우는 홀로 남겨졌다는 사실을 알아차렸다. 식탁 위에 있던 자동차 열쇠는 보이지 않았다. 현관 타일 바닥에는 산산조각 난 휴대폰 잔해가 뒹굴고 있었다. 한동안 무슨 일이 일어났는지 알지 못해 멍했다. 그녀는 달도 뜨지 않은 야심한 밤에 어디로 간 것일까. 외톨이가 되었다는 사실에 익숙한 외로움이 몰려왔다.

휴대폰이 울렸다. 수화기 너머로 죽음의 문턱에 이른 신음 소리가 희미하게 들려왔다. 태윤이었다. 택시에 올랐을 때 그는 자신이 무엇을 쫓고 있는지 알 수 없었다.

* * *

욕실 타일은 피로 얼룩져 있었다. 흰 수건으로 손목을 감싼 여자가 마루와 욕실에 몸을 반반 걸친 상태였다. 짧은 반바지와 반소매 셔츠 사이로 보이는 가느다란 팔다리가 부러진 철사를 이어붙인 듯했다. 흑발의 머리칼이 해초처럼 얼굴을 가리고 있어 표정을 읽을 수는 없었다. 피를 보자 택시를 타고 오는 동안 두근대던 신장이 묘하게 가라앉았다.

정우는 무릎을 꿇고 앉아 태윤의 흐트러진 머리카락을 쓸어 올렸다. 초점 잃은 눈동자가 난파선의 절망적인 구조 신호처럼 흔들렸다. 정우는 동공을 확인하고 호흡과 맥박을 점검했다. 욕조 바닥에서는 피 묻은 과도를 발견했다. 굳기 시작한 피는 특수 강철에 묻은 젤리처럼 보였다. 지혈을 위해 감싼 수건에도 피가 팔레트 물감처럼 굳어 있었다. 자해한 후, 얼마나 많은 피를 흘린 것인지 가늠할 수 없었다. 말라버린 입술 사이로 생명이 꺼져가는 짐승의 흐느낌이 새어 나왔다. 정우는 등과 무릎 아래로 팔을 집어넣어 그녀를 들어 올렸다. 솜이불처럼 가벼운 무게에 한숨이 지어졌다.

승강기를 타고 내려가자 대기 중이던 택시 기사가 뛰쳐나와 뒷좌석 문을 열었다. 태윤이 왜 극단적인 선택을 했는지, 왜 마지막 순간에 전화를 걸었는지 이해할 수 없었다. 아마도 죽음이 부른 불길한 초대에 응했을 것이다. 죽음은 내면 깊숙히 감춰놓은 마지막 저항 수단이었다. 태윤이 최후의 카드를 꺼내 들었다는 사실에 그는 비통함을 느꼈다.

정우는 응급실 복도 의자에 앉아 있었다. 태윤은 이미 눈치 챘을지도 모른다. 자신이 은희 곁으로 돌아갈 거라는 사실을 모를 만큼 둔감하지 않았다. 그렇다고 목숨을 버릴 정도의 이유도 아니었다. 그는 마음속으로 은희의 이름을 불렀다. 그녀만이 이 모든 재앙과 소동을 잠재울 수 있었다.

경찰이 도착했을 때, 정우는 은희의 부재를 절감했다. 그녀라면 사태를 능수능란하게 처리했을 것이다. 도대체 은희는 왜 홀로 사라져버린 것일까. 야간 근무로 수척해진 젊은 경찰은 위기는 넘겼다는 의사의 말에 안심했다. 그것은 자살 공화국이라는 오명의 도시에서 일어나는 수많은 소동 중 하나일 뿐이었다. 정우는 자신을 환자의 남자친구라고 소개했다. 경찰은 정우의 신분을 확인하고 참고인 출석을 통보한 후 병원을 빠져나갔다.

그는 다시 혼자였다. 휴대폰을 노려봤지만 연락할 곳이 없었다. 태윤 아버지의 전화는 불통이었고, 어머니와 동생은 시애틀에 있었다. 어쩌면 태윤은 처음부터 버려진 아이가 아니었을까. 정우는 세상을 처음 맞대한 인간처럼 주위를 둘러보았다. 밤의 정적이 외부의 호소를 삼키며 강고한 벽을 치고 있었다.

그 시각, 주사기를 꽂은 태윤은 깊은 잠에 빠져들었다. 다량으로 피를 흘린 여자치고는 지나치게 평온했다. 정우는 입원실로 향하는 승강기에서 전동침대에 누운 그녀를 유심히 내려다보았다. 얼굴에는 새로 태어난 아이처럼 핏기가 돌았다. 진화 과정 중에 잊힌 고대 유전자가 그녀를 다른 차원으로 이동시켰다. 어쩌면 그가 본 것이 그녀 내면에 잠들어 있는 진짜 얼굴인지도 몰랐다. 소립자로 이루어진 물리적 존재가 아닌 유일무이한 그녀의 본질. 세상으로부터 소외되고 버림받은 단 하나의 영혼 말이다.

정우는 가락동 오피스텔에서 피 묻은 셔츠를 갈아입고 출근했다. 오전 10시, 아침 회의가 끝나는 시간에 대표이사실로 향하는 승강기에 올랐다. 정 사장은 자리에 없었다. 그는 책상 위에 사표를 두고 회사를 빠져나왔다. 병원에 전화해보니 당직 간호사가 환자는 보호자와 있다고 말했다. 정우는 다시 가락동으로 돌아왔다. 당분간은 정 사장과의 대면을 피하고 싶었다.

주방 서랍에 몰트위스키가 있었다. 정우는 간밤에 일어난 사건을 복기하며 술을 마셨다. 은희는 사라졌고, 태윤은 죽음을 택했다. 그는 술에 취해 식탁에 엎드려 잠이 들었다. 초인종이 울렸다. 시계를 보니 저녁 일곱 시였다. 지난밤 은희가 사라지고 아직 채 스물네 시간이 흐르지 않은 시각이었다. 그녀가 온 것일까.

현관문을 열자 낯선 중년 커플이 서 있었다. 방문객을 맞을 준비가 돼 있지 않았다. 셔츠는 구겨지고 머리카락은 삐쭉삐쭉했다. 몸에서는 채 용해되지 않은 위스키 냄새가 났다. 중년 남성은 낮은 목소리로 자신들을 은희의 부모라고 소개했다. 정우가 옷매무새를 고치는 동안 은희 엄마는 창문을 열어 실내를 환기했다. 딸처럼 손이 빠른 여자는 어질러진 술병과 컵들을 정리해 설거지까지 마쳤다. 그동안 은희 아버지는 식탁에 앉아 열린 창밖을 응시하고 있었다. 도시의 소음이 주파수가 어긋난 라디오의 미세 잡음처럼 들려왔다.

정우가 탁자 앞에 앉았다. 여자는 서랍장을 뒤지더니 홍차를 끓여 내놓았다. 강남의 초등학교에서 허드렛일을 하는 공무원 남자는 진중한 사람이었다.

신선한 저녁 바람이 둘 사이에 놓인 침묵의 공간을 맴돌았다. 마침내 그는 갑자기 찾아온 일에 대해 사과부터 하기 시작했다. 짧고 단정한 머리에 큰 키, 황소처럼 큰 눈에 꽉 다문 일자 입술, 살짝 휘어진 코가 매력적인 미남자였다. 정우는 희미하게 웃는 그의 얼굴에서 은희 특유의 경쾌한 미소를 포착했다.

"걱정하지 않아도 되네. 은희는 잘 있어."

남자는 인자한 교장 선생님처럼 말했다.

"이렇게 귀띔 없이 불쑥 찾아온 건 어젯밤 은희가 한 이야기 탓일세. 짐작했겠지만 은희는 자네와 다툰 일로 몹시 마음이 상해 있어. 자네와 헤어졌으니 결혼도 안 할 거라더군. 간밤에 우리 부부 모두 잠을 설쳤네. 그래서 이렇게 염치없이 찾아온 거야."

"죄송합니다."

"아냐, 내게 사과할 필요 없어. 어차피 남녀가 함께 살면 다툼이야 당연지사 아닌가. 그걸 탓하려고 여기까지 온 건 아니네. 우린 단지 두 사람이 아직 결정을 못 내린 것 같아 도와주러 온 거야. 그래도 자네나 딸아이보다야 인생살이를 더 경험한 사람들이니 훈수 정도는 둘 수 있지 않나 해서. 물론 자네가 원치 않는다면 강요할 마음은 없네."

"아닙니다. 제가 잘못했습니다."

"자네, 우리 딸을 사랑하나?"

남자는 자신도 이렇게 노골적인 질문을 할 거라고 예상하지 못했는지 얼굴을 붉혔다. 정우가 그렇다고 답하자 안도한 듯 표나게 한숨을 내뱉었다. 그들의 표정만으로는 은희가 지난밤의 충돌에 대해 자세히 이야기하지 않은 것이 분명했다. 정우는 은희의 어른스러운 대응에 마음이 아팠다. 그녀는 늘 자신보다 앞서갔다.

"그래야지. 그러니까 두 사람이 이렇게 함께 살림을 차린 거겠지. 자네는 몰라도 우리는 알게 모르게 은희 일로 가슴 졸이고 있네. 은희는 언제나 꿋꿋한 아이였어. 성인이 돼서도 큰 문제를 일으키지 않았지. 다만 나는 최근에야 은희가 자네와 함께 산다는 사실을 알게 됐네. 저 사람은 아니라고 하지만 아마 오래전부터 알고 있었을지도 몰라. 그것도 큰 문제는 아니야. 아무리 내가 딸을 사랑해도 대신 살아줄 수는 없는 문제라고 생각하네. 결국 누구나 자신이 선택한 인생을 사는 거니까."

정우는 중졸 학력의 사내 입에서 나온 말치고는 지나치게 겸손하고 논리적이라는 인상을 받았다.

"그나저나 자네 저녁은 먹었나?"

"아닙니다. 아직…… 배가 고프지 않습니다."

소파에 앉은 여자가 호출받은 호텔 급사처럼 일어났다. 그녀는 주방에서 밥통과 냉장고를 살핀 다음 말했다.

"은희가 밥도 반찬도 모두 만들어놔서 이대로 국만 끓여 먹으면 되겠어요."

정우는 이 두 불청객의 제안을 막을 도리가 없다고 판단했다.

"그럼 함께 식사하시겠습니까?"

식구食口라는 말은 풀이하면 '밥을 같이 먹는 사람들'이라는 뜻이다. 가족이라는 추상적인 단어보다 그 의미가 생생하다. 정우는 처음 만난 중년 부부와 밥을 먹으며 새삼 음식의 중요성에 대해 생각했다. 인간은 먹지 않으면 죽는다는 단순한 진리가 그의 잠자던 의식을 깨웠다. 은희의 주장은 정당했다. 살기 위해서는 먹어야 하고, 먹기 위해서는 일해야 한다.

"그럼 언제쯤이 좋겠나? 은희 엄마는 올해를 넘기지 않았으면 하는 눈치야."

"네?"

"결혼 말일세. 언제까지 동거만 할 수는 없지 않은가?"

"아, 네⋯⋯."

정우는 말꼬리를 흐리다 자신의 실수를 깨달았다.

"허락하신다면 올해를 넘기지 않을 생각입니다. 올겨울이라도 하겠습니다."

중년 남자의 밥공기가 절반 정도 줄었다. 그는 만면에 웃음을 띠며 말했다.

"혹시 집에 남은 술 있나?"

이번에도 여자의 동작은 빨랐다. 그녀는 냉장고에서 차가운 소주와 잔을 가져왔다.

"나는 열아홉에 이 사람과 결혼해 지금까지 살고 있네. 자넨 늦어도 한참 늦은 거야."

정우는 고개를 돌려 술잔을 비웠다. 술이 들어가며 분위기도 부드러워졌다. 그러자 먼저 숟가락을 놓은 은희 엄마가 눈치만 보다 작정한 듯 말했다.

"올겨울에 식 올리면 당장 어디서 살림을 차릴 생각이에요?"

정우는 예상치를 훌쩍 벗어난 질문에 놀랐다.

"이 오피스텔은 우리가 은희 혼수에 보태려고 장만해둔 건데 혹시 결혼 후에도 계속 살 생각이에요?"

"아, 이 사람. 지금 그런 이야기 할 때가 아니잖아."

남자의 점잖은 얼굴에 불쾌한 주름이 졌다. 그러나 어쩌면 그도 실상을 알고 싶어 할지 모를 일이었다.

"듣기로는 시골에 홀어머니가 계시다고 들었는데, 당장 식 올릴 준비가 돼 있는지 궁금해서 그래요. 만약 부족하면 우리가 좀 더 낼 수도 있어요. 정말 어려우면 여기서 신혼살림을 시작해도 문제없지 않아요?"

그것만으로 정우는 은희 엄마의 속셈을 간파할 수 있었다. 이왕 결혼 이야기가 나온 김에 확답을 받겠다는 꿍꿍이였다. 그녀는 과년한 딸이 식도 안 올린 채 동거 생활을 이어오는 동안 냉가슴을 앓았다. 그런데 뜻하지 않게 정우가 결혼에 응답했다. 그녀는 이 생각지도 못한 기회를 놓치고 싶지 않았다.

그 순간 정우는 서류 가방에 들어 있는 거금을 떠올렸다. 태윤이 준 돈이었다. 그는 자신이 미쳐가고 있음을 알았다.

"아무튼 다행이군. 그럼 혼사 문제는 천천히 시간을 갖고 논의하지."

은희 엄마는 속마음을 다 털어놓지 못한 채 복잡한 심경으로 정우를 쳐다보았다. 식사가 끝나자 그들은 볼일 다 본 사람들처럼 귀가를 서둘렀다. 정우는 두사람을 택시 정류장까지 배웅한 다음 오피스텔로 돌아와 잠자리에 들었다.

알람 시계에 눈을 뜬 정우는 더 이상 출근하지 않아도 된다는 사실에 안도했다. 그는 곧장 샤워를 하고 병원으로 달려갔다. 입구에 들어서기 전, 문병 온 사람처럼 꽃집에서 수선화를 샀다. 꽃말이 환자와 어울릴지는 생각할 여유가 없었다.

태윤은 일반 병실에서 개인 병실로 옮겨져 있었다. 출근 시간이 지난 시각이라 정 사장의 모습은 보이지 않았다. 그녀는 침대에 기대 화병에 꽂힌 수선화를 말없이 보기만 했다. 혈색 도는 얼굴빛으로만 봐서는 죽음의 문턱까지 간 사람이라고는 믿기지 않았다.

태윤이 손짓해 가까이 다가서니 그녀가 안아달라고 속삭였다. 정우는 철제 침대 위로 올라가 가녀린 몸을 안았다. 바람이 먼지를 휩쓸고 간 듯 커튼 사이로 눈부신 하늘이 보였다. 그녀는 그의 가슴에 얼굴을 파묻었다. 호흡이 조금씩 느려졌다.

어쩌면 사랑이란 이별을 준비하는 과정인지도 모른다. 영원한 사랑은 존재하지 않는다. 그녀는 나를 잊어야 하고, 나는 그녀를 잊어야 한다. 세상에 사랑은 단 하나라고 말하는 이들이 있다. 사랑이 정말 하나일까? 사랑은 왜 꼭 하나여야 할까?

정우는 잠든 태윤의 뺨으로 흘러내린 머리카락을 쓸어 올렸다. 그리고 탁자 서랍을 열어 그녀의 통장과 도장을 넣었다. 사랑이 이처럼 눈에 보이는, 주고받을 수 있는 물건이면 좋겠다는 생각이 들었다. 통장을 내려놓은 그의 손에는 서랍에서 발견한 아파트 열쇠가 쥐어져 있었다.

은희는 목욕 바구니를 들고 정우를 노려보았다. 목덜미가 드러나도록 짧게 자른 머리가 광풍이 휩쓸고 간 그녀의 심리 상태를 보여주었다. 정우는 앞으로 다가가 그녀를 끌어안았다. 은희가 목욕 바구니를 떨어뜨리고 울음을 터트렸다. 그는 질투와 분노로 떠는 몸을 안고서야 자신이 두 여자 중 누구를 진심으로 사랑하는지 알게 되었다.

은희와 헤어진 후, 정우는 쏘나타를 타고 압구정동 아파트로 향했다. 동네 주민이라도 된 듯 차를 주차하고, 이중 잠금장치를 따 집 안으로 들어갔다. 실내에는 부자연스러운 정적과 자살 소동의 여진이 부유하고 있었다. 그는 곧장 태윤의 방으로 들어갔다. 싱글베드와 옷장, 오래된 나무 책상이 전부인 단출한 방. 20대 여성이 사는 공간이라고는 믿을 수 없는 무채색의 방이었다.

이곳으로 오는 동안 그는 태윤을 둘러싼 미스터리를 풀 수 있을지도 모른다고 생각했다. 자신과 주변 사람들이 모르는 진짜 그녀의 모습을 원했다. 최상의 시나리오는 서랍장 혹은 비밀 상자에서 오래된 일기장을 발견하는 것이다. 그녀의 불운과 수수께끼를 풀 직접적인 기록물 말이다. 만약 그녀가 일기를 쓰지 않았다면 최소한의 메모라도 발견하길 원했다. 그러나 이 좁고 평범한 공간은 사적인 삶이 뿌리내릴 수 없는 불모지였다. 성인 여자가 혼자만의 비밀을 감출 만한 장소가 아니었던 것이다. 아니, 바람과 타인이 언제든 침범할 수 있는 통로에 불과했다.

그녀는 이곳에서 가족의 일원이자 사회집단의 인격체임을 강요받고 있었다. 책상에는 버지니아 울프의 평전 한 권과 로션, 빗, 볼펜 한 자루가 놓여 있었다. 이 극단의 미니멀리즘은 옷장과 서랍장에서도 유사했다. 속옷과 양말, 티셔츠와 바지, 외투 따위는 무개성의 값싼 공산품에 불과했다.

보물찾기를 앞둔 두근거림은 사라졌다. 유일한 추론은 그녀가 언제든 흔적을 지우고 세상으로부터 사라질 준비를 하고 있었다는 것이다. 정우는 태윤이 왜 집요하게 자신의 존재를 지우려 했는지 이해할 수 없었다.

털썩 매트리스에 주저앉았다. 오래되고 낡은 침대였다. 그는 침대에 누워 베개에 머리를 받쳤다. 그러다 시선이 한 물체에 고정되었다. 발신인도 수신인도 쓰여 있지 않은 하얀 종이봉투가 눈에 들어왔다. 그것은 태윤이 자신에게 남긴 편지였다. 또

한 수취인에게 전달되지 못한 미완의 유서였다.

정우 오빠,

편지로 마음 전달하기가 이렇게 어려운 줄 몰랐어.

마지막 순간에는 모든 걸 털어놓고 싶었는데 잘 안 돼.

예전에 독서 취향이 너무 구식 아니냐고 오빠가 물었지?

하나둘 정리하다 보니 내가 옛날 사람 같긴 하더라.

그래서 오빠에게 옛사람들처럼 마음을 전하려고 해.

아니, 가면을 쓰면 좀 더 솔직해질 수 있을 것 같아.

나는 버지니아 울프가 좋아. 그 뒤에 숨어 말할게.

정우는 책상 위에 놓인 책을 내려다보았다. 울프의 초상을 표지로 쓴 두꺼운 책이었다. 그러고는 다시 편지로 고개를 돌렸다.

사랑하는 이에게,

지금 거실 소파에 앉아 흐르는 강을 보고 있어요. 저는 당신 목소리를 떠올리다 홀로 웃음 지었어요. 당신을 만나, 당신의 여자가 된 일을 후회한 적은 없어요. 비록 우리가 결혼하지 못한 채 헤어져야 하지만 그조차도 제게는 분에 넘치는 행복이었어요. 당신 눈에는 내가 이상한 여자로 비쳤을지 몰라요. 속

내를 드러내지 않는 비밀스러운 여자처럼 보였겠죠.

이렇게 편지를 쓰는 이유는 내가 죽은 후, 당신이 견뎌야 할 슬픔에 대한 오해를 풀기 위해서예요. 제 어리석은 죽음에 대한 최소한의 변명이기도 하죠. 언젠가는 반드시 털어놓고 싶은 이야기였어요.

지금의 부모님은 제 친부모가 아닙니다. 저는 쌍둥이 형제 가운데 형의 딸로 태어나 동생의 딸로 입양을 갔습니다. 갓난 아기인 저는 이 중요한 결정에서 배제돼 있었어요. 까마득한 과거의 일, 더구나 내가 어떻게 해볼 수 없는 시기에 일어난 일은 제게 치유할 수 없는 상처를 남겼습니다. 당시의 절망은 글로도 표현할 수 없어요.

불행은 여기서 그치지 않았습니다. 지난해 여름이었어요. 사촌지간인 남동생은 이성에 눈을 떠 호기심을 가질 나이가 되었죠. 옷장에서 속옷을 훔치거나 몸을 훔쳐보는 일도 이해하려 했습니다. 제게 못된 짓을 할 거라고는 상상조차 하지 못했어요. 그것도 제 침대에서……. 하지만 진짜 문제는 사건 직후였어요. 어머니가 사랑하는 자식은 혈육인 그 아이 하나뿐이라는 사실을 거역할 수 없었어요. 그저 사나운 폭력에 진실을 숨겨야만 했습니다.

저는 그 일이 있기 전부터 세상을 무서워했어요. 그들이 가진 힘에 공포를 느꼈습니다. 폭력과 광기로 얼룩진 역사보다, 피와 눈물로 점철된 비극보다, 더 무서운 건 남자들의 욕망이란 걸 가슴에 품고 살아왔습니다. 남자들에게 왜 이런 증오심을 느끼는지 저도 설명할 수 없어요.

당신을 사랑한 건 순전히 제 욕심이었어요. 언젠가는 꼭, 모르는 남자를 이용하고 싶었습니다. 그 먹잇감이 당신이었죠. 나를 사랑하게 만들어 괴롭히고 싶었습니다. 당신이 내 증오를 씻어낼 희망이라 생각했으니까요. 언젠가 나를 위해 사람을 죽일 수 있냐고 질문한 적이 있어요. 당신은 그러겠다고 했죠. 그때부터 제 자신이 무서워졌어요. 미친 사람은 바로 나라는 사실을 알게 됐죠.

이제 저는 당신이 사랑하는 여자의 얼굴을 떠올립니다. 착하고 예쁜 아이예요. 저와 친구가 되진 못했지만 저는 그 아이에게 좋은 인상을 받았어요. 감히 당신에게 부탁한다면 그 아이가 상처받지 않도록 잘 보살펴달라는 거예요. 그 아이는 당신을 행복하게 해줄 수 있는 여자예요. 저를 안으면서도 당신이 얼마나 그 아이를 그리워하는지 알고 있어요. 저의 어리석음을 동정하지도, 저의 충동을 이해하려고도 하지 마세요. 동정은 결코 사랑이 아니라는 사실을 우리 모두 알고 있죠. 그런데도 제 곁을 떠나지 않은 당신에게 고맙다고 말하고 싶어요.

끝으로 내 죽음에 당신은 어떠한 책임도 없음을 분명히 합니다. 나의 죽음과 당신의 행복은 극과 극의 대칭점에 있어요. 마치 천국과 지옥처럼 완전히 다른 세계인 거죠. 그러니 내가 죽더라도 너무 슬퍼하지 말아요. 운명을 믿지 말고 우연에 굴복하지 마세요.

사랑하는 당신, 이제 당신과 이별하려 합니다. 당신이 저를 기억해준다면 무척 기쁠 거예요.

P. S 은희와 결혼해, 오빠.

정우는 유서를 재킷 주머니에 넣은 채 베란다로 나갔다. 그리고 늦가을 정취를 품고 흐르는 강을 내려다보았다. 손에는 아까 보았던 책이 들려 있었다. 그는 버지니아 울프와 태윤의 유서를 비교했다. 원본은 '흐르는 저 강물을 바라보며'라는 제목의 유서였다.

저를 진정으로 아껴주었던 레너드,

그동안 차마 말하지 못했던 제 생애의 비밀을

이 유서에서 당신께 말하려 합니다.

태윤은 이 내용을 변주했다. 원본에서는 버지니아 울프의 가족사가 펼쳐진다. 홀아비인 아버지와 과부 어머니의 재혼 과정이 등장하고, 그다음에 문제의 장면이 서술된다.

제 생애의 불행은 여섯 살 때부터 시작됩니다.
큰 의붓오빠 제럴드 덕워스가 어머니 없는 틈을 타
저에게 못된 짓을 하는 것이었어요.
신체 구조가 다른 저를 세밀히 관찰하고 만지고.
그때부터 몸에 대한 혐오감과 수치심을 갖게 되었습니다.
성에 관련된 것이라면 무조건 배격하는 마음이 생겼지요.

태윤은 텍스트를 충실히 좇아간다. 그녀는 사춘기 남동생에게 성폭행을 당했음을 고백했다. 그러나 버지니아 울프의 불행은 여기서 그치지 않는다. 열세 살이 되던 해 울프의 어머니가 죽고, 2년 후 언니 스텔라마저 죽는다. 그리고 더 큰 불행이 찾아온다.

그런데 이번에는 사춘기를 막 넘긴

작은 의붓오빠 조지 덕워스가

저한테 갖은 못된 짓을 하는 것이었어요.

그렇지 않아도 의지할 데 없어 불안했던 저는

무방비 상태에서 그런 일을 수시로 당하고

거의 미칠 지경이 되었습니다.

버지니아 울프는 두 의붓오빠에 의한 성적 학대를 고백했다. 태윤은 이 부분을 어떻게 처리할지 고민했다. 그리고 교묘히 숨겼다. 순서가 뒤집혀 있지만 전하려는 의미는 동일하다.

정우는 혼란스러웠다. 마치 태윤이 수수께끼를 풀어줄 것을 자신에게 요구하고 있는 것 같았다. 남자의 성적 욕망에 두려움을 갖게 되었다고 설명하고 있지만 그것은 눈가림에 불과하다. 본질적인 미스터리는 숨겨져 있다. 정우는 답을 찾아야만 했다. 그러나 해답을 찾는다고 불행이 멈춰질까? 아직 불행은 그녀에게 현재진행형이다.

정우가 베란다에서 두 여자의 유서를 비교 분석하던 시각, 태윤은 병실 창문을 열어 서늘한 공기를 마시고 있었다. 강이 내려다보이는 7층 독방이었다. 죽음이 접쳐진 순간, 그녀가 병원 창문에서 추락했다.

동시성은 신비롭다. 정우는 유서 마지막에 등장하는 우연과 운명이라는 두 단어에 혼란으로 거의 정신을 잃은 상태였다. 강물이 흐르는 동안, 불길한 예감에 휩싸인 그는 날카로운 전화벨 소리에 고개를 돌렸다.

***

1997년 한 해에만 전국에서 40여만 건이 넘는 결혼식이 열렸다. 신랑 홍정우와 신부 이은희의 결혼식도 평범한 이들 신혼부부와 다를 바 없었다. 결혼 후 여섯 달이 채 못 돼, 신부 배 속에서 아이가 나왔다. 눈동자를 굴리며 배고픔에 울음을 터트리는 여자아이였다. 은희는 아이에게 한나라는 이국적인 이름을 지어주었다.

정우는 신생 인터넷 신문사에서 프리랜서 기고가로 일했다. 소득은 줄고 생활비는 늘었다. 은희는 잠든 아이를 안고 베란다로 나가 초여름 석양을 바라보았다. 주홍색과 보라색 물감을 풀어놓은 듯한 해가 도시의 철탑과 고층 빌딩을 물들였다. 비현실적인 풍경에 정신을 잃은 그녀는 모든 것을 내려놓고 싶다는 유혹에 사로잡혔다. 정우는 창백한 얼굴로 집에 돌아와 잠깐 눈을 붙이고는 새벽 일찍 다시 세상 밖으로 나갔다.

그는 마치 무언가에 복수라도 하듯 결혼생활을 짓밟았다. 한

밤중 몸을 더듬는 남편의 손은 얼음장처럼 차가웠다. 은희는 그의 눈동자에서 한 여자를 보았다. 그녀의 죽음이 남자를 죽였다. 그는 비밀 많은 남자가 되어 어둠 속으로 달아났다. 은희는 그가 더는 자신을 사랑하지 않는다는 의심을 떨칠 수가 없었다. 잠든 아기를 누이고 곁에서 잠을 청했다. 할 수만 있다면 미래를 수정하고 싶었다.

큰이모의 장남은 의대를 졸업하고 강북의 대학병원에서 일했다. 은희는 그의 도움으로 일자리를 구했다. 이력서를 보내고 면접을 마친 후, 사촌 오빠 동기생이 운영하는 안과 병원에서 일을 시작했다. 내원 환자들에게 상담을 빌미로 고가의 수술을 권유하는 역할이었다. 신뢰감을 주도록 옷차림에 신경을 쓰고 미소가 떠나지 않게 주의를 기울였다. 부당한 비용을 청구하지 않는다는 믿음을 주는 것이 중요했다. 은희에게는 어렵지 않은 일이었다. 병원과 고객, 양쪽 모두에게 만족스러운 상담이 이루어졌다. 부유한 노인들은 최첨단 의료서비스를 받는 데 돈을 아끼지 않았다.

그사이 한나는 외가에서 그림책과 TV를 보며 지냈다. 은희는 소식과 산책으로 긴장을 유지했다. 남편의 부재가 삶을 흔들지 못하도록 중심을 잡았다. 이제는 홀로 미래를 계획해야만 했다. 여기저기 돈을 융통해 판교에 시골집 한 채를 샀다. 신도시 개발설이 나도는 시점이라 비용이 만만치 않았다.

그 무렵, 밀양에서 시어머니가 올라와 새살림을 차렸다. 그녀는 은희에게 미안하다 말하며 눈물 흘렸다. 어머니가 올라온 이후 정우의 낯빛은 눈에 띄게 좋아졌다. 그는 회사와 집을 오가는 일상적인 삶에 만족하는 듯 보였다. 그러나 행복은 그리 길지 않았다.

IMF 사태 이후 많은 사람이 직장을 잃었다. 사표를 내고 실직자가 된 정우는 대규모 정리해고자들 틈에서 특별해 보이지 않았다. 집안의 가장들이 무기력하게 경제적 나락으로 떨어지던 시기였다. 아내들은 직장을 잃은 남편들이 집 밖에서 무얼 하고 다니는지 몰랐다.

삶은 그렇게 무너졌다. 정우는 전국을 떠돌며 노사분규와 부당해고에 관한 고발 기사를 썼다. 그가 쓴 르포 기사들은 주목받지 못했다. 정우는 술에 의지해 하루하루를 연명했다. 조선소 앞마당에 도착했을 때, 그는 파업노동자들 틈에 끼어 아스팔트 바닥에 쓰러져 있었다. 은희는 그를 일으켜 서울로 돌아왔다.

그녀는 정우의 낙담과 절망을 이해할 수 없었다. 그를 포기할 수도 없었다. 은희의 눈에는 그가 사춘기 열병을 앓고 있는 사람처럼 보였다. 세상에 대한 분노로 모든 것을 내려놓은 남자는 침묵을 지킨 채 차창 밖을 응시했다.

　정우는 서울에서 서너 달을 보내고 다시 남쪽으로 내려갔다. 이번에는 공업지대가 아니라 인적 드문 어촌이었다. 책을 쓰겠다고 했다. 은희는 그 말에 희망을 가졌다. 그는 창문을 열면 파도가 보이는 낡은 기와집에 머물렀다. 거친 암석이 많은 해변이라 피서객들은 외면하는 곳이었다. 책상 위에 공책과 연필을 펼쳐놓은 채 시간을 보냈다. 책도 TV도 없는 빈방에서 그렇게 바다만 응시했다. 은희는 한 달에 한 번 한나를 데리고 내려왔다. 그리고 비어 있는 남편의 냉장고를 채웠다. 딸을 품에 안은 정우는 가끔 미친 사람처럼 발작적인 웃음을 터뜨렸다. 그는 주의 깊은 사람이 아니었다.

　반년도 안 돼 낡은 옷장에서 여자 속옷이 발견되었다. 은희는 몰래 내려와 기와집 마당에서 생선 굽는 여자를 훔쳐보았다. 어깨가 벌어진 강골의 시골 여자였다. 그녀와 맞상대해 이길 자신은 없었다. 미움보다는 두려움이 앞섰다. 노동으로 다져진 근력의 여자는 평범한 시골 아낙이 아니었다. 자신의 사랑을 짓밟은 원수이자 결혼을 끝장낸 원흉이었다.

　은희는 정우를 서울로 불러들였다. 그들은 합의 이혼했다. 결혼하고 4년 6개월이 흐른 시점이었다. 두 사람 모두에게 짧다면 짧고 길다면 긴 결혼생활이었다. 은희는 정우를 원망하지 않았다.

4년 후, 그녀는 어느 폐광 마을 성당 장례미사에서 다시 그를 발견했다. 환하게 웃는 영정 사진 속 모습에 울음이 터져 나왔다. 사인은 만성알코올중독에 의한 간경변과 위장 출혈이었다. 그해 교구에서 일어난 첫 고독사로 주검을 발견한 이는 마을 이장이었다. 그는 시신과 함께 유서로 보이는 종이 한 장을 발견했다. 누렇게 얼룩진 종이 위에는 '미안하다, 은희야'라는 한 문장이 쓰여 있었다. 유족을 찾기 위해 동분서주했던 이장은 은희가 도착하자 고인이 남긴 유품과 메모를 전했다. 전처 이름으로 된 통장에는 품팔이를 하거나 막노동을 해 모은 돈 2,000만 원이 들어 있었다. 유서와 통장을 든 은희의 양손이 체벌받는 여학생처럼 부들부들 떨렸다.

검은 돌산 위로 첫눈이 격렬한 눈보라를 일으켰다. 한나의 머릿속에 생부의 얼굴이 각인된 것은 그날 밤이 처음이었다. 어린 딸은 성 프란치스코라는 세례명을 받은 아버지의 영정 앞에서 눈물을 고민했다. 성당에 있는 나무들이 폭설로 내상의 고통을 토해내자 불안감은 커져만 갔다.

한나에게는 아버지가 필요했다. 은희는 그 사실을 누구보다 잘 알고 있었다. 홀몸이 된 젊은 여자를 향한 사회의 시선은 따가웠다. 그들은 걱정 반 불신 반으로 은희를 바라보았다.

이혼한 은희에게 처음 사랑을 고백한 남자는 병원장 동수였다. 그는 병원 실소유주인 아내와 불화를 겪고 있었다. 그러다 연정을 품고 있던 은희가 법적으로 자유로워지자 용기 내 고백했다.

하와이 출장 시기에 일어난 일이었다. 호놀룰루에서 안과 전문의들과 의료기기 업체 대표들을 대상으로 한 컨벤션이 열렸다. 겉으로는 국제 의학 세미나의 형식을 취하고 있었지만 실제로는 의료기기 판매를 위해 업체 측에서 체류 비용을 지급하는 이벤트였다. 오전 회의가 끝나면 다국적 안과 전문의들은 해변에서 산책을 하거나 쇼핑을 하며 시간을 보냈다. 은희가 이 특별한 해외 출장에 함께할 수 있었던 이유는 병원장의 입김이 컸다.

4박 5일 일정 중 마지막 날이었다. 동수는 회의에 참석하는 대신 은희에게 관광을 제안했다. 함께 출장 온 젊은 의사 둘은 아침 일찍 카우아이섬으로 떠난 후였다.

"회의는 관두고 우리 바다에서 수영이나 할까요?"

은희는 수영복을 챙겨오길 잘했다고 생각했다. 한편으로는 망설였다. 하와이에서는 원피스 수영복을 입지 않는다는 판매원의 말에 무턱대고 화려한 붉은색 비키니를 샀던 것이다. 실용성보다는 심미성을 강조한 수영복이었다.

은희는 호텔방에 돌아와 욕실 거울로 비키니를 입은 자신의 몸을 살폈다. 다행히 심각한 문제는 보이지 않았다. 수영복 위로 꽃무늬가 프린트된 롱 원피스를 껴입었다. 비치 샌들도 신었다. 목과 어깨가 드러나는 원피스여서 기장이 길어도 시원한 느낌이 났다.

동수는 주차장에서 반바지 차림으로 그녀를 기다렸다. 지프 랭글러는 거친 차지만 도로에 나가자 순한 말처럼 달렸다. 도로의 모든 차가 규정 속도를 지키며 느릿느릿 움직이고 있었다. 은희는 열대우림과 푸른 하늘을 질리도록 바라보았다. 그들은 인적 드문 해변에 도착해 차를 야자수 그늘 아래 세웠다. 그리고 자외선 차단 크림을 바른 다음 한달음에 해변으로 달려갔다. 은희는 물장구치는 동수를 남겨두고 먼바다까지 혼자 헤엄쳤다. 동수는 그 모습을 감탄의 눈빛으로 바라보았다. 그녀가 헐떡이며 돌아오자 안도하며 수건을 덮어주었다. 혈관 속까지 비추는 태양이 백사장을 금빛으로 뒤덮었다.

두 사람은 담요에 앉아 샌드위치와 맥주를 즐기며 서프보드에 오른 젊은이들을 바라보았다. 시간이 비정상적으로 느리게 흐르고 있었다. 눈앞에는 예기치 못한 모험이 펼쳐졌다. 순간, 은희는 자신이 너무 멀리 와버렸다는 사실을 깨달았다. 선글라스 뒤에 감춰진 눈동자에 눈물이 맺혔다.

동수는 오후 계획을 세우느라 하와이섬 지도를 보고 있었다. 은희는 눈물을 감추기 위해 반대쪽으로 엎드려 누웠다. 동수가 옆에 있던 비치 타월로 그녀의 등과 엉덩이를 가려주었다. 수영의 피로와 식후의 포만감이 졸음을 몰고 왔다. 은희는 바다가 내뿜는 열기를 느끼며 그대로 잠에 빠져들었다.

얼마나 흘렀을까. 일어나 보니 동수가 곁에 없었다. 순간 눈앞이 뿌옇게 흐려졌다. 그녀는 해변에 앉아 모래성을 쌓는 10대 소년의 뒷모습을 보았다. 길게 자란 머리카락이 마치 해초 더미 같았다. 손을 뻗으면 잡힐 거리라 요지경을 들여다볼 때처럼 어지러웠다. 비치 타월이 흘러내리자 노출된 피부에 깨알 같은 소름이 돋았다. 은희는 몸을 떨었다. 그러자 소년이 동작을 멈추고 수평선을 향해 시선을 던졌다. 영원 같은 정지 상태가 이어지다 한순간 환영이 무너졌다. 소년의 등이 모래알처럼 흘러내렸다. 해체된 이미지는 심장박동 소리만 남겨둔 채 사라졌다. 적도의 해변은 소용돌이처럼 격정적 감정을 빨아들이며 정상을 되찾았다.

모래사장의 온기가 서서히 그녀의 체온을 끌어올렸다. 은희는 바다를 응시했다. 동수가 물에 발을 담근 채 현지인 부부와 웃으며 대화를 나누고 있었다. 저 남자와 살면 정말 삶이 행복해질까? 동수는 야자수 아래의 은희를 발견하고는 두 팔을 크게 휘저었다. 원주민 부부도 손을 들어 그녀를 반겼다. 은희는 남자의 허영심을 이해한다는 듯 비키니 차림으로 그들에게 걸어갔다.

두 사람은 도심으로 돌아와 호텔 레스토랑에서 만찬을 즐겼다. 샴페인은 달콤하고 피아노 연주는 부드러웠다. 샴페인을 따르는 빨간 머리의 웨이트리스는 은희에게 신혼여행 중이냐고 질문했다. 은희는 허니문이라는 단어를 알아듣고 가볍게 고개를 저었다. 웨이트리스가 물러나자 동수는 예스라고 답하지 그랬냐며 짓궂게 말했다. 은희는 슬슬 노안을 걱정해야 할 안과의가 무슨 농담을 하는 건지 몰라 웃었다.

그녀는 망설였다. 그리고 해변을 떠돌던 한낮의 비애감을 떠올렸다. 은희는 아직 마음의 준비가 되지 않았다. 그녀는 다정한 눈빛으로 자신을 바라보는 중년 남자를 응시했다. 그는 어린아이처럼 기뻐하면서도 동시에 두려워하고 있었다. 어른이란, 상반된 감정 사이에서 혼란을 느끼는 존재였다.

두 남녀 사이에 놓인 유혹은 달콤했다. 그러나 그는 주저하고 있었다. 지금껏 쌓아 올린 삶을 한순간의 욕망으로 포기할 만큼 무모한 남자가 아니었다. 단 한 번도 자신을 모험 속으로 밀어넣지 않았다. 오히려 그는 여자가 적극적으로 나와주길 바랐다.

모든 것을 버리라고 요구하면 확신을 갖고 실행할 수 있을 것 같았다. 사랑 없는 결혼에서 걸어 나와 새 사랑을 찾아 떠날 수 있을 것 같았다. 그는 은희의 적극적인 요청을 기다렸다. 날 사랑하느냐고 먼저 물어봐주길 원했다.

지난밤, 그는 아멕스 카드로 산 진주 반지를 주머니에 숨긴 채 여자의 구애를 기다렸다. 은희는 예민한 감각으로 남자가 무엇을 원하는지 생각했다. 그리고 이 불온한 도박에서 누구도 승자가 될 수 없음을 알았다. 은희는 아무것도 요구할 수 없었다. 그가 아직 결혼한 남자이기 때문이었다.

은희의 현실감이 미지근한 적도의 공기를 타고 그에게 전해졌다. 동수는 그녀의 눈동자를 바라보다 불에 덴 사람처럼 깜짝 놀랐다. 그제야 자신이 선을 넘었다는 사실에 허둥거렸다. 그들은 고작 하루 먹고 마시고 놀았을 뿐이었다. 사랑이 완성되려면 아직 가야 할 길이 멀었다. 두려움 없이 침대에 올라야 하고 결혼까지 달려가야만 한다. 그 길은 지난하다. 그들은 식후의 포만감 대신 둔중한 피로를 느꼈다.

"이제 뭘 할까요?"

동수가 드문드문해진 레스토랑의 빈 테이블을 보며 말했다.

"호텔로 돌아가요. 수영 때문인지 피곤해요."

은희의 말에 동수는 어쩔 줄 몰랐다. 그녀가 자리에서 먼저 일어났다. 거리로 나오자 자연스레 단체 관광객 무리에 뒤섞였다. 은희는 일행이라도 된 듯 그들을 뒤따랐다. 무리가 식당으로 쏟아져 들어가자 주위는 다시 조용해졌다. 동수는 낭패감을 상쇄하려는 듯 은희의 팔을 잡고 말했다.

"은희 씨가 원한다면 저는 모든 걸 버릴 준비가 돼 있습니다."

그는 말을 내뱉고 안도의 표정을 지었다. 숙제를 끝낸 아이의 얼굴이었다. 은희는 대답하지 않았다. 고층 빌딩 사이로 파도 소리가 들렸다. 그 순간, 그녀는 킹사이즈 침대가 놓인 텅 빈 스위트룸을 떠올리며 어떻게 하면 이 환상을 끝낼 수 있을지 고민하기 시작했다.

해변에서 모래성을 쌓던 소년은 정우였다. 은희는 침대에 누워 천장을 바라보았다. 그리고 압구정동 카페에서 처음 만났던 때를 떠올렸다.

그는 바로 맞은편에 앉아 있었다. 눈빛은 차갑고 무거웠다. 그럼에도 은희는 그의 눈동자에서 타인에 대한 스스럼없는 애정을 보았다. 그가 다른 남자들과 다르다는 사실을 본능적으로 알 수 있었다. 은희는 그의 세계가 무서웠고, 동시에 그 이질적인 세계에 유혹을 느꼈다. 용재와 헤어진 직후, 충동적으로 강원도 산골 부대까지 찾아갔을 때 그와 사랑에 빠지리라고는 생각하지 못했다. 하지만 기적처럼 사랑이 찾아왔다.

사람들은 그를 오해했다. 그들은 그의 진짜 모습을 보지 못했다. 은희는 자신의 주변을 떠돌던 여러 남자들을 떠올렸다. 미래에 대한 불확실성으로 몸을 떠는 현실주의자들이자 언제 가난과 재난으로 떨어질지 몰라 공포에 떠는 나약한 존재들이었다. 그들은 직장과 연봉, 아파트, 자동차, 사교육 같은 현실적 문제에 목을 맸다. 반대로 정우는 정의와 자유, 평등, 혁명, 시, 소설 같은 추상적 관념에 사로잡혀 있었다. 은희는 현실주의자인 자신이 왜 그런 남자를 사랑하게 된 것인지 골똘히 생각했다.

다음 날 아침, 은희는 공항 로비에서 병원장에게 자신의 생각을 분명히 전달했다.

"제겐 사랑하는 사람이 있어요."

동수는 눈을 동그랗게 뜬 채 고개를 끄덕였다. 은희는 서울로 돌아와 일주일 후 병원에 사표를 냈다.

***

한나는 기억을 재구성했다. 최초의 균열은 추적 불가능하다. 폐광촌 장례미사에서 본 영정 사진 속 생부의 얼굴을 기억한다. 이방인에 가까운 한 남자의 DNA가 자신의 혈관을 타고 흐르고 있다.

그는 왜 사랑에 실패했을까. 왜 가정을 버리고 먼바다로 달아나야만 했을까. 엄마는 아버지의 실체에 대해 침묵했다. 당시 어린 한나에게는 한 명의 부모만이 존재했다. 결손가정이라는 단어를 배우기 전까지 엄마는 완전무결한 아버지였다.

세상에 부모의 사랑과 실패를 유전하는 자식은 없다. 한나는 미혼모 신분으로 한국에 돌아왔다. 주변의 시선은 여전히 곱지 않았다. 그들은 결혼하지 않은 젊은 여자가 푸른 눈의 아이를 홀로 키우며 사는 것에 우려를 표했다. 결혼을 통해 가정을 꾸린 평범한 이들은 연민과 비난을 쏟으며 자족했다. 결혼이 행복을 보장하는 필수 조건임을 설득하는 이도 있었다. 이런저런 문제들이 존재해도 결혼에는 소중한 가치와 기쁨이 있다는 주장이었다. 한나는 그들의 의견에 정면으로 맞서지 않았다. 사람들이 누리는 행복이 허위라고 폄훼하지도 않았다. 그러나 결혼이 유일한 해결책이라는 생각에는 동의할 수 없었다.

이제 그녀는 자신이 변해야 함을 알았다. 그것은 타인의 우려와 비난에 방어 논리를 세우는 일이 아니었다. 어린 딸과 자신의 삶에 확신을 갖는 일이었다. 구태여 미혼모라는 사실을 숨기지도 않았다. 미혼모에 대한 사회 구성원들의 편견이 여전히 우위를 점하고 있어도 말이다. 사용자들은 그녀가 제출한 이력서를 검토하며 일말의 불안감을 떨치지 못했다. 그들에게 한나는 결핍 가정의 일원에 불과했다. 거절을 통보받고 나서야 현실을 인식할 수 있었다. 불만족스러운 상황이 이어졌다.

전공을 예술사에서 정치학으로 바꾼 것도 이력에 혼란을 가중했다. 경력이 끊어진 젊은 여성은 바늘구멍인 취업시장에서 환영받지 못했다. 한나는 미술계에서 인연을 맺은 사람들을 찾아 나섰다. 수소문 끝에 과거 전시기획을 했던 선배로부터 '현대미술과 정치'라는 주제로 르포기사를 써달라는 원고 의뢰를 받아낼 수 있었다. 한나는 기사에 매달린 끝에 마감일에 맞춰 원고를 보냈다.

잡지에 글이 실리고, 한 달 뒤 원고료가 들어왔다. 프리랜서 기고가로서 얻은 첫 수입이었다. 한나는 딸 수영과 함께 피자를 먹으며 성공을 자축했다. 기사에 대한 반응이 좋아서 후속 원고 의뢰가 들어왔다. 비정규직 기고가로서의 첫 출발이었다. 정규직과 달리 수입이 적고 전망도 불투명했다. 하지만 눈앞의 경제적 문제를 해결하기 위해서는 선택의 여지가 없었다.

그로부터 1년 뒤, 그녀는 그동안 쓴 기사를 엮어내자는 출판 제의를 받았다. 전문 비평과 교양서적을 혼용한 책은 초판 소진에 성공하며 재평가를 받았다. 이후 번역서를 내고 간간히 들어오는 강연 수입을 통해 부족한 잔고를 메꿔나갔다. 쉽지 않은 일이었다. 노동 시간에 비해 수입이 적은 소모적인 벌이였다.

그럼에도 일을 통해 얻는 만족감은 컸다. 시간에 얽매이지 않으며 자유롭게 살 수 있다는 장점이 있었다.

여름밤의 해운대. 바닷가에 늘어선 고층 빌딩들을 올려다보자 머리가 어지러웠다. 피서객들의 자유분방한 몸짓과 차림은 현대미술이 시도하는 다중의 알레고리와 무분별한 욕망을 압도했다. 현란한 조명과 색채들이 폭죽을 쏘아 올리며 밤하늘을 비구상 화폭으로 만들었다. 열대야의 거리는 청년들에게 점령당해 열기를 토해내고 있었다.

한나는 카페테라스에 앉아 미니스커트와 쇼트 팬츠 차림으로 활보하는 여자들을 바라보았다. 그녀들의 쾌활한 웃음소리와 설레는 눈동자에서 무대 뒤로 물러나버린 자신의 20대가 느껴졌다. 겨우 30대 중반인데도 무척 늙어버린 기분이 들어 한숨이 새어 나왔다. 넓은 어깨에 날씬한 팔을 지닌 남자가 아이스크림을 베어 무는 여자친구의 허리를 감싸 안았다. 한나는 고개를 돌렸다. 앞으로 자신의 삶에 이런 장면이 연출되는 일은 없을 것이다. 눈앞의 광경을 떨쳐버리기 위해 휴대폰을 확인했다. 잠들기 전 수영이 보낸 메시지였다.

'엄마, 다음에는 바다 갈 때 나도 꼭 데려가. 물고기들이 보고 싶어.'

딸의 정겨운 목소리를 떠올리자 억울하고 흥분된 마음이 진정되었다.

"어쩐 일이세요, 선생님. 이 더운 밤에 일찍 주무시지 않고."

고개를 드니 표백을 한 듯 하얀 티셔츠를 입은 남자가 미소 짓고 있었다. 방금 샤워하고 나온 것처럼 적당히 기른 고수머리가 찰랑거렸다. 한나는 미간을 좁혀 남자의 정체를 파악했다. 이곳 부산에서 2박 3일간 학술회를 개최한 주관사 직원이었다. 한나가 발표하는 동안 곁에서 준비를 도와준 남자이기도 했다. 그녀는 기대 반 실망 반으로 그에게 인사했다.

"괜찮으면 잠시 합석해도 될까요?"

한나는 고개를 끄덕였다. 그가 테라스 입구를 찾아 들어오는 동안 마음을 진정시켰다. 낯선 남자와의 사적인 만남이 언제였는지 기억조차 나지 않았다.

자리에 앉자 그에게서 샴푸 냄새가 났다. 그는 빈 커피잔을 보고 맥주를 더 마시겠냐고 물었다. 이번에도 한나는 고개를 끄덕였다. 우연히 만난 미지의 남자와 맥주를 마시기에 밤 열한 시는 최적의 타이밍인지도 모른다. 비논리적이어도 그렇게 생각했다. 상대도 같은 생각인지 얼굴에 즐거움이 가득해 보였다.

"해운대는 올 때마다 새로운 느낌이 들어 좋아요. 풍경이 계속 변하거든요. 과거에 여기가 신혼여행지로 사랑받았다는 이야기는 들어보셨어요?"

한나는 깜짝 놀란 표정으로 호응해주었다. 모두가 가난했던 시절, 해변을 따라 걸으며 노을을 바라보던 새신부가 있었다. 장면을 떠올리자 남자의 말처럼 화려한 도시의 바다가 낭만적으로 느껴졌다. 신부는 바닷물에 발을 담근 채 미래를 설계했을 것이다. 그녀의 결혼생활은 과연 해피엔딩이었을까.

그는 지갑에서 명함 한 장을 꺼내 내밀었다. 한나는 명함을 받아 읽었다. 그가 머리를 긁적이며 말했다. 이번 학술회를 위해 급조한 명함이라고 했다.

"좋은 기념품이라 생각하고 있습니다. 명함을 갖게 된 건 이번이 처음인데 느낌이 나쁘지 않네요."

"대학에서 일하세요?"

"음, 그런 셈이죠. 시간강사 일이 불만스럽지는 않습니다. 경제적인 문제만 보완되면 꽤 흥미로운 직업이죠. 미래의 불안과 자유가 동시에 존재하거든요."

한나는 태영의 나이를 가늠해보았다. 회의실에서 발표 원고를 검토하는 동안 그는 마이크 음향을 점검했다. 그때는 무척 어려 보였는데 가까이서 보니 그렇지도 않았다. 삶의 곡절과 진통을 아는 성인 남자의 얼굴이었다. 나이키 반소매 셔츠에 색바랜 데님팬츠, 편안한 가죽 샌들, 조금 긴 듯한 고수머리가 그가 지향하는 보헤미안적 삶을 보여주었다. 시계는 차지 않았다. 그 점이 마음에 들었다. 그녀는 값비싼 시계를 고집하는 남자들에게는 정서적으로 끌리지 않았다.

"예전에 한나 씨가 쓴 책을 본 적 있습니다. 도서관에서 우연히 발견했는데 재밌어서 주문까지 해 읽었죠. 제목이 《갤러리의 은밀한 정치》 맞죠?"

태영은 칭찬을 기대하는 아이처럼 웃었다. 한나의 얼굴이 붉어졌다. 뜻하지 않은 장소에서 독자를 만나기는 처음이었다.

"제 연구 분야가 법과 예술의 상관관계에 관한 것이거든요. 이번 학술회도 그래서 참석하게 된 거구요."

"법학 전공이세요?"

"네. 학부 때는 형법에 관심이 있었는데 대학원에 와서는 좀 다른 걸 해보자는 생각에 진로를 바꿨죠. 논문도 예술사에서 벌어진 법적 분쟁에 관한 사례연구였습니다."

"어머, 제가 선생님에게 배워야겠네요."

한나는 진심으로 놀랐다. 선물과도 같은 만남이었다. 출발점은 달라도 두 사람은 같은 길을 걷고 있었다.

그들은 한동안 '현대미술의 정치학'이라는 주제로 이야기를 이어갔다. 태영은 사실주의의 선구자인 쿠르베가 자기 PR의 대가이며 작품가와 저작권에 집착했다는 사실에 흥미를 보였다.

동시에 공장처럼 대량생산과 자기복제를 기반으로 운영되는 현대미술에는 회의를 보였다. 두 사람은 세잔 이후 모더니즘 혁명을 주도한 예술가들의 이름을 나열하며 좋아하는 작가가 상당수 겹친다는 사실을 발견했다. 동질의 미감은 불신과 의혹을 몰아냈다.

"맥주 한잔 더 하시겠어요?"

그의 권유에 한나는 무의식적으로 주변을 둘러보았다. 자정이 넘었는데도 카페 손님은 점점 불어났다. 주위는 소란스럽고 공기는 뜨거웠다. 수영이 없이 밤을 보낸 지가 언제인지 되짚어보자 가슴이 두근거렸다.

"저기로 가는 건 어때요?"

한나는 대각선으로 보이는 스카이라운지 바를 가리키며 말했다. 태영은 이맛살을 찌푸리며 특급 호텔을 바라보더니 기대에 찬 미소로 답했다.

"맛있는 마티니가 있었으면 좋겠네요."

고속 엘리베이터에서 한나는 모험에 빠진 동화 속 소녀들을 떠올렸다. 토끼를 따라 이상한 나라로 들어간 앨리스와 양귀비밭에서 겁쟁이 사자를 만나 잠이 든 도로시였다. 중산층 앨리스와 빈곤층 도로시. 이들은 사회적 배경과 지리적 배경이 달라도 모험 앞에 의연하게 대처했다. 한나는 귀족적인 성향의 앨리스보다는 평등 의식이 강한 도로시에게 더 끌렸다. 한나는 초현실적으로 느껴지는 고속 엘레베이터가 자신을 동화 속 세계로 데려가고 있음을 알았다. 현실 세계의 성인 여자에게 모험이란 곧 사랑을 의미했다.

한나는 스카이라운지 바에서 칵테일을 앞에 두고 창밖을 바라보았다. 윤기 흐르는 파도가 치렁치렁 많은 머리카락처럼 해변으로 밀려들었다. 자동차와 가로등에서 튀어나온 무수한 불빛들이 은구슬처럼 거리를 장식했다. 여름밤은 해안 도시를 모험과 관능이 뒤섞인 동화로 변화시키고 있었다.

"사랑은 내면에 잠든 광기를 깨우는 도화선 같다는 생각이 들어요. 불이 붙으면 폭발이 일어나 그것으로 끝나버리죠. 미술을 처음 발견했을 때 그랬어요. 파리에서 〈풀밭 위의 점심 식사〉와 〈올랭피아〉를 관람하는 사람들을 보고 충격을 받았습니다. 모두가 관심과 사랑의 눈길로 그림을 보고 있더군요. 그중에는 사춘기 여학생도 있었고, 팔순이 넘은 노인들도 있었죠."

한나는 그가 할 다음 이야기를 예상해보았다.

"누구도 그림을 보며 분노하거나 찌푸리지 않았어요. 책에서 읽었던 끔찍한 소동은 일어나지 않았죠. 절 놀라게 했던 건 명화가 아니라 사람들의 시선이었습니다. 부끄럽지만 예술이 중요하다는 사실을 그때 깨달았어요. 예술가들은 세계를 재구성하고,

그들에 의해 제시된 이상이 다시 세계를 변화시키니까."

태영의 진중함에 한나는 가벼운 흥분을 느꼈다.

"마네의 그림을 편견 없이 바라보는 관객들을 처음 묘사한 사람은 프루스트였어요. 그는 소설에서 사람들이 더 이상 죽은 화가의 그림에 충격받지 않고 있다는 사실을 지적했어요. 폭발적이었던 화가의 도발성이 불과 한 세기도 지나지 않아 과거의 시간 속으로 사라진 거죠. 프루스트는 벌거벗은 여자가 그려진 그림보다 이를 바라보는 관람객들이 놀라지 않는다는 사실에 더 흥분했어요. 태영 씨가 오르세 미술관에서 보았던 장면은 프루스트의 지적인 관찰과 유사하다고 할 수 있어요. 어쩌면 태영 씨는 마네를 찬탄했던 프루스트와 시인들의 감수성을 가진 건지도 몰라요."

"감사하지만 농담은 사양입니다. 저는 그냥 예술에 관심 있는 법학자에 불과해요. 다만 시대에 따라 사람들의 윤리관과 가치관이 달라진다는 건 놀라운 일이에요. 그런 일을 할 수만 있다면 행복할 거라는 생각이 들어요. 그때 일이 절 변화시킨 건 틀림없습니다. 제 생각이 고루한 사상에 전염된 건 아닌지 점검하는 버릇이 생겼거든요. 사랑과 결혼 같은 사적인 영역에 대해서도 마찬가지예요. 내가 정상적이고 윤리적이라고 받아들이는 생각이 시대에 뒤처진 건 아닌지 확인해보는 거죠."

"이를테면?"

"이를테면, 자유로운 연애와 결혼?"

한나는 그의 대답에 웃음이 터졌다.

"그건 지금도 누구나 받아들이는 사실 아니에요?"

"물론 그렇죠. 그러나 실제 세계에서 일어나고 있는 일들은 조금 다르다고 봐야죠. 저의 사례만 해도 그렇지 못했거든요."

그는 미소 지으며 마티니에 든 올리브를 꺼내 깨물었다.

"대학 시절 처음 사귀었던 여자친구 이야기예요. 스무 살이었는데 전 그 나이에 맞게 건방졌죠. 당시에는 사랑이라는 감정을 수능처럼 하나의 의무로 여겼던 것 같아요. 어떻게든 해치우고 싶다는 욕심을 냈죠. 감정에 몰두하기보다는 결과물만 얻으려 해서 너무 서둘렀어요."

한나는 흥미를 느꼈다.

"그녀의 환심을 사려고 노력했죠. 마침내 사랑한다는 고백을 듣자 세상을 정복한 듯 만족감을 느꼈습니다. 사랑을 완성했으니까요. 그녀를 내 것으로 만들었다는 생각에 뿌듯했죠."

태영이 어깨를 으쓱이자, 한나가 미소 지었다.

"문제는 엉뚱한 곳에서 일어났어요. 도서관으로 향하다 우연히 카페 구석에 앉아 있는 여자친구를 발견했습니다. 한 남자와 대화를 하고 있었는데 이전에는 경험하지 못한 묘한 감정에 휩싸였어요. 그래서 거리를 두고 몰래 그녀를 지켜봤죠. 목소리가 안 들려서 무슨 이야기를 나누는지 짐작하지 못했지만 기분이 상했던 것 같아요. 그녀가 한 번도 보인 적 없는 노골적인 웃음을 짓고 있었거든요. 눈웃음을 친다고 할까. 내 상식과 윤리의 테두리를 벗어난 웃음이었어요."

한나는 머릿속에 이미지를 그려보았다.

"그 순간 그녀를 잃을 수 있다는 예감에 격렬한 질투심에 시달렸어요. 그녀를 소유하려면 어떻게 해야 할까? 결혼이라도 해야 하나? 그날 밤 침대에 누워 생각했죠. 난 미친 게 틀림없어. 그리고 그해 겨울 유행처럼 계절성 독감이 찾아왔어요. 해열제를 한 움큼 먹었는데도 열이 내리지 않아 정신을 잃은 채 하룻밤을 보냈죠. 부끄러운 이야기지만 아침에 열이 내리자 이번엔 지독한 성욕에 휩싸였어요. 고열을 동반한 통증보다 더 참기 힘든 욕망이었죠."

"그래서 사랑을 광기라고 생각하게 된 건가요?"

태영은 한나를 바라보며 미소 지었다. 마치 어두운 터널 속을 빠져나온 얼굴 같았다.

"그런 셈이죠. 이후로 여자친구와의 관계는 삐걱거렸습니다. 질투에서 벗어나려 노력하는 동안 사랑에 대한 회의가 찾아온 거죠. 얼마 되지 않아 그 친구는 내가 자신을 피한다는 사실을 알아차렸어요. 그런데도 크게 실망하지 않더군요. 그러고서 채 몇 개월이 못 돼 헤어졌어요. 그해 휴학을 하고 군대에 갔습니다.

놀라운 건 시간이었어요. 그동안 일어난 일들이 말끔히 증발해버린 거예요. 이후로 몇몇 여자친구들을 더 사귀었는데 남들처럼 평범한 연애를 했던 것 같아요. 더 이상 그런 현상은 일어나지 않았죠. 좀 더 자유롭고 싶다는 생각을 하며 공부에 집중했습니다. 대학원에 진학해 박사학위까지 받았죠. 예술과 문학을 접하며 내 마음속에 잠든 광기를 조금씩 이해할 수 있었다는 게 핵심인데, 좀 시시하죠?"

그는 멋쩍은 듯 웃었다. 한나는 성인이 된 남자의 미소가 제법 근사하다고 생각했다. 그는 종업원을 불러 마티니 한 잔을 더 시켰다.

"이후에 내가 그 친구의 웃음을 오해했다는 사실을 알아차렸어요. 그녀는 단순히 행복하고 순진한 미소를 지었던 건지도 몰라요. 문제의 발단은 몰래 훔쳐본 내 시각이었던 거죠."

"살롱전에서 마네의 그림을 바라보며 분노하던 관람객처럼?"

"네, 부정할 수가 없네요."

"그런데 왜 여태 결혼하지 않은 거죠? 결혼도 광기와 연관이 있나요?"

한나의 질문에 그는 천진난만한 웃음을 지었다. 그러고는 다시 진지하게 표정을 바꾸었다.

"내가 그 친구와 실패한 이유는 표면적으로 질투심 때문이었어요. 하지만 실제로는 미래에 대한 불안감 탓이었습니다. 사랑하면 결혼해야 되고, 결혼하면 소유할 수 있다고 생각한 거예요. 알게 모르게 이 강박적인 도식에 사로잡혀 있었던 거죠. 그렇지 않다면 그처럼 비정상적인 감정에 빠져 관계를 망쳐버리지도 않았을 거예요. 이런 서로의 불안까지도 포용하는 일이 진짜 사랑인 건데 전 그렇게 하지 못했죠."

"겨우 스무 살이었잖아요."

"네, 나이가 어렸죠. 그렇다고 모든 게 정당화되지는 않아요."

그는 서서히 법학과 예술을 아우르는 지식인의 얼굴로 돌아오고 있었다.

"결혼은 사랑과는 또 다른 영역이라 생각합니다. 흔히들 두 대상을 동일한 것으로 착각하고 있죠. 사랑의 종착점이 결혼이라고 여기는 생각 말이에요. 하지만 결혼은 연애와 달리 관습과 제도의 문제를 동반합니다. 반면, 사랑이 결혼의 필수 조건이 된 것은 불과 얼마 안 된 일이에요. 과거에는 결혼이라는 제도에 남녀의 사랑이 필요하지 않았거든요. 어쩌면 현재의 결혼은 근대 낭만주의의 욕망이 만들어낸 사생아일지도 모르겠네요."

"그럼 태영 씨는 결혼에 반대하는 건가요?"

"그렇게 거창한 건 아니구요. 결혼이라는 제도가 사람들을 불편하게 만든다는 생각은 들어요. 그래서 이걸 좀 달리 생각해볼 필요가 있다고 보는 거죠. 자유와 사랑이 우선이고, 형식과 의례는 미뤄도 된다는 쪽입니다. 군이 선언하자면 '사랑 없는 결혼'보다는 '결혼 없는 사랑'을 지지한다 정도일 거예요."

그는 최면에서 깨어난 사람처럼 의식적인 미소를 지었다. 한나는 그에게 마음속 질문을 던지고 싶은 충동을 느꼈다. 그러나 그에게서 먼저 질문이 나왔다.

"한나 씨는 결혼하지 않으면 사랑이 소멸된다고 생각하세요?"

그와는 공적인 일로 우연히 만났다. 그런데 둘의 대화는 새로운 지평을 향해 나아가고 있었다.

"결혼이 아니어도 사랑은 지속될 거예요."

한나는 차분히 대답했다. 태영이 미소를 지었다.

"자신할 수 있어요?"

"사랑 없는 결혼생활을 경험한 사람들보다 결혼 없이 사랑을 느낀 사람들이 더 많잖아요. 우린 결혼하기 위해 태어난 게 아니라 사랑하기 위해 태어난 거예요."

한나는 모험에 빠진 소녀처럼 얼굴을 붉혔다. 그래서 빠르게 질문을 던졌다.

"주위에는 결혼하지 않아도 행복할 수 있다고 믿는 사람들이 더 많지 않나요?"

"그렇긴 하죠. 문명사회에서 행복한 결혼생활을 이루기 위해서는 몇 가지 조건들이 충족돼야만 해요. 우선 부부가 완벽한 평등 상태를 이뤄야 되고, 서로의 자유에 간섭하지 말아야 하죠. 자유란, 결혼 이후에 벌어질 자유로운 연애까지 포함하니까요. 이건 사실 100년 전 러셀이 《결혼과 도덕》에서 한 말이에요. 한나 씨는 이게 가능하다고 보세요?"

'결혼 이후의 자유로운 연애…….' 한나는 한동안 그것에 대해 생각했다.

"부부 사이는 육체적으로나 정신적으로 완벽한 친밀감이 형성돼야 해요. 가치의 기준도 어느 정도 일치해야 하죠. 이런 모든 조건이 충족되면 결혼이 행복해질 수 있다고 하더군요."

"그래서 러셀의 결론은 뭐였어요?"

태영은 기억을 더듬는 듯 미간을 좁히더니 말했다.

"정확히 기억나지는 않아요. 현실에서는 그런 조건들의 충족이 거의 불가능하지만 생각을 바꾸면 희망이 있다는 정도의 훈수를 둔 것 같아요."

"마네 그림을 바라보는 사람들의 시각이 변한 것처럼?"

"네. 그리고 시대에 걸맞는 새로운 결혼 제도가 필요하다고도 했어요."

"아무튼 결혼이 필요하다고 한 거군요?"

"러셀은 19세기에 태어나 결혼을 네 번이나 한 철학자죠. 따져보면 뭔가 앞뒤가 안 맞는다는 생각이 들긴 해요. 그는 결혼 이후에도 자유로운 연애를 인정해야 한다고 주장했지만 실제로는 둘째 부인의 연애 행각으로 질투심에 시달리고 있었죠. 그 점에서는 사르트르도 마찬가지였던 것 같아요. 남자들은 좀 한심하죠?"

그는 한나보다 세 살 연상이었다. 이제 곧 40대에 진입할 것이다. 한나는 태영과 자신의 나이를 헤아려보며 처음으로 피로감을 느꼈다. 성인이 되었는데도 두 사람은 안정을 찾지 못한 상태였다. 민주주의라는 이데올로기에 집착했던 부모 세대는 그들을 이해하지 못했다. 그저 고등 교육을 받았음에도 비정규직에 머물러 있는 자식 세대를 불만의 눈빛으로 바라보았다. 만약 그와 사랑에 빠진다면 불완전한 두 존재의 결합으로 여겨질 가능성이 높았다. 경제력에서 우위를 점한 부모 세대는 자유로운 삶을 살아가는 자식들을 걱정스럽게 지켜보았다. 그리고 '이제 어떻게 죽을 것인가' 하는 실용적이고 철학적인 수수께끼에만 매달렸다.

로맨틱한 분위기는 불확실한 미래에 의해 희석되었다. 그들은 사랑으로 가슴을 불태우기에 지나치게 이성적인 존재들이었다.

두 사람은 곧 행사 주관사가 예약한 호텔로 돌아갔다. 열대야가 누그러지지 않아 거리를 걷는 동안에도 등에 땀이 났다. 한나는 자기 방으로 태영을 데려갔다. 정리된 침대가 얌전한 고양이처럼 놓여 있었다. 두 사람은 키스를 하고 사랑을 나누었다. 태영은 서울로 돌아오는 KTX 안에서 한나 옆자리에 앉았다. 그것으로 두 사람은 공식적인 연인이 되었다.

한나는 30대의 마지막 해에 아들을 낳았다. 태영의 오뚝한 코와 한나의 부드러운 입매를 닮은 남자아이였다. 한나와 태영은 결혼하지 않은 상태로 사실혼에 머문 동거를 이어갔다. 사회는 두 사람의 만남을 '선택적 결합'으로 명명했다.

그들은 비정규직 상태에서 가정과 일이라는 두 마리 토끼를 잡기 위해 노력했다. 경제적 불안정은 여전했지만 육아를 분담하며 각자의 일에 몰두했다. 태영은 결혼 제도의 법적인 모순성을 지적하는 글을 써 교양서적 작가로 이름을 올렸다. 그의 주장은 결혼 제도의 구습 타파와 변혁을 갈망하는 독자들의 지지를 받았다. '열린 결혼과 그 적들'이라는 자극적인 제목의 신문 칼럼에서는 자신이 선택한 남녀의 새로운 결합 방식을 고백했다. 사랑의 완성은 결혼이라는 사회적 통념이 더 이상 유효하지 않음을 보여준 셈이다.

그의 제안은 결혼이 행복의 원천이라고 믿는 사람들의 고정 관념에도 충격을 던졌다. 결혼은 법률이라는 테두리에서 벗어나 다양성으로 진화해야만 했다. 그러나 늘 그러했듯 역사의 진보는 더디게 흘러갔다. 한쪽이 밀면 다른 한쪽은 당기며 균형을 맞추려고 했다. 시간이 지나도 여전히 보수적인 주장은 소멸되지 않았다. 동성애와 성적소수자에 대한 비난의 강도는 거셌다. 결혼 이후의 자유로운 연애는 여전히 불륜이라는 이름으로 공격받았다. 결혼을 거부한 채 선택적 결합을 이어가는 커플에 대한 불만과 의심 역시 종식되지 않았다.

한나는 아침 다섯 시 반에 일어났다. 주방에서 물 한 잔을 마시고 스트레칭을 했다. 커피를 내린 다음 거실 테이블에 앉아 간밤의 사건·사고들을 검색했다. 이름 없는 사람들이 죽었다. 한나는 어린 아들을 유치원에 데려다준 다음 갤러리로 가기 위해 지하철에 몸을 실었다. 중학교에 입학한 딸은 학교에 가 있었다. 이 아이들도 성장해 언젠가 사랑에 빠지고 결혼을 할 것이다. 그들은 행복해질 수 있을까.

한나는 지하철에 탄 많은 이들이 불면의 밤을 보내고 세상 밖으로 나왔음을 알았다. 그녀 자신도 그중 한 사람이었다.

집에 돌아오니 밤 아홉 시. 아들은 잠들었고, 딸은 수학 문제를 풀고 있었다. 소파에 앉아 빨래를 개던 태영이 그녀를 향해 웃음 지었다.

그는 친절하고 이해심이 깊다. 하원시킨 아이를 씻기고, 저녁밥을 먹이고, 동화책을 읽어준다. 어린 아들이 잠들면 딸의 숙제를 도와준 후 연인을 기다리며 책을 읽는다. 그는 자신의 존재 사실을 무의미하다고 생각하는 사람이었다. 한나는 태영의 니힐리즘적 사유에 매력을 느꼈다. 그는 요리를 좋아하고 일요일의 산책을 사랑한다. 중산층의 이기심을 혐오하고 인습적인 질서를 거부한다.

잠들기 전, 그가 유쾌한 농담이라도 발견한 듯 들고 있던 책의 한 구절을 읽어주었다.

그럼에도 그들은 법률을 만들고,

대중소설을 쓰고, 결혼을 하고,

자식을 낳는 어리석음을 일삼는다.

한나는 쏟아지는 졸음에도 그가 읽는 책 제목을 흘깃 훔쳐보았다. 파이프 담배를 물고 있는 사르트르의 얼굴은 언제 보아도 흥미롭다. 가만히 있어도 미소가 지어졌다. 꿈결에 아빠의 얼굴을 본 것 같은 기분이 들었다.

다음 날 아침, 한나는 사무실로 출근해 책상에 놓인 커피 향을 맡으며 태영에게 전화를 걸었다. 사랑한다는 말을 하고 싶었다. 신호음이 울렸다.

작가의 말

사랑과 결혼은 언제나 매혹적인 테마입니다. 이에 대해 사람들은 저마다 하고 싶은 말이 있는 것 같습니다. 어쩌면 두 주제가 우리 삶의 핵심이라고 말해도 과언이 아닐 것입니다. 사랑 없는 인생과 고통스러운 결혼을 견딜 수 있는 사람들은 없을 테니까요.

　《결혼하지 않는 도시》는 우리 시대의 사랑과 결혼의 의미를 추적해가는 소설입니다. 시간에 따라 사랑의 의미는 달라졌고, 결혼의 인식도 진화했습니다. 하지만 노년층과 중년층, 청년층은 여전히 결혼 제도를 놓고 의견 차이를 보이고 있습니다. 결혼하지 않겠다는 자녀들과 이해하지 못하는 부모들의 갈등도 이젠 식상한 일이 되어버렸습니다.

한때 '결혼은 사랑의 완성'이라는 믿음이 지배하던 시대가 있었습니다. 대부분의 동화는 남녀 주인공의 해피엔딩으로 끝났고, 독자들은 아름다운 결말을 기뻐했습니다. 결혼의 신화를 믿는 사람들은 아직도 이 환상적인 꿈을 포기할 수 없습니다. 전통과 보수라는 낡은 외형이지만 삶을 휘두를 수 있는 강력한 힘을 지닌 것이 바로 '결혼'이기 때문입니다. 어쩌면 그것은 유구한 역사를 가지고 있는 영험하고 주술적인 힘인지도 모르겠습니다.

2021년이 된 지금, 청년들은 스스럼없이 비혼을 이야기합니다. 이 선언에는 정치나 경제, 문화나 시대가 설명할 수 없는 복잡한 의식과 감정이 내재돼 있습니다. 노동인구와 육아정책 같은 사회언어로는 담을 수 없는 은밀한 영역이기 때문에 접근조차 쉽지 않습니다. 과거의 문제해결 방식으로는 결코 풀리지 않는 난제이기도 합니다.

논어에 이런 말이 있습니다. "배우기만 하고 사색하지 않으면 멍청해지고, 사색만 하고 배우지 않으면 정신이 위태로워진다." 이전 사람들의 생각을 배우는 일도 중요하지만 이를 바탕으로 사고력과 판단력을 기르는 것이 중요하다는 점을 강조한 말입니다.

이제 우리는 '사랑과 결혼'이라는 오랜 주제에 대해 다시 생각해야 합니다. 자신이 알고 있는 정보와 경험으로만 판단하면 위기가 찾아올 수 있기 때문입니다. 특히 결혼 제도를 둘러싼 현대의 고정관념은 반드시 새로운 사색과 결단을 통해 바뀌나갈 필요가 있습니다. 진화를 거부하는 종(種)이 비극적인 결말을 맞이하지 않기 위해서는 말입니다. 결혼을 둘러싼 끊임없는 고찰에 기반해 우리는 언젠가 다양성의 결실을 보게 될 것입니다. 또한 결혼이 가진 현실과 허황의 경계 역시 허물어질 것입니다. 이 작품이 그 행로의 첫 출발이 되었으면 합니다.

소설은 우리에게 묻습니다. 사랑과 결혼이 갖는 진정한 의미가 무엇이냐고. 이 질문에 대한 흥미로운 해답을 독자들과 공유할 수 있다면 행복하겠습니다. 감사합니다.

결혼하지 않는 도시

2021년 7월 13일 초판 1쇄 | 2021년 7월 29일 3쇄 발행

지은이 신경진
펴낸이 정법안 **경영고문** 박시형

책임편집 윤정원 **디자인** 임동렬
마케팅 양봉호, 양근모, 권금숙, 임지윤, 이주형, 신하은, 유미정
디지털콘텐츠 김명래 **경영지원** 김현우, 문경국
해외기획 우정민, 배혜림
펴낸곳 마음서재 **출판신고** 2006년 9월 25일 제406-2006-000210호
주소 서울시 마포구 월드컵북로 396 누리꿈스퀘어 비즈니스타워 18층
전화 02-6712-9800 **팩스** 02-6712-9810 **이메일** info@smpk.kr

ⓒ 신경진 (저작권자와 맺은 특약에 따라 검인을 생략합니다)
ISBN 979-11-6534-379-8 (03810)

쌤앤파커스(Sam&Parkers)는 독자 여러분의 책에 관한 아이디어와 원고 투고를 설레는 마음으로 기
다리고 있습니다. 책으로 엮기를 원하는 아이디어가 있으신 분은 이메일 book@smpk.kr로 간단한
개요와 취지, 연락처 등을 보내주세요. 머뭇거리지 말고 문을 두드리세요. 길이 열립니다.